KB268771

風雲劍俠傳

풍운 검협전

송진용 新무협 판타지 소설

FANTASTIC ORIENTAL HEROES

풍운검협전 4

송진용 新무협 판타지 소설

초판 1쇄 찍은 날 § 2008년 5월 2일
초판 1쇄 펴낸 날 § 2008년 5월 13일

지은이 § 송진용
펴낸이 § 서경석

편집장 § 문혜영
편집책임 § 정서진

펴낸곳 § 도서출판 청어람
등록번호 § 제1081-1-89호
등록일자 § 1999. 5. 31
어람번호 § 제2-1481호

주소 § 경기도 부천시 원미구 심곡1동 350-1 남성B/D 3F (우) 420-011
전화 § 032-656-4452 팩스 § 032-656-4453
http://www.chungeoram.com
E-mail § eoram99@chollian.net

ⓒ 송진용, 2008

ISBN 978-89-251-1306-7 04810
ISBN 978-89-251-1177-3 (세트)

※ 파본은 구입하신 서점에서 교환하여 드립니다.
※ 저자와 협의하여 인지를 붙이지 않습니다.
※ 이 책은 도서출판 청어람과 저작자의 계약에 의해 출판된 것이므로,
   무단 전재 및 유포·공유를 금합니다.

풍운 검협전

風雲劍俠傳

송진용 新무협 판타지 소설

FANTASTIC ORIENTAL HEROES

4

무정강호(無情江湖)

도서출판 청어람

目次

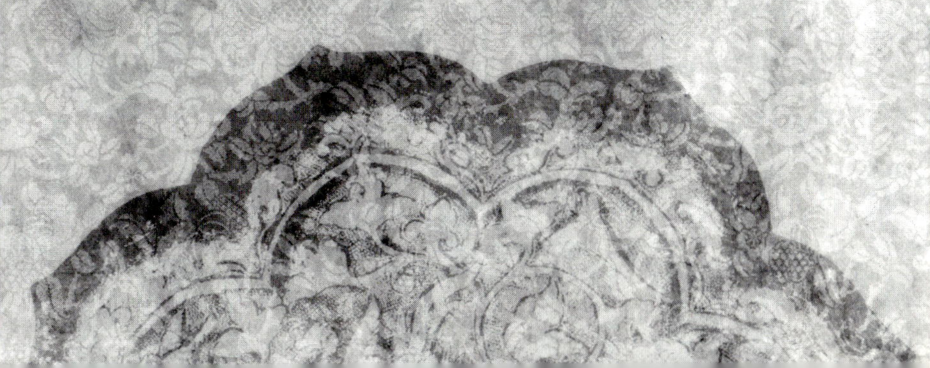

第一章
화산수재(華山秀才) 곡수린(谷水潾)의 변화

우우웅—

석실 안에 은은하고 무거운 울림이 가득했다.

마치 큰북을 두드리고 났을 때, 그 여음(餘音)이 오래도록 남아 웅웅, 울리는 것 같은 그런 소리였다.

허공중에 흩어져 있는 기운이 진동하면서 공기를 사뭇 흔들어대고 있는 소리다.

그 울림의 한복판에 곡수린이 지그시 눈을 감은 채 가부좌를 틀고 앉아 있었다. 그의 등 뒤에는 장발의 괴노파 귀령소(鬼靈素)가 역시 눈을 지그시 감은 채 앉아 두 손을 곡수린의 등에 붙이고 있었다.

그들 두 사람은 아지랑이처럼 희뿌연 진기의 막에 감싸여 있었다.

시간이 흐를수록 곡수린의 얼굴은 숯불에 단 것처럼 붉어졌고, 느리게 내뿜는 숨결에서도 후끈한 열기가 느껴졌다.

그에 비해 귀령소의 안색은 점차 밀랍처럼 창백해져 가고 있었다. 곡수린의 등에 붙이고 있는 두 손마저 가늘게 떨리기 시작했다.

노파는 이체전공(異體傳功)의 신공으로 자신의 내공을 곡수린에게 불어넣어 주고 있는 중이었던 것이다.

지그시 눈을 감고 명문혈을 통해 밀물처럼 쏟아져 들어오는 귀령소의 내력을 제 몸에 받아들이고 있는 곡수린의 눈꺼풀이 파르르 경련을 일으켰다.

그의 몸은 불덩이 속에 들어 있는 것처럼 달아오르고 있는 중이었다. 혈관이 터질 것처럼 부풀어 오르고, 단전에 넘치도록 쏟아져 들어오고 있는 불기운을 감당할 수 없을 지경이 되어가고 있었다.

그것은 고통이 되었다. 곡수린은 그 고통과 싸우기 위해 이를 악물고 전심전력을 다해 귀령소로부터 전해 받은 운기심법에 따라 진기를 다스리고 있었다.

그것에 몰입할수록 그의 정신은 몽롱해져 갔는데, 그러자 보이지 않는 곳, 마음 저 깊은 곳이기도 하고 무의식의 세계이기도 한 그곳에서 한 가닥 상념이 스멀스멀 피어오르기 시작했다.

심마(心魔)라는 것이다.

도를 수련하여 공을 이루려는 자들이거나, 한 가지 일에 매진하여 탈속의 경지에 들려는 자들에게 가장 흔하게 찾아오고 가장 위험한 것이 바로 그 심마라는 것이다.

그것에 빠져들면 곧 주화입마로 이어지기 일쑤다.

그것을 극복하지 못하면 대공을 이루기는커녕 목숨을 잃게 되기 십상이다. 다행히 산다고 해도 폐인이 되거나 광인이 되어 평생을 고통 속에서 지내야 한다.

곡수린에게 그 심마가 찾아오기 시작했다. 그건 그가 지금 그만큼 중요한 단계에 이르러 있다는 반증이기도 하다.

심마는 천 가지 모습으로, 만 가지 상념으로 찾아오는데, 지금 곡수린에게 슬금슬금 다가들고 있는 심마는 얼마 전에 있었던 일에 대한 회상이었다.

곡수린은 저도 모르게 이 비동에 찾아왔던 한 사람과 그의 말들을 떠올리고 있었고, 귀령소가 들려주었던 강호의 커다란 비사(秘事)를 생각하기 시작했다.

한 번 그러한 사념에 사로잡히자 그의 머릿속에는 온갖 망상과 희로애락의 감정들이 거듭해서 생겨나고 소멸하기 시작했다.

그때마다 곡수린의 기혈이 불안정한 움직임을 보였다. 그러나 그것은 아주 잠깐 동안 지나가는 일이었기에 아직 곡수린은 물론 귀령소도 눈치 채지 못하고 있었다.

＊　　　＊　　　＊

두 달 전의 일이었다.

곡수린이 비동에 들어와 귀령소를 만난 지 한 달이 다 되어 가고 있을 무렵이다.

한 사람이 불쑥 비동 안으로 뛰어들었다.

자못 비통하고 비장한 얼굴을 하고 있는 그자는 숭의산장의 총관인 신필수사 나대헌이었다.

"장주님께서 운명하셨습니다."

귀령소 앞에 꿇어 엎드린 나대헌이 울면서 그렇게 말했을 때, 귀령소의 온몸이 부르르 떨리던 것을 곡수린은 생생하게 기억하고 있었다.

그녀의 땅에 끌리는 백발이 살아 있는 것처럼 크게 꿈틀거리며 물결치더니 드디어 사방으로 나뭇가지처럼 뻗쳤다.

"염숭이 죽었다고?"

까마귀가 우는 듯한 귀령소의 음성이 떨려 나왔다.

곡수린은 귀령소가 최명판관 염숭과 보통 사이가 아니라는 걸 비로소 짐작할 수 있었다. 또한 노파를 은밀히 돌보아 주던 사람이 바로 그 염숭이었다는 것도 알았다.

그래서 염숭은 일찌감치 강호를 떠나 이곳에 장원을 짓고

틀어박혀 꼼짝하지 않았던 것이다.

귀령소가 다시 소리쳤다.

"그가 왜? 어떤 놈이 그를 죽였단 말이냐?"

"장주님께서는… 스스로 목숨을 끊으셨습니다. 저희들을 살리기 위해서 스스로를 희생하신 것입니다."

꿇어 엎드린 나대헌의 말과 흐느낌 속에는 비통함이 가득했다.

노파의 굴 껍질처럼 주름지고 메마른 볼을 타고 한줄기 눈물이 흘러내렸다.

"그는, 그는 나의 유일한 혈육이었다. 하지만 나는 한 번도 그를 돌보아주지 못했지. 그런데도 그는 불만의 말 한마디 없이 이 꼴이 된 나를 보살펴 주었다."

나대헌의 흐느낌이 높아졌다.

한동안 비통한 침묵을 지키던 귀령소가 다시 말했다.

"혈사기주가 그렇게 했느냐?"

"아!"

귀령소의 말에 나대헌이 깜짝 놀랐다.

"어떻게 아셨습니까?"

"충분히 짐작할 수 있는 일이지."

귀령소의 눈에서 불길이 활활 뿜어졌다.

곡수린은 한 달 전 불쑥 찾아왔던 혈의괴인을 떠올렸다.

그자가 이곳을 알아내기 위해 염숭을 핍박했을 게 틀림없다. 염숭은 수하들의 안전을 지켜주는 대가로 자신의 목숨을 끊었으리라.

귀령소는 염숭의 혈친이고, 혈사기주라는 괴인과도 심상치 않은 관계를 가지고 있는 것으로 보였는데, 그 괴인에 의해서 염숭이 죽었다니 마음에 갈등이 심할 것이라고 생각했다.

과연 귀령소는 분노를 참기 위해 입술을 악물고 있었는데, 그 모습이 지옥의 악귀 나찰 같아서 곡수린은 부르르 몸을 떨었다.

노파가 가까스로 감정을 억누른 채 음침한 음성으로 말했다.

"그놈이 그와 같은 짓을 저질렀으니 반드시 보답을 받게 될 것이다."

나대헌이 한숨을 쉬고 처량한 얼굴로 귀령소를 바라보았다.

"소생은 이제 이곳을 떠나려고 합니다. 선배님에 대한 봉양은 믿을 만한 사람에게 맡겨놓았습니다만, 하직 인사를 드리는 게 도리일 것 같아 이처럼 무례를 무릅쓰고 찾아뵌 것입니다."

"어디로 가려느냐?"

"모르겠습니다. 하지만 장원을 지키고 앉아 있을 수가 없군요. 장주님을 그렇게 만든 자를 찾아 복수하지 않고는 장주님께 입은 은혜를 갚을 수 없을 것이기 때문입니다."

"너 혼자서 가능한 일일 것 같으냐?"

"소생의 힘으로는 어림없다는 걸 잘 알고 있습니다. 하지만 목숨을 던질 각오가 되어 있다면 어떻게든 그놈을 곤란하게 할 수는 있겠지요. 그다음의 일은 다른 사람의 힘을 빌릴 수밖에 없겠지만, 그것만으로도 저는 충분히 복수한 것이라고 생각합니다."

"다른 사람이라니?"

귀령소가 머리를 갸웃거렸다.

"운몽이라는 청년 기협입니다."

그 말을 하는 나대헌의 얼굴에 믿음이 가득했다.

"운몽!"

곡수린이 깜짝 놀라 소리쳤다.

"그는, 그는… 요녀의 손에서 무사했던 말입니까?"

나대헌이 의아한 얼굴로 곡수린을 돌아보았다.

그로서는 곡수린이 이곳에 있다는 것도 의아하기 짝이 없는 일인데 감히 물어보지 못하고 있었던 것이다. 그런데 그가 어떻게 운몽의 일을 알고 있는 건지 알 수 없다.

나대헌이 미심쩍다는 얼굴로 곡수린을 바라보며 말했다.

"그는 확실히 숭의산장에 숨어든 괴이한 소녀와 다투었지. 하지만 곤란을 당하기는커녕 오히려 괴소녀를 혼내서 쫓아버렸다네."

"아!"

곡수린의 낯빛이 창백해졌다.

자신은 그녀에게 꼼짝하지 못하고 당해 죽을 지경에까지 내몰렸는데, 운몽은 여유있게 그 소악녀를 물리쳤다니 비교가 되어도 너무 되었던 것이다.

'하지만……'

곡수린은 이를 악물었다. 두 달 뒤에는 자신도 반드시 그와 같이 되어서 부끄러운 일을 당하지 않겠다고 다시 한 번 결심한 것이다.

귀령소가 궁금하다는 듯 물었다.

"운몽이라고? 그가 누구인데 너는 그를 그토록 믿는 것이냐? 그자가 과연 혈사기주를 상대할 수 있을까?"

"소생이 듣기로 그는 혈사기주를 쫓아가 혈전을 벌였다고 합니다. 비록 그자를 잡지는 못했지만 그자 또한 운 소협을 어찌지 못하고 달아났다고 합니다."

"무엇이?"

귀령소가 크게 놀라 어깨를 들썩였다.

"그자가 혈사기주와 대등하게 싸웠단 말이냐?"

"소생은 직접 보지 못했으니 무어라고 말씀드릴 수 없습니다. 하지만 그자와 운 소협이 서로 심한 부상을 입은 것만은 틀림없습니다. 그로 보았을 때 운 소협은 적어도 혈사기주라는 자와 대등하지 않을까요?"

“아!”

귀령소의 안색이 싹, 변했다.

혈사기주가 어떤 인물인지 누구보다 잘 아는 그녀 아닌가. 이곳에 왔던 자는 그 혈사기주의 전인이었다. 제 사부의 진전을 받았다면 지금의 강호에서 그자를 당할 자가 거의 없다고 봐야 할 것이다.

그런데 그가 운몽이라는 생소한 청년에게 당했다면 당연히 운몽의 정체에 대해서 의심이 들지 않을 수 없다.

한동안 생각하던 귀령소가 곡수린에게 물었다.

“너는 운몽이라는 놈을 알고 있느냐?”

“잘 알고 있습니다.”

“그놈의 출신 내력은?”

“그건 잘…….”

머뭇거리던 곡수린이 운몽을 만나게 된 일과 그동안의 일들을 숨기지 않고 말해주었다. 그의 말을 내내 듣고 있던 귀령소가 한숨을 쉬었다.

“그것만으로는 그놈이 과연 내가 원하는 바로 그놈인지 아닌지 알 수가 없구나. 하지만 어쨌든 그놈의 무위가 혈사기주의 전인과 대등할 정도라면 경계하지 않을 수 없지.”

중얼거린 노파가 나대헌에게 다시 말했다.

“너는 운몽이라는 녀석에게로 가겠다고?”

“그렇습니다.”

“그전에 해야 할 일이 있다.”

“예?”

“소림사에 가서 혜원(慧元)이라는 땡중을 찾아라. 그놈에게 내 말을 전하고, 한 가지 물건을 내놓으라고 해라.”

“그게 무엇입니까?”

“알 것 없다. 그놈이 그것을 순순히 내놓지 않는다면 이것을 내주어라.”

귀령소가 품에서 무엇을 꺼내 나대헌에게 던졌다.

작은 청동의 거울이었는데, 손때가 묻어 반질반질한 것이 어지간히 사람의 손을 탄 물건이었다.

나대헌은 귀령소가 수시로 이 거울을 어루만지고 쓰다듬었다는 걸 알 수 있었다. 그만큼 노파에게는 중요한 물건일 것이다.

“이것을 주면 그 땡중은 내가 원하는 물건을 내주지 않을 수 없을 텐데, 그러면 너는 그것을 받아 다시 이곳으로 가져와야 한다.”

무슨 까닭인지 알 수 없었으나 나대헌은 귀령소의 명을 거역할 수 없었다. 그가 공손히 복명하고 비동을 떠났다.

2

한동안 멍한 얼굴로 허공을 바라보던 귀령소가 다시 곡수린을 돌아보았다. 눈길에 분노의 불길이 이글거린다.

"나는 너에게 또 한 가지의 부탁을 하려고 한다."

"혈의괴인을 죽이는 것 말씀입니까?"

"그렇다."

"하지만 소생은……."

곡수린이 머뭇거렸다.

"그가 정말 혈영자라는 분의 전인이라면 소생이 과연 그를 죽일 수 있을지……."

"나와 혈영자의 관계 때문이냐?"

"그것도 있지만……."

곡수린은 귀령소가 혈영자와 보통의 관계가 아니라는 걸 짐작하고 있었으므로, 그의 제자를 죽이라는 귀령소의 말을 어디까지 받아들여야 할지 난감했다.

그런 곡수린의 마음을 읽은 귀령소가 다시 말했다.

"혈영자와 나와의 관계는 너와 무관하니 내 눈치를 볼 것 없다. 너는 내 대신 그놈을 죽여도 상관없어."

"하지만 소생의 무공으로 그자를 상대할 수 있을지 자신이 없습니다."

"흥, 좋다. 네가 그놈을 죽여서 염숭의 복수를 해주겠다고 약속하면 나는 너에게 그만한 대가를 치러주겠다. 그러면 되겠지?"

"예?"

곡수린은 여전히 망설였다.

처음 받은 부탁도 광명존자나 그의 후인을 찾아 죽이라는 것 아니었던가. 그런데 두 번째 부탁도 다른 사람을 죽이라는 것이니 난감하기만 했던 것이다.

망설이는 곡수린을 지그시 바라보던 귀령소가 다시 말했다.

"네가 내 부탁을 들어주는 대가로 나는 너에게 나의 내공을 물려주겠다. 그러면 현 무림에서 너를 당할 자는 아무도 없을 것이다. 너는 광명존자를 상대할 수 있을 것이고, 염숭을 죽인 그 애송이 놈을 찾아 죽일 수도 있지. 하겠느냐?"

"그건, 그건……."

곡수린은 여전히 망설였다.

귀령소의 말처럼 그렇게 된다면 그거야말로 자신이 바라 마지않던 바이다. 하지만 내공을 모두 물려주고 나면 귀령소는 얼마 지나지 않아 죽고 말 게 뻔하지 않은가.

곡수린의 마음속에 한 가닥 양심의 소리가 있어서 그것을 경고한 것이다.

귀령소가 그런 곡수린의 마음을 안다는 듯 말했다.

"나는 살 만큼 살았다. 또한 스스로의 맹약을 깨뜨리고 싶지 않다. 그러니 태산처럼 쌓여 있는 내공이 무슨 소용이겠느냐? 너는 망설일 것 없다."

한 달여 함께 생활하는 동안 귀령소는 곡수린이 마음에 한을 가지고 있을망정 바르게 자랐다는 걸 알 수 있었다. 어려서부터 화산파의 지도를 제대로 받고 자란 자인 것이다. 그래서 곡수린에 대하여 한 가닥 따뜻한 마음이 생겼는데, 그건 곡수린 또한 마찬가지였다.

비록 귀령소가 무섭고 끔찍하기는 해도 그녀의 속마음에는 정이 깃들어 있다는 걸 느낀 것이다. 또한 씻을 수 없는 한을 품고 있다는 점에서 동질감을 느끼는 한편, 연민의 마음을 갖기도 했다.

귀령소가 다시 말했다.

"나는 이 동혈을 떠나지 않기로 내 자신에게 맹세하고 손과 발을 스스로 이렇게 묶어놓았지. 그 세월이 무려 오십여 년이다."

"무엇 때문에 그토록 지독한 결심을 하게 되었단 말입니까?"

"사연이 길다."

귀령소가 처연하게 한숨을 쉬었다.

"너는 내가 누구인지 짐작이라도 하느냐?"

"소생은 전혀 알지 못하겠습니다."

"그렇겠지."

귀령소의 얼굴이 더욱 쓸쓸해졌다.

"지금 아미파의 장문이 누구냐?"

"소화 노사태께서 장문 직을 맡고 계십니다."

“흥, 둘째 언니가 장문이 되었군? 그나마 나은 건가?”

괴노파의 중얼거림을 들은 곡수린은 깜짝 놀라 눈을 휘둥 그레 떴다.

“둘째 언니라니요?”

“너는 아미사소라는 말을 들어보았느냐?”

곡수린도 그 말은 들어 알고 있었다. 사부가 각 문파의 존 장들에 대하여 가르쳐 주었을 때 아미산의 노사태들에 대해 서도 언급했던 것이다. 벌써 십여 년 전의 일이니 곡수린이 어렸을 때의 일이었다.

아미산에 네 명의 소(素) 자 항렬을 쓰는 비구니들이 있으 니 소정과 소화, 소령 사태가 그들로서, 아미파의 기둥과 같 은 존재들이라고 했던 것이다.

그때 곡수린은 사소(四素)라고 했는데 사부가 어째서 세 명 밖에 언급하지 않는 건지 의아해했다. 하지만 사부가 입을 꾹 다물었으므로 어린 곡수린은 물어볼 수도 없었다.

그 일 이후 잊고 있었는데 귀령소가 다시 그때의 기억을 불 러일으켜 준 것이다.

잠시 추억하던 곡수린이 머리를 끄덕였다.

“사부님으로부터 들은 적이 있습니다.”

“네 사부는 무어라고 하더냐?”

“현재 아미산에 건재해 계신 세 분의 노사태에 대해서만 언급하셨을 뿐, 다른 한 분에 대해서는 언급하지 않으셨습니다."

"흥, 그렇겠지."

귀령소가 코웃음을 쳤다.

"잘 들어라. 아미사소의 막내는 소양이라고 하지. 나머지 삼소를 합친 것보다 소양의 무공이 훨씬 대단했느니라."

"아, 그런 일이 있었습니까? 그런데 어째서 저는 그분에 대하여 전혀 듣지 못했을까요?"

곡수린이 머리를 갸웃거렸다. 강호에 나와서도 소양이라는 존재에 대해서는 듣지 못했던 것이다.

귀령소가 쓸쓸한 어투로 말했다.

"잊은 게지. 하긴, 벌써 오십여 년이 지났으니 그 이름을 기억하는 자가 몇이나 될 것이냐."

문득 마음에 짚이는 바가 있어 곡수린이 깜짝 놀라 소리쳤다.

"아! 그렇다면 노선배님이 바로 그 아미사소의 막내인 소양이로군요?"

"그렇다."

귀령소의 주름지고 메마른 입가에 흐릿한 미소가 떠올랐다.

"내가 바로 그 소양이다. 강호에서는 벌써 오래전에 죽은 사람이겠지. 하지만 나는 죽지 않고 여기 이렇게 살아 있다. 이것을 누가 알겠느냐? 아, 사람들로부터, 세상으로부터 잊힌 채 살아간다는 게 얼마나 큰 고통인지 너는 짐작이나 할 수 있겠느냐?"

곡수린은 생각했다.

'내가 만약 오십여 년 동안이나 세상을 떠나 철저히 잊혀진 채 이렇게 갇혀 살았다면 벌써 미쳐 버리고 말았을 것이다. 하지만 이 노선배님은 여전히 이와 같은 모습으로 살아가고 있으니 얼마나 불쌍한 일이냐. 아마도 가슴속에 깃들어 있는 한이 그만큼 지독한 때문이겠지.'

귀령소에 대하여 안타까운 마음이 든 곡수린이 탄식했다.

"아, 노선배님의 처지가 이와 같다는 걸 과연 세상 사람들은 아무도 알지 못할 것입니다. 어떤 사연이 있기에 노선배님은 스스로를 이처럼 지독하게 학대하며 살아오셨던 건지 소생이 그 사연을 여쭈어보아도 되겠습니까?"

귀령소가 처연하게 한숨을 쉬고 말했다.

"아미산에 얽힌 은원과 애증을 어찌 한두 마디 말로 다 설명할 수 있을 것인가. 너는 차차 알게 될 테니 지금 서두를 것 없다. 그보다는 내 부탁을 들어주겠느냐, 말겠느냐? 그것부터 결정해라."

곡수린은 이미 한 사람을 죽여주겠다는 약속을 했는데 두 사람이 된다고 해서 크게 달라질 것도 없다고 생각했다.

"알겠습니다. 노선배님의 한을 제가 조금이라도 풀어드릴 수 있다면 기꺼이 그 혈의괴인을 죽여 염 대인의 복수를 대신

하겠습니다."

"좋다. 너는 마음에 드는 꼬마다. 조금 더 일찍 만났더라면 좋았을 텐데, 이처럼 일이 목전에 닥쳐서야 만나게 되었으니 한스러울 뿐이다. 아, 하늘은 대체 언제까지 나에게 괴로움만 주려고 하는 건지 모르겠구나."

한탄하는 귀령소의 모습이 더욱 쓸쓸해 보이는 것이어서 곡수린의 눈시울이 뜨거워졌다.

그날부터 곡수린은 모든 잡념을 버리고 무공의 연마에만 몰두했다.

그리고 약속한 석 달이 꿈결처럼 지나갔던 것이다.

그동안 귀령소는 자신의 세 가지 절기를 곡수린에게 아낌없이 전해주었고, 곡수린은 노파의 채근과 격려를 받아가며 매진해 대성지경을 목전에 두고 있었다.

석 달이라는 짧은 기간 동안 귀령소의 절기를 십성 익히는 일은 불가능해 보였다. 그러나 곡수린은 그것을 해내야만 했다. 그래서 마음을 지독하게 먹고 혹독한 수련을 묵묵히 참아가며 노파가 흡족할 만한 성취를 이루고 있었던 것이다.

그의 타고난 자질이 워낙 뛰어났던 탓도 있고, 이미 화산파의 절기를 몸에 익히고 있어서 무학의 도리에 밝았던 탓도 있을 것이다.

하지만 무엇보다 노파의 지도가 열성적이며 정확했고, 그

것을 받아들이려는 곡수린의 의지가 강렬했기에 가능한 일이
었다.

초식의 완숙함을 시험해 본 귀령소가 만족해하며 드디어
마지막 대법을 시행했다.

자신의 무궁무진한 내력을 곡수린의 몸 안에 밀어넣어 주
기 시작한 것이다.

*   *   *

온갖 환상들이 꼬리에 꼬리를 물고 명멸했다. 수많은 생각
들이 주마등처럼 스쳐 가는데, 기억하지도 못하고 있던 과거
의 일들마저 눈앞의 현실인 것처럼 떠오른다.

슬픔과 기쁨이 그것들 속에 있었고, 분노와 희열이 그것들
속에 있으며, 애정과 증오가 그것들 속에 있었다.

그것들이 잔상을 남기고 스쳐 지나갈 때마다 곡수린의 마
음속에서는 감정의 물결이 요동을 쳤다.

처음에는 미약하던 것이 갈수록 커지더니 드디어 파도가
되어 밀려온다.

그 정점에서 희뿌연 형체가 어른거렸다. 마치 수평선 너머
로 떠오르는 보름달 같은 것이다.

그것이 점점 뚜렷해졌는데, 한 사람의 얼굴이었다. 차갑고
도도한 소녀, 상문경이다.

곡수린이 그녀를 향해 손을 뻗었다. 닿을 듯하지만 닿지 않는다. 그녀의 날카로운 눈길이 비수처럼 가슴을 찔러왔다.

그 고통에 곡수린이 얼굴을 찌푸렸다.

슬픔보다 큰 고통이다.

그리고 다시 보았을 때 그것은 다른 사람의 얼굴이 되었다.

운몽이었다.

환하게 웃고 있는 그의 얼굴 또한 달덩이처럼 빛났다.

곡수린의 마음속에 노여움이 깃들었다.

질투라는 이름의 그 노여움은 역시 슬픔보다 큰 고통이었다.

"으으음—"

곡수린의 악다문 어금니 사이로 신음이 흘러나왔다.

그 순간, 명문이 불에 덴 것처럼 뜨거워지고 머릿속에서 커다란 종이 깨졌다.

쿠아앙—

곡수린의 상체가 흔들린다.

"이얍!"

그리고 등 뒤에서 다급한 기합성이 터져 나왔다.

비로소 곡수린의 상태를 감지한 귀령소가 온 힘을 다해 자신의 무지막지한 내력을 쏟아 넣으며 일갈한 것이다.

"정신을 집중해라! 이 고비를 넘기지 못하면 너뿐만 아니라 나까지도 커다란 해를 입게 된다!"

그녀의 음성은 귀가 아니라 가슴으로 전해졌다.

그리고 심령 속에 커다란 울림으로 부딪친다.

쿵!

그것은 마치 천 근의 거석이 정수리 위에 떨어진 것 같은 충격이었다.

백회혈에 번갯불이 번쩍인 순간 곡수린을 둘러싸고 아우성을 쳐대던 심마들이 산산이 깨져 흩어져 버렸다. 바람에 쓸리는 안개처럼 종적없이 사라져 버린다.

그리고 깊은 바닷속 같은 적막이 그의 심신을 가라앉혔다.

그래서 곡수린은 나른해지고 정신이 쇠락해졌다.

임독양맥을 꿰뚫어 버린 거대한 기운이 도도한 물줄기처럼 막힘없이 흘러가기 시작한 것이다.

3

소림사에 찾아온 나대헌은 막막하기만 했다.

지객당에 홀로 앉아 은은한 풍경 소리를 듣고 있자니 더욱 적막해진다.

그가 찾아온 지도 벌써 한 시진이 다 되어가고 있었지만 지객승은 한 번 가더니 돌아올 줄을 몰랐다.

식어버린 차도 떨어지고, 뜰에 드리운 처마 그림자가 담쟁이 넝쿨 뒤덮인 붉은 벽을 스멀스멀 기어오르고 있었다.

"휴우—"

나대헌이 길게 한숨을 쉬었다.

그래도 한때는 강호에서 신필수사로 불리며 남부럽지 않은 명성을 날린 몸인데, 소림사에 오니 그저 장삼이사와 똑같은 한 명의 시주에 지나지 않았다.

그렇게 대접해 주는 소림사의 중들에 대해서 야속한 마음도 들지만, 한편으로는 이처럼 지객당에서 기다리게 하는 것도 실은 제 명성에 대한 대우를 해주는 것이지 않겠는가, 하는 생각도 든다.

하긴, 아무 연고도 없는 자가 무림의 태산북두로 꼽히는 소림사 안에 이렇게 들어와 앉아 있다는 것만으로도 감회가 무량해질 일이다.

그러나 나대헌은 기다리는 시간이 길어질수록 초조해져 가기만 했다.

과연 혜원 선사가 아직 살아 있을까? 살아 있다면 아직 소림사에 머물고 있을까? 소림사에 있다면 과연 나를 만나줄 것인가? 그리고 귀령소가 말한 그 '물건'을 내줄까?

그런 생각들이 나대헌을 지쳐 가게 할 무렵, 영영 돌아올 것 같지 않았던 지객승이 허청허청한 걸음으로 지객당의 문지방을 넘어섰다.

눈빛이 날카로운 청년 중을 따라 소실봉에 오르기 두어

식경.

자신을 운산이라고 소개한 청년 중은 자꾸만 골짜기 깊숙한 곳으로 들어갔다.

나대헌은 불안해졌다.

소림사 뒤에 이처럼 깊은 골이 있고, 이처럼 험악한 바위 비탈길이 있다는 건 처음 안 터라 더욱 그렇다.

'이 중 녀석이 아무도 없는 곳으로 나를 데려가는 게 수상한걸? 혹시 기다리고 있던 놈들과 합세해서 나를 죽이고 물건을 강탈해 가려는 수작은 아닐까?'

절로 그런 의심이 드는 건, 갈수록 인적은커녕 산짐승 하나 보이지 않는 적막한 골짜기였기 때문이다.

"다 왔습니다."

나대헌이 은밀히 품속에 손을 넣어 갈무리하고 있는 판관필을 쓰다듬는데 앞서 가던 운산이 손가락으로 한곳을 가리켰다.

골짜기 깊숙한 곳에 우거진 대나무 숲이 보였다. 바람에 흔들리는 가지 사이로 언뜻 무너져 가는 암자의 낡은 기와 지붕이 보이기도 한다.

"자숙암(自肅庵)이지요. 사백조께서는 저곳에 기거하고 계십니다."

"자숙암?"

암자의 이름이라기에는 너무 해괴한 것이라 나대헌이 눈

살을 찌푸렸다.

낡은 암자의 문지방을 성큼 넘어선 운산이 머리를 숙이고 공손하게 말했다.

"손님을 모셔왔습니다."

몇 호흡 뒤에야 암자 안에서 기력이라고는 실려 있지 않은 건조한 음성이 흘러나왔다.

"들라 해라."

'이 사람이 천하제일인으로 꼽히는 소림의 혜원 선사?'

나대헌의 눈이 휘둥그레졌다.

눈앞에 앉아 있는 중은 도대체 나이를 짐작할 수 없을 만큼 늙었는데, 무른 눈가에 눈곱마저 덕지덕지 낀 것이 금방이라도 꼴딱, 하고 숨이 넘어갈 것처럼 보였다.

눈을 뜨고 있는 건지 감고 있는 건지조차 잘 구분되지 않는다.

그런 상노인이 낡아빠진 승복으로 거북이 등껍질 같은 살갗을 가리고 앉아 있었다. 구부정하게 굽은 등을 하고 있어서 더욱 왜소하고 처량해 보이기만 한다.

"그래, 무엇을 가져왔다고?"

"귀령동천의 거울입니다."

"흘흘, 귀령동천이란 말이지?"

나대헌의 말에 노승이 낄낄거리고 웃었는데, 누런 이빨이 반 넘게 빠져 있어서 호물거리는 그런 웃음이었다.

노승, 혜원 선사가 다시 말했다.

"네가 정말 귀령소를 만났던고?"

나대헌은 정중하게 머리를 조아렸다.

"그렇습니다."

"흘흘, 저승이 아니고 이승에서란 말이지?"

"그렇습니다."

"흘흘, 그것참 안된 일이야. 대체 이 두엄자리 같은 세상에 무슨 미련이 남아 있어서 죽지 못하고 아직까지 살아 있는 게야?"

"예?"

"왜? 그러는 너는 무엇 때문에 이처럼 악착같이 살아 있는 거냐고 묻고 싶으냐?"

"아니, 아니올시다. 말학 후배가 어찌 감히……."

"흘흘, 주둥이로는 아니라고 말해도 내 귀에는 네 마음의 소리가 다 들려."

'이건 노망든 중이 아닌가?'

나대헌이 그런 생각을 하자마자 혜원 선사가 입을 씰룩거렸다.

"나쁜 녀석 같으니. 제 할애비가 아니라고 그렇게 욕을 해도 되는 게야?"

"예?"

나대헌은 깜짝 놀라 엉덩이를 물렸다. 정말 이 늙어 꼬부라진 노승이 제 마음을 읽는 건지도 모른다는 생각이 들었던 것이다. 어쩌면 수행이 깊어 불가 육신통(六神通) 중에서 남의 마음을 훤히 들여다본다는 타심통(他心通)에 능통하게 된 건지도 모른다는 생각이 절로 든다.

노승이 마른 나무토막 같은 손을 불쑥 내밀었다.

나대헌의 눈이 더욱 커진다.

"내놔봐."

"예?"

"어허, 이런 중생을 봤나. 나에게 줄 게 있다면서?"

"아, 예, 예."

나대헌이 급히 품에 손을 넣어 귀령소로부터 받은 청동거울을 내밀었다.

그것을 받아 드는 노승의 손이 가늘게 떨렸는데, 나대헌은 그게 수전증 때문인지, 마음의 격동 때문인지 분간할 수 없었다.

"이것이, 이것이……."

손때 묻은 작은 청동거울을 쓰다듬는 노승의 손은 쉬지 않고 떨렸다.

얼마나 그렇게 거울을 쓰다듬었을까, 노승이 한숨과 함께 그것을 내려놓고 나대헌을 바라보았다.

"그래, 귀령소가 무엇을 원하던고? 보다시피 나는 이처럼

빈궁하니 내 몸을 털어봐야 통통하게 살찐 반풍자(半風子:이)
밖에는 나올 게 없느니라."

"그분께서는 이 동경을 내드리면 선사께서 한 가지 물건을
줄 것이라고 하셨습니다."

"한 가지 물건이라……."

노승이 멍하니 허공을 바라보았다. 그게 무언지 생각해 내
려고 애쓰는 모습이다.

"내가 가진 게 부처님 말고 대체 무엇이 있던고……."

그런 노승을 힐끔거리면서 나대헌은 속으로 불만을 터뜨
렸다.

'쓸데없는 짓을 하고 있구나. 대체 이게 무슨 웃지 못할 일
이람.'

아무래도 귀령소가 착각을 한 거라고밖에는 생각할 수 없
었다.

제가 보기에도 이 손바닥만 한 암자 안에 무언가 소중한 게
있을 리 없어 보이니 그렇다.

그나마 가치있어 보이는 물건이라고는 겨우 오래된 놋 등
잔 하나가 있을 뿐이니 한심하기만 하다.

귀령소도 이제는 늙었고, 혜원 선사 또한 그러니 다들 노망
이 든 건지도 모른다고 여기는데, 노승의 중얼거림이 더욱 아
리송해졌다.

"보자… 그놈의 동천(洞天)이 문을 열면… 부처님의 뜻이

이루어지는 게 될지… 아니면 그 문이 야차문이 될지…… 에구, 에구, 뉘라서 극락을 알며 지옥을 알 것이냐. 오직 흐르는 대로 흘러갈 뿐이지. 암, 그게 속 편한 게야. 내가 그것과 이것을 바꾸었다고 하면 그놈도 뭐라고 하지는 못하겠지. 하긴, 제까짓 놈이 발광을 떨어봐야 어쩌겠어? 히히, 이것을 보여주면 어쩌면 좋아라고 헤벌쭉거릴지도 모르지."

"저기, 스님……."

나대헌이 조심스럽게 불렀다. 이대로 마냥 혼자서 중얼거리게 놔둘 수 없었던 것이다.

"왜?"

"제가 가져가야 할 물건은 어디 있습니까?"

"아, 그거?"

노승이 고개를 갸웃거렸다. 막상 내주려고 하니 또 마음에 걸리는 게 있는 모양이다.

"그런데 정말 그걸 내줘도 될지 몰라……. 그놈이 성질 하나는 지랄이거든. 하긴, 뭐… 귀령소의 이름을 팔면 꼼짝 못하겠지만서두……."

꼼지락거리던 노승이 끙끙거리며 일어섰는데, 무릎을 펴는 데만도 한참의 시간이 걸렸다.

'아무리 천하제일의 고수로 꼽힌다고 해도 세월 앞에서는 다 저렇게 되고 말겠지.'

그런 노승을 바라보는 나대헌의 마음속에 무상한 감회가

가득해졌다.

'명예를 얻으면 무엇 할 것이며 부귀를 얻으면 무엇 할 것인가. 세월이 사람을 추하게 만드는 데에야 뉘라서 당할 수 있단 말인가.'

한때 천하제일의 고수로 불렸던 혜원 선사에 대한 연민과 안타까움으로 씁쓸해진다.

그런 한편으로는 다른 생각도 들었다.

'선사는 오히려 일찍 불법을 깨달아 사리사욕을 버리고 심신을 청정하게 했으니 복되다 할 수 있지. 하지만 귀령소 그분은, 그분은……'

동혈 속에 스스로 갇힌 채 그 많은 세월을 보냈으면서도 여전히 한과 욕망을 버리지 못하고 있는 그녀를 생각하면 가슴이 짠해졌다.

'그녀도 옛날의 아름다움은 간곳없이 이제는 몸이 늙어 초라해지지 않았던가. 머지않아 기력이 쇠하고 정신마저 오락가락할 텐데 가슴의 한이 무슨 소용이고, 욕망이 무슨 의미가 있을 것인가. 장차 나 또한 그렇게 되겠지. 에휴, 모든 게 무상하기만 하구나.'

그가 그런 생각에 시무룩해져 있는데 벽을 짚고 일어서서 더듬거리던 노승이 덜덜 떨리는 손으로 벽장을 열었다.

갇혀 있던 음침한 어둠과 퀴퀴한 냄새가 왈칵 쏟아져 나온다.

“옜다. 가지고 가거라.”

노승이 벽장 안에서 꺼낸 길쭉한 물건을 내밀었다.

원래는 비단 무명천으로 둘둘 감았던 것인데 워낙 오랜 세월 동안 그대로 있다 보니 저절로 낡고 더러워져서 초라해 보였다.

먼지까지 뿌옇게 뒤덮여 있는 데다가 거미줄이 얼기설기 감겨 있어서 손을 내밀어 받기가 꺼림칙했다.

“왜? 싫어? 이걸 가져가려고 온 게 아니었느냐?”

노승이 의아하다는 듯 바라보며 고개를 갸웃거렸다.

나대헌이 마지못해 손을 내밀어 그것을 받아 들었다. 과연 이게 귀령소가 말했던 그 물건인지 의심이 든다.

손에 와 닿는 감각으로 미루어 짐작해 보니 한 자루의 검이 분명했다.

“가지고 가.”

노승이 동경을 소중하게 품에 넣더니 손사래를 쳤다.

“가서 그 요망한 할망구에게 내 말을 전해라.”

“……?”

“산천은 어제와 다름없으나 어느 것 하나 어제의 모습을 그대로 간직하고 있지는 않다. 어제의 것을 고집하면 오늘의 산천은 결코 무변하는 것일 수 없지. 하지만 산천을 산천으로 본다면 그것은 천만 년 뒤에도 여전히 그 모습 그대로일 것이다. 나는 동경을 그냥 동경으로 볼 테니 귀령소도 검을 그저 검으로 보면 좋을 것이다."

나대헌은 그 동경이 무엇인지 모른다. 하지만 귀령소가 여태까지 간직했고, 노승 또한 저렇게 말하는 걸 보니 보통 물건이 아니었다는 걸 짐작했다.

그렇다면 그 동경과 바꾼 이 검도 그럴 것이다.

산을 내려오던 나대헌은 주위에 아무도 없는 걸 확인하고 서둘러 헝겊을 풀어냈다.

과연 검이었다.

짙은 갈색의 고색창연한 검집이 드러났는데, 표면에 금사(金絲)로 높은 산과 봉우리, 구름과 골짜기는 물론 학과 사슴 등의 풍경을 정교하게 새겨 넣은 것이었다. 마치 한 폭의 선경도(仙境圖)를 보는 것 같다.

검자루를 쥐었다. 손바닥 안에 가득 와 닿는 검의 감촉과 무게감이 예사롭지 않았다.

힘을 주자 쨍, 하는 경쾌한 소리와 함께 검이 한 뼘쯤 뽑혀 나왔다. 그 순간 서늘한 한기가 몸을 감싸는 것이어서 나대헌은 저도 모르게 '아!' 하고 감탄성을 터뜨렸다.

수십 년 동안 손보지 않은 게 분명한데도 검신은 거울처럼 깨끗했다. 표면에 역시 금사로 문양을 새겨 넣었는데, 구름을 타고 여의주를 희롱하는 한 마리의 금룡이었다.

어찌나 정교하게 새겨졌는지, 금방이라도 검에서 튀어나

와 으르렁거리며 하늘로 날아오를 것 같았다.

검신의 아랫부분에는 현천지보(玄天之寶) 일득만경(一得萬境)이라는 문구가 전서체의 작은 금색 글자로 음각되어 있었다.

한눈에 보검 중의 보검이라는 걸 알 수 있다.

이와 같은 검을 쓰던 사람이 누구인지 궁금해졌지만 아무리 생각해 보아도 나대헌으로서는 짐작할 수 없었다.

第二章
어성진(魚盛津)에서 생긴 일

운몽이 안휘성 쌍교현(双橋縣)의 태을산장에서 신공을 대성하고 있을 무렵 운지는 아미산을 벗어나 동쪽으로 나아가 사천분지를 건넜다.

운지로서는 산에서 내려와 이처럼 멀리까지 와본 것이 처음인지라 모든 것이 신기하고 재미있기만 했다.

저자를 지나갈 때면 한참 동안이나 머물러 서서 왁자지껄한 거리의 풍경을 구경했고, 작은 아이들이 소리 지르며 이리저리 달려가는 모습을 넋을 잃고 바라보기도 했다.

예닐곱 살 난 사내아이를 볼 때마다 꼬질꼬질한 그 꼬마들이 모두 운몽인 것처럼 여겨져 입가에 절로 미소가 떠올랐다.

그리곤 곧 마음이 쓸쓸해져서 남모르게 한숨을 내쉬곤 했다.

그럴 때마다 그녀의 속마음을 잘 알고 있는 운수 비구니가 눈치를 주었고, 끌다시피 운지를 재촉하여 그곳을 떠났다.

그렇게 몇 개의 시전을 지나고 몇 개의 높고 낮은 산 능선을 넘었으며 몇 개의 장강 지류를 건넜다.

그리고 보름이 지난 지금은 아미산에서 일천 리나 떨어진 중경을 지나고 있었다.

중경은 성도 못지않게 크고 번성한 곳이다. 운지는 그 큰 성읍을 구경하고 싶었지만 그럴 수 없었다.

많은 사람들의 눈에 띄어 좋을 게 없다고 생각한 운수 비구니가 한사코 외곽을 멀찍이 돌아가는 한적한 길을 택한 탓이다.

중경을 벗어나자 길이 두 갈래로 갈렸다.

하나는 호호탕탕 흐르는 장강의 푸른 물줄기를 타고 내려가 그 유명한 삼협을 지나 무한(武漢)에 이르는 길이다.

그곳에서 한수(漢水)를 거슬러 올라가 계공산(鷄公山) 기슭의 무왕관(武旺關)을 넘으면 정주를 발아래 두게 된다.

그 길은 비교적 편하지만 멀리 돌아가는 길이었다.

다른 하나는 장수에서 의창(宜昌)을 바라보고 조금 더 내려가다가 북으로 급하게 꺾어져 험한 대파산(大巴山)을 넘는 길이다. 그리고 다시 대별산(大別山) 북쪽 능선을 넘으면 정주에 이르게 된다.

그 길을 택하면 정주까지 곧장 질러갈 수 있는데, 산이 힘하고 골이 깊으며 인적이 드물어 모두가 꺼려하는 길이기도 하다.

잠시 망설인 운수 비구니는 지름길을 버리고 수로를 이용하기로 했다. 비록 마음이 급했지만 운지가 강호 초행이라는 걸 감안한 것이다.

아미산을 내려온 지 보름 만에 드디어 장수현(長壽縣)에 이르렀다. 두 사람은 그곳에 있는 나루에서 배를 타기로 하고 강 언덕에 나와 앉았다.

가을을 바라보는 장강의 도도한 물굽이가 햇빛을 받아 눈부시게 반짝였고, 푸른빛을 점차 잃어가는 버드나무 가지는 강바람에 이리저리 흔들렸다.

그 나무 그늘에 편하게 앉아 있는 두 사람의 젊고 중년인 비구니는 한가롭고 평화로워 보였다.

저 아래 내려다보이는 나루에는 인적이 없었다.

장강을 따라 내려오는 배가 도착하려면 아직 두어 시진이나 기다려야 하는 것이다.

무엇을 생각하는지 운수 비구니는 말없이 발아래 반짝이는 강물만 내려다보았다.

그 곁에서 운지는 졸기라도 하는 것처럼 고개를 약간 숙인 채 제 생각에 잠겨 있었다.

정주에 가면, 비록 운몽을 만나볼 수 없게 될지라도 그의 흔적을 찾을 수 있을 것이라는 생각만 하면 가슴이 띈다. 그런 한편 그곳에 나타났다는 혈사기에 대해서도 생각하지 않을 수 없었다.

사문의 혈겁을 막아야 한다는 커다란 사명을 지고 산에서 내려왔으나 과연 혈사기주라는 사람을 이길 수 있을지 걱정스러웠던 것이다.

그 사람을 막지 못하면 사문이 멸문지화를 당할지도 모른다니 어깨가 더욱 무거워진다.

'그자가 아무리 무서운 사람이라고 해도 운몽을 만나 둘이 힘을 합친다면 할 수 있을 거야.'

운지는 품속에 소중히 간직하고 있는 작은 조약돌을 어루만지며 그렇게 생각했다.

운몽을 먼저 만나고 싶다는 제 마음에 그렇게 정당성을 부여한 것이다.

늦여름의 나른한 오후가 한동안 계속되더니 그것을 깨뜨리는 자들이 나타났다.

저쪽, 나루로 향하는 하얀 길을 따라 붉은 마차 한 대가 다섯 필의 건장한 말들에 둘러싸인 채 빠르게 달려오고 있었던 것이다.

마차에 꽂혀 있는 깃발이 찢어질 듯 펄럭인다.

기수들은 모두 건장한 사내들인데, 하나같이 피풍의를 걸쳤고 병장기를 지니고 있었다.

햇빛과 먼지를 피하려고 갓이 넓은 죽립을 쓴 데다가 수건
으로 얼굴을 가리고 있어서 용모를 알아볼 수 없다.

이런 늦여름 오후에 먼 길을 가는 자들이라면 누구나 그런
복장을 했으므로 특별히 이상할 건 없는 일이었다.

두 필의 말이 끌고 있는 붉은 마차는 네 사람이 앉아도 될
만큼 큼직했다. 그것이 기마 무사들의 호위를 받으며 빠른 속
도로 달려왔는데, 무언가 몹시 급한 일이 있는 듯했다.

적막하기까지 하던 오후의 나른함을 깨뜨려 버리는 말발
굽 소리와 마차 바퀴 구르는 소리에 운수 비구니와 운지는 절
로 그곳을 바라보게 되었다.

마차와 기마 무사들이 드디어 버드나무 늘어선 언덕 아래
를 지나갔다.

운수 비구니의 날카로운 눈은 마차에 꽂혀 있는 깃발을 놓
치지 않았다.

"신검장!"

그것은 틀림없이 낙산 신검장을 나타내는 푸른 깃발이었
다.

일보이장(一堡二莊) 중 하나인 신검장은 낙산에 웅크리고
있는데, 잠룡지처(潛龍之處)라고 강호에 이름이 높은 곳이다.

낙산이 아미산 끝 자락에 있었으므로 아미파와의 교분도
두텁다.

그 신검장이 무슨 일로 천 리가 넘게 떨어진 이곳에 갑자기

나타났는지 의아하지 않을 수 없다.

게다가 마차와 그것을 호위하는 기마의 무리는 무언가 매우 급한 일이 있는 것처럼 서두르고 있지 않은가.

"우리 따라가 보자."

운수 비구니가 옷자락을 털고 일어섰다.

"사형……."

운지는 마음이 내키지 않았다.

오래전, 복호사 뒤의 화엄보탑 앞에서 신검장의 공자인 화운평과 운몽이 싸우던 것을 떠올린 때문이다.

그때 운몽은 화운평에게 얻어맞고 엉엉 울며 복호사를 떠나지 않았던가.

운지는 발을 동동 구를 뿐, 운몽을 위해 나설 수가 없었다.

운지는 그때의 일을 한시도 잊어본 적이 없었다. 지금도 그 일을 생각하자 가슴이 미어지도록 아파온다.

그 뒤로도 화운평은 해마다 복호사에 찾아왔지만 운지는 매번 핑계를 대서 그를 피하곤 했다.

복호사에 왔을 때마다 화운평은 운지가 보이지 않는다며 화를 내고 온갖 트집을 잡아 비구니들을 괴롭혔다.

때로 숨어서 그 모습을 지켜보며 운지는 그런 화운평이 너무 무섭고 싫기만 했었다.

절연암에 갇히고 나서부터 화운평을 잊고 마음의 안정을 찾았는데 이런 곳에서 신검장의 깃발을 보게 되니 꺼림칙한 마음이 되살아났다.

자신을 바라보던 화운평의 뜨거운 눈길을 떠올리지 않을 수 없고, 무언가 갈망하던 그 얼굴을 떠올리지 않을 수 없었던 것이다.

그 당시 화운평은 이미 사춘기에 접어든 소년이었고, 운지 또한 그랬다.

하지만 운지는 아직 남녀 간의 일에 대해서는 무지하기만 했다.

화운평이 왜 그런 눈길로 저를 바라보는지, 그 얼굴에 떠올라 있는 들뜬 표정은 무엇인지 알 수 없었지만 마음에 들지 않았다. 꺼림칙하고 불쾌했던 것이다.

그래서 운지는 더욱 화운평을 멀리했고, 화운평은 그런 운지에게 더욱 몸이 달아 수시로 복호사에 들락거렸다.

그러다가 운지가 절연암에 갇히면서 모든 인연이 끊어진 것 같았는데, 이런 곳에서 다시 신검장의 무리를 보고 그 깃발을 보니 저도 모르게 긴장되어 몸이 굳었다.

하지만 운수 사형이 앞서서 빠른 걸음으로 마차를 따라가니 운지 또한 그 뒤를 따를 수밖에 없었다.

마차는 나루 앞에서 멎었다.

먼 길을 쉬지 않고 달려온 듯 말들이 지쳐서 거품을 뿜어내며 투레질을 했다.

말에서 뛰어내린 다섯 명의 무사들이 즉시 사방으로 흩어졌다.

두 명은 마차 곁에서 그것을 호위했고, 세 명이 나루에 연해 있는 객잔이며 주가를 향해 날듯이 달려간 것이다.

서로 한마디의 말도 없이 일사불란하게 움직이는 것이 사전에 그렇게 하기로 약속되어 있었던 것 같았다.

"대체 무슨 일이람? 신검장의 무리가 저렇게 허둥대는 건 보지 못했는데?"

나루가 저만치 바라보이는 노송 뒤에 몸을 숨기고 그들을 엿보던 운수 비구니가 고개를 갸웃거렸다.

운지는 사형이 어서 빨리 이곳을 떠나기만 바랄 뿐, 신검장의 무사들 쪽은 바라보지도 않았다.

무사들은 무엇인가 찾고 있는 것 같았다. 객잔과 주루로 뛰어들었던 자들이 나오더니 이번에는 길가에 늘어져 있는 상점이며 민가까지 뒤지기 시작했던 것이다.

마차 안에는 누가 타고 있는지 알 수가 없었다. 아직 무더위가 남아 있는 늦여름 오후인데도 휘장을 늘어뜨린 채 아무런 기척도 없었기 때문이다.

하지만 두 명의 무사가 꼼짝하지 않고 지키고 있는 걸로 보아 마차 안에는 신검장 내에서도 꽤 중요한 인물이 타고 있을 게 틀림없었다.

그들이 바쁘게 움직이는 걸 훔쳐보던 운수 비구니가 흥, 하고 코웃음을 쳤다.

"신검장의 마나님이 야반도주라도 한 모양이지?"

"뭐라고요?"

운지가 어리둥절해서 바라보자 운수 비구니가 멋쩍게 웃었다. 나이 든 비구니로서 할 말이 아니었던 것이다.

헛기침을 한 그녀가 변명하듯 말했다.

"저것 좀 봐, 그렇지 않고서야 저자들이 사냥개처럼 저렇게 킁킁거리며 여기저기 들쑤시고 다닐 리 있겠어?"

"무언가 사정이 있는 모양이지요. 우리가 상관할 일은 아니지 않겠어요?"

"사매는 빨리 이곳을 떠나고 싶은 모양이지? 하지만 소용없어. 배가 올 때까지 우리는 이곳을 떠날 수 없잖아?"

"아이, 참. 배는 왜 이렇게 늦게 온담."

운수 비구니가 땅에 늘어져 있는 나무 그림자를 보았다.

"조금만 더 있으면 되겠다. 지금쯤 배가 부지런히 내려오고 있는 중일 거야."

두 비구니가 소나무 뒤에서 그렇게 소곤거리고 있는데 다시 뒤에서 급하게 달려오는 말발굽 소리가 들렸다.

깜짝 놀란 운수 비구니가 운지의 옷소매를 끌고 소나무 숲 안쪽으로 들어갔다.

이번에도 다섯 필의 건장한 말들이 뿌연 먼지를 일으키며 달려오고 있었다. 능숙한 솜씨로 말을 모는 자들은 네 명의 건장한 청년과 한 명의 얼굴 붉은 노인이었다.

그들은 죽립을 쓰지 않았고, 수건으로 코와 입을 가리지도 않은 것이 가까운 곳에서 오는 모양이었다.

쏜살같이 소나무 숲을 지나가는 자들을 엿보던 운수 비구니가 눈살을 찌푸렸다.

"왜요?"

"저 노인은 이 일대를 주름잡고 있는 거룡방(巨龍幇)의 늙은 괴물이야. 삼수노룡(三水怒龍)이라고 하는 이화곤(李火鯤)이지. 그것참 이상한걸?"

운수 비구니는 무언가 심상치 않은 느낌을 받은 듯 여전히 눈살을 찌푸린 채 머리를 갸웃거렸다.

운지는 제 사형의 눈썰미에 감탄하는 한편 대체 무엇 때문에 그러는지 궁금했다.

운수 비구니가 턱짓으로 소나무 숲 밖을 가리켰다.

방금 앞을 지나갔던 거룡방의 무리가 신검장의 마차 앞에서 말을 멈추었는데, 네 명의 장한이 경계를 서고, 삼수노룡 이화곤이 마차 곁에 붙어 서서 약간 허리를 굽히고 있었다.

보아하니 마차 안의 인물과 무언가 밀담을 나누는 것 같았다.

2

운수가 그들을 가리키며 말했다.

"거룡방은 정사 중간이라고 알려져 있지만 최근에 하는 짓으로 봐서는 사도 쪽으로 기울어 있어. 그런데 신검장의 무리가 그들과 어울리고 있으니 이상하지 않아?"

운지는 운수 비구니의 말을 이해하지 못했다. 신검장이 사천무림의 기둥 격인 세력이고, 장주인 구주신검(九州神劍) 화군천(華君天)이 강호에서 다섯 손가락 안에 꼽히는 고수라는 건 잘 알고 있었다. 그런데 거룡방이라는 곳에 대해서는 조금도 알고 있지 못하니 그렇다.

게다가 이해할 수 없는 일은 또 있었다.

"아니, 대체 이 조그만 진(津)에 무슨 일이 있는 거지?"

운수 비구니가 눈을 동그랗게 뜨고 바라보는 곳에 다시 여섯 필의 말이 뽀얀 먼지를 일으키며 전력으로 질주해 오고 있었다.

우람한 체구의 중년 무사들 네 명과 두 명의 나이 지긋한 노인들이다.

그들이 진에 들어서더니 즉시 말에서 뛰어내렸다. 앞서 도착한 거룡방의 무리와 마찬가지로, 네 명의 중년 장한들은 경계를 서고 두 명의 노인이 신검장의 마차 곁으로 달려갔다.

거룡방의 삼수노곤 이화곤이 그들을 보더니 낯을 찌푸리고 비켜선다.

두 노인은 삼수노곤을 일별했을 뿐, 인사도 나누지 않고 마차 곁으로 다가갔다.

멀리서 그들의 그러한 움직임을 지켜보던 운수 비구니가 한숨을 쉬었다.

"보아하니 순탄하게 배를 타고 이곳을 떠나기는 틀린 모양이다."

"어째서요? 우리는 저들과 아무 상관이 없잖아요?"

"에그, 이 철없는 사매야. 저 두 노인이 누구인지 아니?"

"……."

"왼쪽의 수염 긴 노인이 철수동곤(鐵手銅棍) 육가기(陸可起)이고, 오른쪽의 검은 옷을 입고 상투 튼 노인은 백황현도(白黃玄道) 육청풍(陸淸風)이라는 사람이야."

운수 비구니가 열심히 설명하지만 운지가 그들을 알 리가 없다.

"저들 두 사람은 형제인데, 사천무림에서 명성이 쟁쟁한 고수들이란다. 정파에 속해 있어서 대협이라고 불리기도 하지. 형인 육청풍은 도사이기도 해."

"그렇군요."

운지는 심드렁하기만 했다.

"그런데 그것과 우리가 순탄하게 배를 타는 것과 무슨 상관이 있어요?"

"에그, 요 맹추야."

운수 비구니가 운지의 머리를 쥐어박을 듯 주먹을 들어 올리며 눈을 흘겼다.

"이 작은 진에 사천무림에서 명성이 쟁쟁한 정사의 거물들
이 속속 모여들고 있다는 게 무슨 의미이겠어?"

"모르죠."

"무언가 대단한 일이 이 작은 진에서 벌어질 거라는 얘기
야. 그게 뭔지는 모르지만 이곳에 들이닥치는 인물들의 면면
이며 배경이 하나같이 심상치 않으니 아마도 큰일일 거야."

"아!"

운지가 그제야 깨달았다는 듯 깜짝 놀랐다.

하지만 그다음에 하는 말이 엉뚱하기 짝이 없는 것이라 운
수 비구니는 한숨을 쉴 수밖에 없었다.

"그렇다면 이곳에서 사천무림지회라도 열리는 걸까요?"

"에그, 에그. 내가 말을 말아야지."

그들이 그렇게 소곤거리는 동안에도 몇 사람이 말을 달려
왔는데, 하나같이 사천무림에서 이름 석 자를 대면 알 만한
자들이었다.

정파의 인물도 있고 사마의 효웅도 있으며, 제멋대로 행동
하는 자들과 녹림도의 무리까지 뒤섞여 있으니 정말 사천의
무림지회라도 열리고 있는 것 같았다.

평소에 이처럼 만났다면 이를 갈며 서로 죽이려고 할 자들
이 한데 모였건만 아무런 일도 일어나지 않았다. 서로 눈치를
보면서도 신검장의 마차를 중심으로 모여 있을 뿐이다.

신검장의 명성이 그들을 압도해서 은연중에 지도자의 역

할을 하게 된 것이다.

운수 비구니에게는 그게 더욱 이해할 수 없는 일이었다.

대체 신검장의 저 마차에는 누가 타고 있는지 궁금해서 미칠 지경이다.

"우리도 가볼까?"

운수 비구니의 말에 운지가 머리를 설레설레 흔들었다.

"괜한 일에 끼어들 필요 없잖아요. 그냥 우리는 우리 길이나 가요."

"흥. 요것아, 네 속마음을 모를 줄 알아? 정주에 가기만 하면 당장 운몽이라는 녀석을 만날 것 같아서 그렇게 서두르는 거지?"

"아니… 그런 게 아니라… 저는 그냥……."

운지의 얼굴이 당장 홍시처럼 붉어졌다. 고개를 푹 숙이고 옷자락만 만지작거린다.

웃음을 감춘 운수 비구니가 짐짓 토라진 얼굴로 말했다.

"그냥 뭐? 왜 말을 못해? 네 머릿속에는 온통 운몽 그놈 생각뿐이지? 설마 산에서 내려올 때 신신당부하신 사부님의 말씀을 벌써 잊은 건 아니겠지?"

"그럴 리가요."

운지가 펄쩍 뛰었다. 운수 비구니는 이 순진한 사매를 놀리는 데 재미를 느꼈다.

"어쩌면 저 사람들이 저렇게 모여든 건 혈사기 때문인지도 몰라. 그렇다면 우리는 먼저 그것을 조사해 보아야 하지 않겠어?"

"……."

운지는 고개를 푹 숙인 채 아무 말도 하지 못했다.

만약 운수 사형의 말이 맞는다면 당연히 그렇게 해야 할 일이다. 운몽의 일 때문에 제 두 어깨에 지워진 커다란 사명을 망각할 수는 없지 않은가.

운지가 기어들어 가는 목소리로 말했다.

"그럼 그렇게 하세요. 저는 사형의 명에 따를게요."

막상 운지가 제 고집을 버리고 순순히 항복하자 운수 비구니는 순진한 이 사매에 대한 연민의 마음이 생겼다.

그녀가 운지의 손을 잡고 다정하게 말했다.

"강호에 나오면 모든 일들이 단서이기도 하면서 함정이기도 한 거야. 항상 조심해야 하고, 잘 판단해야 하지. 내가 보기에 이 작은 진에서 벌어지고 있는 일들은 심상치가 않아. 이곳에서의 일이 혈사기와 관계가 없다고 해도 그것에 대한 단서를 찾아낼 수 있을지도 몰라. 그리고 운몽에 대한 것은……."

말끝을 흐리던 운수 비구니가 가볍게 한숨을 내쉬고 다시 말했다.

"정주의 숭의산장에 그 녀석도 있었으니 싫든 좋든 이제는 혈사기와 관계가 되었다고 봐야지. 그러니 혈사기를 뒤쫓다

보면 반드시 만나게 될 거야. 조금만 참도록 해."

"알았어요. 사형의 말은 항상 옳으니 소매는 사형에게 의지하겠어요."

운지의 어깨를 다독여 준 운수 비구니가 그녀의 손을 잡고 소나무 숲에서 걸어나갔다.

"아미산의 운 고모 아니십니까?"

낭랑한 음성이 그녀들의 발길을 붙들었다.

돌아보니 두 사람의 청년이었다.

소나무 숲이 끝나는 곳의 시원한 그늘에 앉아 있다가 운수 비구니를 보고 만면에 웃음을 띠고 일어나고 있었다.

다부진 인상의 청년이 흰 이가 드러나도록 활짝 웃었다.

튼실해 보이는 팔뚝이 드러난 짧은 소매의 남빛 경장을 입고 있었는데, 시원시원하게 생긴 용모에 강인해 보이는 인상이다.

허리에 한 자루의 강도(鋼刀)를 차고 있었다. 중원의 칼보다 완만하게 굽은 것이 만도(彎刀)와도 비슷한 독특한 것이다.

청년이 정중하게 포권했다.

"조카를 기억하시는지?"

잠시 눈을 모으고 생각하던 운수 비구니가 빙그레 웃으며 머리를 끄덕였다.

"누군가 했더니 관아 아니냐? 어느덧 훤칠한 대장부가 되어 있었군. 내가 미처 알아보지 못한 것도 당연해.”

그는 사천 서북부, 민산 아래에 집단으로 모여 살고 있는 강족(羌族)의 청년이었다. 그래서 중원의 한족보다 기골이 장대하고 골격이 단단해 보였는데, 눈에 맑고 순박한 정기가 어려 있어서 보기 좋았다.

강족의 북부 족장인 관삼평의 아들로서 관민(關岷)이라고 한다. 운수 비구니가 관삼평과 교류가 있었으므로 관민이 어렸을 때에 자주 보았던 것이다.

그 뒤로 십여 년 만에 보는 것인데도 관민이 한눈에 운수 비구니를 알아본 건 운수가 그를 귀여워하여 만났을 때마다 아미파의 절기 몇 가지씩을 가르쳐 주곤 했기 때문이었다.

관민이 반가움을 억제하지 못하고 다가와 운수 비구니의 손을 덥석 잡았다.

“고모님을 이런 곳에서 만나게 될 줄은 꿈에도 생각하지 못했습니다. 얼마 전 아미산을 지나오면서도 고모님을 찾아뵙지 못해 아쉬웠는데 이건 정말 뜻밖이군요.”

“이 녀석, 다 큰 녀석이 아직도 어리광을 부리는구나.”

운수 비구니가 밉지 않은 얼굴로 눈을 흘기며 어느덧 자기보다 머리통 하나는 더 커진 관민의 코를 쥐고 흔들었다.

“그런데 어찌 된 일이냐? 이런 곳에 네가 와 있다니?”

“아버님께 허락을 받고 나온 것이니 고모님은 괜히 야단치지 마세요.”

관민이 짐짓 겁먹은 얼굴을 하고 엄살을 떨었다. 어렸을 때에 제멋대로 굴다가 운수 비구니에게 혼난 적이 있는 탓이다.

그 뒤로 관민은 제집에 운수 비구니가 찾아오면 얌전한 강아지처럼 엎드려 지내야만 했다.

벌써 십여 년 전의 일이지만 그때의 기억이 아직 살아 있어서 운수 비구니를 보자 반가우면서도 겁이 났던 것이다.

운수 비구니가 빙긋 웃었다.

"고삐 풀린 망아지 같기만 하던 네가 어느덧 이렇게 커서 칼을 차고 강호에 나올 만큼 되었다니 참으로 대견한 일이다. 그래, 관 족장께서는 강건하시고?"

두 사람은 그동안의 회포를 푸느라고 쉴 새 없이 말을 주고받았다. 곁에 다른 사람이 있다는 것마저 까맣게 잊은 것 같다.

운지는 그들과 몇 걸음 떨어진 곳에서 고개를 푹 숙인 채 제 발끝만 내려다보고 있었다.

그런 운지를 힐끔거리던 또 한 청년이 하하, 웃고 나서 관민의 어깨를 두드렸다.

비단옷을 입고 유생건을 썼으며 한가롭게 섭선을 부치고 있던 맑은 얼굴의 청년이다.

"관 형, 소제는 아예 안중에도 없구려? 이분 선배님을 소제에게도 소개시켜 주지 않겠소?"

관민이 '아!' 하고 놀라더니 그의 손을 이끌어 운수 비구니

앞에 세웠다.

"중원에 들어와 처음 만난 친구랍니다. 제 스스로는 별호를 군자선이라고 한다는데 좀 의심스럽죠."

"관 형!"

관민을 향해 울상을 지어 보였던 청년이 밝게 웃으며 저를 소개했다.

"하하, 군자선(君子扇) 유지겸(劉志謙)이랍니다."

군자선 유지겸이 운수 비구니를 향해 정중하게 포권했다.

"아미산에 운수가 있어서 강호의 정기가 더욱 맑아진다는 말을 들어왔습니다. 오래전부터 선배님을 흠모했는데 오늘 이렇게 뵙게 되니 무상의 영광입니다."

그의 정중하고 밉지 않은 말에 운수 비구니의 얼굴이 활짝 폈다.

"이제 보니 네가 육파(六巴)에 있는 설산문(雪山門)의 소공자인 그 군자선이로구나?"

"소생의 별호를 들으셨다니 부끄러울 뿐입니다."

군자선 유지겸이 얼굴을 붉히고 더욱 허리를 굽혀 겸양의 예를 취했다. 그것을 바라보는 운수 비구니의 얼굴에 흐뭇해하는 표정이 역력했다.

설산문은 사천 서북 무림에 있는 명망 높은 정도의 문파였다. 문주인 설산백호(雪山白虎) 유위걸(劉威杰)은 권법의 종사로서 중원무림에서도 꼽아주는 절정고수이기도 하다.

유지겸은 그 유위걸의 아들로서 몇 해 전에 강호에 나왔는데, 바른 성품과 뛰어난 무예에 학식마저 높아 군자선이라는 별호를 얻은 후기지수였다.

운수 비구니가 한쪽에 서 있는 운지를 불러 그들에게 소개시켰다.

"내 사매야. 운지라고 한다네. 강호에 처음 나온 길이라 모든 게 다 낯설고 강호의 일에 대해서도 잘 알지 못하니 앞으로 자네들이 많이 도와주게."

운지가 여전히 얼굴을 붉힌 채 합장하고 기어들어 가는 음성으로 아미타불을 염했다. 관민과 유지겸을 똑바로 바라보지도 못한다.

그런 운지를 바라보는 두 청년의 눈에 경탄지색이 어렸다. 비록 헐렁한 승복으로 몸을 가리고 염주를 목에 걸었지만 치렁하게 늘어진 검은 머리카락과 곱고 해맑은 얼굴은 조금도 빛을 잃지 않았던 것이다.

아니, 그래서 오히려 운지의 탈속한 아름다움이 더욱 빛난다.

두 청년은 넋을 잃고 운지를 바라보기만 했다.

3

여객을 실어 나르는 배가 도착할 때만 다소 북적였을 뿐,

평소에는 절간 같던 작은 어성진(魚盛津)이 갑자기 몰려든 사람들로 넘쳐 났다.

날이 저물 때쯤에는 이미 사오십 명이 객잔이며 주가를 온통 차지하고 있었는데, 하나같이 기세가 등등한 강호의 무리들이었다. 그래서 본래의 주민들은 대문을 꼭꼭 걸어 잠그고 숨도 크게 쉬지 못한 채 그들이 얼른 사라져 주기만 바라고 있었다.

어성진에 닿았던 객선도 그런 기세에 놀라 내릴 사람 몇 명만 내려놓고 화급히 떠나 버렸으므로 운지는 미처 배를 탈 기회조차 갖지 못했다.

어쩔 수 없이 이곳에서 하룻밤을 보낼 수밖에 없었다.

운지는 운수와 함께 두 청년의 안내를 받으며 어성진 유일의 객잔인 어성객잔으로 향했다.

길 복판에 아직도 멎어 있는 신검장의 마차 곁을 지나가지 않을 수 없다.

운지는 그것에 꽂혀 펄럭이는 깃발을 보고 다시 알 수 없는 불안감에 어깨를 가늘게 떨었다.

마차 곁에는 신검장의 청년 고수들 다섯 명이 석상처럼 우뚝 서 있었는데, 다가오는 운지 일행에게 눈길조차 주지 않았다.

운지가 운수의 뒤에 숨듯이 하며 마차 곁을 지나갈 때였다.

"거기 가시는 분이 혹시 아미산의 운수 사태가 아니십니까?"

마차 안에서 처음으로 낭랑한 음성이 들려왔다.

운수 비구니가 깜짝 놀라 멈추어 서서 어리둥절한 얼굴로 마차를 바라보았다.

마차 안에 있는 인물이 여인일 줄은 몰랐던 것이다.

'신검장에 여고수가 있었던가?'

잠시 머릿속의 기억을 더듬어보는데, 마차를 지키고 있던 청년들 중 기도가 범상치 않아 보이는 한 청년이 재빠르게 다가왔다.

운수 비구니의 앞을 막아서더니 한 무릎을 꿇고 머리를 숙인다. 최대의 경의를 표한 것이다.

"소저께서 사태를 청하시니 부디 허락하여 주소서."

"소저라니?"

운수 비구니는 어리둥절해졌다. 신검장주에게 딸이 있다는 말을 들어보지 못했음은 물론, 소녀를 제자로 받아들였다는 말도 들어보지 못했으니 그렇다.

이건 정말 알 수 없는 일이라는 생각과 함께 궁금증이 일어 뿌리칠 수 없었다.

운수 비구니가 운지의 손을 잡고 천천히 마차를 향해 다가갔다. 그녀가 다가오자 꼿꼿하게 서 있던 청년들이 모두 한 무릎을 꿇어 최대의 경의를 표한다.

관민과 유지겸은 그들과 떨어진 곳에서 조금은 화가 난 듯한 얼굴로 바라볼 뿐 아무 말도 하지 않았다.

마차의 문이 활짝 열렸다. 침침한 어둠 속이라 밝은 곳에 서 있는 운수 비구니는 마차 안의 사람을 똑똑히 볼 수 없었다.

"명망 높은 사태를 이런 곳에서 뵙게 되다니 뜻밖의 기쁨이군요. 설마 제 마차 안이 누추하다고 꺼려하시는 건 아니겠지요?"

간드러진 음성이 재촉한다.

운수 비구니는 잠시 망설였지만 그 말을 듣고도 마차에 오르지 않을 수가 없었다.

잔뜩 불안한 기색으로 바라보는 운지에게 한 눈을 찡긋, 해준 운수 비구니가 그녀의 손을 이끌었다.

폭신한 보료가 깔려 있는 마차 안은 밖에서 보기보다 넓고 아늑했는데, 은은한 체향이 감돌았다.

보료 위에 한 사람이 단정한 모습으로 앉아서 두 비구니가 들어오는 걸 기다리고 있었다.

운수와 운지가 그녀와 마주 앉아 찬찬히 바라보았다.

이십사오 세쯤으로 운지와 비슷한 연배의 아가씨였다. 붉은색 비단 치마저고리를 입고 화려한 치장을 하고 있어서 원래의 아름다운 용모가 더욱 요염하게 빛나 보인다.

그녀의 인상을 살피고 분위기를 느껴본 운수 비구니가 살짝 눈살을 찌푸렸으나 얼른 본래의 신색을 회복하고 물었다.

"나는 아가씨를 본 적이 없는데 아가씨는 금방 나를 알아 보았군요?"

은근히 책망하는 것이다.

그걸 안 홍의미녀가 섬섬옥수를 들어 살짝 입을 가리고 배 시시 웃었다.

"죄송합니다. 함부로 길을 가로막은 걸 용서해 주세요."

"사연이 있겠지요."

"저는 화보옥(華寶玉)이라고 합니다."

홍의미녀가 앉은 채 살짝 머리를 숙였다. 그러자 감미로우 면서 코를 찌르는 향기가 왈칵 끼쳐 온다.

운수 비구니는 그런 홍의미녀에게서 요염한 기운과 함께 알 수 없는 서늘한 느낌을 받았다. 기분이 좋은 그런 것은 아 니었다. 그래서 꺼림칙하고 의심스러워진 그녀가 굳은 어투 로 말했다.

"그런데 소저는 화 대협과 어떤 사이이신지?"

"아, 아직 모르고 계셨군요. 소녀는 신검장주의 여식이랍 니다."

"여식이라고?"

운수 비구니가 눈을 크게 떴다.

"신검장주에게 화운평 말고 또 한 명의 혈육이 있다는 말 은 들어보지 못했는데 이상한 일이군."

"사정이 있었답니다. 차차 말씀드리도록 하지요."

“사정이라……."

운수 비구니가 다시 눈살을 찌푸렸다.

그녀가 알고 있는 구주신검 화군천은 언제나 당당하고 흉심이 없는 사람이었다.

그런 화군천에게 말 못할 사정이 있었다는 게 의아하고, 이렇게 갑자기 그의 딸을 자칭하는 아가씨가 세상에 모습을 드러냈다는 것도 의아했다.

“그런데 이분도 아미산의 스님이신가요?"

화보옥이 의아한 눈으로 운지를 바라보며 물었다.

운수 비구니가 머리를 끄덕였다.

“나의 사제이기도 하지. 운지라고 한다네."

“운지?"

화보옥의 눈이 반짝, 하고 빛났다. 뚫어질 듯이 운지를 바라보는데 그 눈길에 묘한 기운이 어렸다.

운지가 거북한 얼굴이 되어 눈길 둘 곳을 찾지 못해 당황한다.

“이제 보니 당신이 바로 운지 스님이었군요."

“마치 오래전부터 알고 있었다는 듯 말하는군?"

운수 비구니의 말에 화보옥이 요염한 미소를 떠올렸다.

“오라버니가 날만 새면 그 이름을 중얼거린다고 아버님이 말씀해 주셨답니다."

“화운평이?"

운수 비구니가 의아하여 내뱉은 말에 운지는 가슴이 철렁하고 내려앉는 기분을 느꼈다.

그런 운지를 바라보던 화보옥이 비로소 눈길을 거두고 말했다.

"아름답군요. 그 옷만 바꿔 입는다면 가히 천하제일의 미녀가 될 수 있겠어요."

말속에 질투의 기색이 숨겨져 있는 걸 운지는 몰랐으나 운수 비구니의 예리한 감정은 즉각 느꼈다.

그녀가 떠나겠다는 듯 말했다.

"우리를 부른 이유가 달리 없다면 이만 가보겠네."

"어디로 가시려고요?"

"날이 저물어가니 우선 하룻밤 묵을 곳을 찾아야겠지."

"소용없을 거예요. 이곳에 객잔이라고는 한 곳뿐인데 지금쯤은 빈방이 없을 테니까요."

"그렇다면 낡은 신당이라도 찾아볼 수밖에."

"그러지 말고 저와 함께 이 마차 안에서 밤이슬을 피하는 게 어떨까요? 이런저런 이야기들을 나누다 보면 서로를 더 알 수 있게 될 테고, 유익한 정보도 서로 나누어 가질 수 있게 되지 않겠어요?"

화보옥의 말에는 충분히 일리가 있었다. 운수 비구니가 동의를 구한다는 듯이 운지를 돌아보았다. 하지만 운지는 마뜩치 않게 여기는 게 분명했다. 고개를 외로 꼰 채 입술을 잘근

잘근 깨물고 있다.

그것을 본 운수 비구니가 머리를 가로저었다.

"안 되겠어. 초면에 지나친 신세를 질 수는 없지. 아무래도 우리는 따로 쉴 곳을 찾는 게 좋을 것 같네. 강호에 나왔으니 언제든 또 볼 수 있게 되겠지. 아미타불."

"그럼 그렇게 하세요."

화보옥도 더 만류하지 않았다. 심드렁하게 대답하고 손뼉을 친다.

밖에 있던 청년 무사가 즉시 마차의 문을 열어주었고, 운수와 운지는 아무래도 꺼림칙한 마음을 그곳에 남겨둔 채 마차를 떠났다.

관민과 유지겸은 그때까지도 처음의 그 자리에 서서 기다리고 있다가 운지와 운수 비구니가 돌아오는 걸 보고 반색을 했다.

"무슨 일이 있었습니까? 마차 안에 있는 사람은 누구죠?"

성급한 관민이 빠른 말로 물었다. 운지는 당연히 말이 없고, 운수 비구니가 고개를 천천히 가로저었다.

"알 것 없어."

어찌 들으면 냉정하고 쌀쌀한 말인지라 유지겸이 당장 서운하다는 얼굴을 했지만 관민은 아무렇지도 않은 듯 하하, 웃었다. 운수 비구니의 성품을 잘 알고 있는 탓이다.

거리를 천천히 지나는데 모여든 사람들의 눈길이 모두 두 비구니에게 꽂혔다.

운지는 부끄러움으로 얼굴을 붉힌 채 내내 제 발끝만 바라보며 걸었고, 운수는 당당하고 냉엄하게 고개를 쳐들고 태연히 걸었다. 그러나 마음속에 이는 한 가닥 불안의 그림자를 떨쳐 버릴 수는 없었다.

그들을 인도해 가고 있는 관민과 유지겸의 마음속에도 어떤 불길한 생각이 깃들기 시작했다. 관민이 슬며시 운수 비구니 곁에 다가와 작은 음성으로 말했다.

“이곳은 어째 이상하군요. 다들 우리를 보는 것 같습니다.”

“신경 쓸 것 없지.”

운수 비구니가 여전히 냉정하게 말했다. 긴장을 하고 있다는 반증이다.

두 청년과 두 명의 비구니는 천천히 걸어서 어성진의 유일한 객잔인 어성객잔으로 들어섰다.

객잔 안은 이미 와 있는 강호의 인물들로 꽉 차 있어서 빈자리를 찾아볼 수 없었다. 방을 구할 수 없을 거라던 화보옥의 말이 거짓이 아니었던 것이다.

두 청년이 난감하다는 얼굴로 두리번거렸고, 운수 비구니는 냉엄하고 도도한 눈길을 허공에 둔 채 가만히 서 있기만 했다.

점소이가 숨을 헐떡이며 달려와 울상을 하고 손을 비벼댔다.

"어찌 된 일인지 오늘은 강호의 영웅들로 넘쳐 나서 보다
시피 빈자리가 없습니다요. 두 분 스님을 모시고 싶은데 어쩌
지요?"

"자리가 정말 없단 말이야?"

관민이 눈을 부라리자 점소이가 더욱 울상을 하고 우물쭈
물했다.

군자선 유지겸이 그런 점소이를 달래듯 부드럽게 말했다.

"저쪽에는 식사를 다 마친 사람들도 있군. 그들에게 가서
양해를 구해보면 안 되겠나?"

"그게 저기… 어찌 된 일인지 다들 꼼짝을 않는군요. 남의
영업을 방해하려는 건지… 이거야 원 알 수가 없습니다요."

"됐다. 그만 가자."

운수 비구니가 차갑게 말하고 돌아섰다. 관민이 비구니의
옷소매를 잡는다.

"잠깐만 기다리십시오."

그리고는 점소이를 불러 이것저것 음식을 주문했다. 운수
비구니와 운지는 유지겸과 함께 객잔 밖에 서서 기다렸는데,
관민이 음식이 잔뜩 들어 있는 바구니를 가지고 나올 때까지
유지겸의 눈길은 운지에게서 떠나지 않았다.

第三章
신당 안의 격전

1

어느 마을이나 신당이나 관제묘가 하나쯤은 있다. 어성진에도 그랬다.

나루를 등 뒤에 두고 반 시진쯤 산길을 더듬어 올라가자 과연 울창한 송림 속에 오래된 신당이 있었다.

돌담에 검푸른 이끼가 가득 끼었고, 기왓골마다 마른풀이 무성하게 자라 있는 황폐한 곳이다.

어성진의 사람들은 생업에 바빠 신당 돌보는 일을 잊은 지 한참 된 것 같았다.

낡고 빛바랜 문은 반쯤 열려 있었다.

네 사람이 신당 안으로 들어가자 구수한 냄새가 풍겨 나왔다. 먼저 온 사람이 있었던 것이다.

해는 이미 서산으로 넘어갔고, 재색의 땅거미가 내려앉을 무렵이다.

어둑한 신당의 부서진 창문 틈으로 침침한 노을빛이 흘러들고 있었는데 그 아래 한 사람이 앉아서 입김을 후, 후, 불어가며 김이 무럭무럭 나는 닭다리를 뜯고 있는 중이었다.

남루한 행색에 까치집같이 헝클어진 머리카락, 시커먼 맨발이다.

누덕누덕 기운 헐렁한 무명옷의 허리춤을 새끼줄로 질끈 동였는데 일곱 개의 매듭이 지어져 있었다.

가진 거라고는 벽에 세워놓고 있는 나무 작대기 한 개와 손때가 반질거리는 술 호로 한 개가 전부였다. 거지 중에서도 상거지로 보이는 몰골인 것이다.

어둠 속이고, 얼굴을 뒤덮다시피 한 지저분한 머리카락 때문에 얼굴을 알아볼 수 없었다. 늙었는지, 젊었는지도 알 수 없다.

닭다리를 뜯는 일에만 열중일 뿐, 거지는 외인들이 신당 안으로 들어왔지만 돌아보지도 않았다.

지저분한 손가락을 쪽쪽 소리가 나도록 빨아가며 으적으적 씹어대는 모습이 혐오스럽다.

잠시 눈살을 찌푸리고 바라보던 운수 비구니가 가슴 앞에 손을 모아 낮게 아미타불을 중얼거리고 나서 말했다.

"먼저 오신 객이 있었군요. 우리도 이곳에서 하룻밤 이슬을 피하고 싶은데 괜찮겠지요?"

점잖은 비구니의 말에 중년의 거지가 돌아보지도 않고 귀찮다는 듯이 한 손을 홰홰 내저었다.

"내 집도 아니고 당신 집도 아닌데 괜찮고 말고가 어디 있어? 편한 대로 하면 그만이지."

함부로 하는 말에 운수 비구니가 다시 눈살을 찌푸렸다.

그의 얼굴을 보고 눈을 볼 수 있다면 위험한 자인지 아닌지 짐작이라도 할 수 있을 텐데 그럴 수 없으니 불안하기도 했던 것이다.

아직 세상 물정이라고는 조금도 알지 못하는 운지를 보살펴야 하고, 호기만 있을 뿐 강호의 경험이 일천한 두 청년까지 신경 써야 하니 여간 부담스러운 게 아니다.

'그때그때 형편 보아가며 대처하면 되겠지.'

그렇게 작정한 운수 비구니가 두리번거리더니 그나마 깨끗해 보이는 남쪽 구석을 가리켰다.

"우리는 저쪽에 자리를 잡자꾸나."

즉시 관민과 유지겸이 달려가 먼지와 잡동사니들을 대충 걷어내고 자리를 만들었다.

그새 닭다리를 다 뜯었는지, 거지는 모로 쓰러져 코를 골아대기 시작했다.

먹자마자 눕는다는 것도 그러려니와, 눕자마자 지붕이 들썩일 정도로 코를 골아댄다는 것도 신기한 일이다. 그래서 운지는 제 앞에 놓인 음식을 먹는 것도 잊고 거지를 힐끔거리는 데 정신을 팔았다.

"언니, 저 사람은 개방의 호걸일까요?"

그녀가 속삭여 물었다. 강호에는 개방이라는 거지들만의 집단이 있고, 그것이 구파일방의 한자리를 당당히 차지할 만큼 위세가 대단하다는 말을 들은 기억이 있었던 것이다.

운수 비구니가 우물거리던 교자를 삼키고 나서 역시 낮은 음성으로 말했다.

"그럴 것이다. 새끼줄의 매듭이 일곱 개인 걸로 보아 개방의 문도 중에서도 어른 축에 끼는 사람이겠지."

운지가 감탄했다는 얼굴로 고개를 끄덕였다. 그새 거지의 허리띠 매듭까지 확인한 운수 비구니의 예리한 안목에 탄복한 것이다.

운수 비구니가 낮고 근엄한 음성으로 주의를 주었다.

"강호에 나온 이상 늘 긴장하고 있어야 한다. 지나치는 사소한 것이라도 세밀하게 관찰하고 기억해 두어야 해. 그 일이 너를 위기에서 구해주고, 때로는 죽음에서도 벗어나게 해준단다."

"잘 알았어요, 언니."

운지는 운수와 동행해 온 지난 이십여 일 동안 사문에서는 배우지 못했던 것들을 하나하나 배워가고 있었다.

강호에서의 새로운 경험을 체험하고 있는 것이다.

그건 호기심을 자극하는 일이면서 또한 귀찮고 피곤한 일이기도 했다. 하지만 아미산중과는 달라서 세상의 일이라는 게 늘 위험할 뿐이니 감수할 수밖에 없다.

더구나 강호라는 곳은 도처에 음험한 자들이 널려 있고, 곳곳마다 함정이 도사리고 있는 곳이라지 않던가.

자꾸 신경이 쓰이는 낯선 거지 때문일까? 쾌활하고 호방하던 청년 관민도 침묵했고, 유지겸도 묵묵히 고개를 숙이고 앉아 있기만 했다.

"다들 잠을 자두도록 해. 어쩌면 내일은 힘든 하루가 될지도 모르니까."

운수 비구니가 낮은 한숨과 함께 말하고 서늘한 벽에 등을 기대고 앉아 눈을 감았다.

그녀의 말에 운지도 정좌하고 앉아 눈을 감았지만 이런저런 생각들로 인해 운기행공에 몰입할 수 없었다.

곁에서 자꾸만 힐끔거리는 유지겸과 관민의 눈길도 신경이 쓰인다.

그것을 알았던지, 운수 비구니가 감은 눈을 뜨지 않은 채 말했다.

"이 녀석들, 자꾸 사매를 훔쳐보면 내쫓아 버릴 테다."

깜짝 놀란 관민과 유지겸이 동시에 벽을 보고 돌아앉았다. 그러더니 꽝! 하고 벽에 이마를 찧고는 눈을 질끈 감는다.

두 청년은 마치 무너지려는 벽을 이마로 버티고 앉아 있는 것 같았다. 그 우스꽝스런 모습에 운지가 킥, 하고 웃음을 터뜨렸다.

얼마쯤 시간이 지났을까.

운기삼매에 빠져 있던 운지의 아미가 꿈틀, 했다. 무릎 위에 단정히 올려놓았던 두 손의 수결을 슬그머니 푼다.

기척을 느낀 것이다.

그것은 이십여 장 밖에서 흘러오고 있는 미약한 기척이면서 기운이기도 했다.

운지는 그것을 느낄 수 있었지만 아직 누구도 그러한 기척을 감지하지 못한 것 같았다.

살며시 실눈을 뜨고 보니 운수 비구니는 여전한 모습으로 벽에 등을 기댄 채 눈을 감고 있었고, 저쪽의 어둠 속에 웅크리고 있는 거지도 여전히 코를 골고 있었다.

관민과 유지겸 두 청년도 그대로이다.

그들은 벽에 이마를 기댄 자세로 고른 숨을 쉬고 있었는데, 관민은 코마저 낮게 골고 있는 중이었다.

운지는 더럭 겁이 났다. 가슴이 쿵쾅거린다. 기척이 점점 가까워졌던 것이다.

이렇게 야심한 밤에 은밀히 다가오는 자들이라면 좋은 뜻을 품은 자들이 아닐 것이다.

'어쩌면 싸워야 할지도 몰라. 내가 사람을 때릴 수 있을까? 겁이 나서 제대로 싸워보지도 못하면 어떻게 하지? 운수 사형이 몹시 실망할 텐데. 아이 참, 사형을 깨워야 하나? 왜 다들 이렇게 태평하담.'

기척이 점점 가까워질수록 더욱 초조해지는 중에 그런 원망마저 들었다.

운지의 이목이 남다른 건 그만큼 그녀의 내공이 깊다는 증거였다.

그녀는 산에서 내려오기 전 사부와 두 사숙으로부터 큰 은혜를 입었는데, 그들이 비전의 개정대법을 베풀어준 것이다.

아미삼소가 전력을 다해 운지의 임독양맥을 뚫어준 것은 물론, 자신들의 내공 중 상당량을 전해주었다.

그 덕분에 운지는 지금 아미파 정통의 신공인 금황예편기(金黃霆片氣)의 대성을 목전에 두고 있었다.

저도 모르는 사이에 여태까지 그 누구도 이루지 못했던 경지에 훌쩍 뛰어올라 있었던 것이다.

그처럼 그녀의 몸에는 아미산 정종의 내공과 비전의 무학들이 집대성되어 있었지만 운지는 오히려 그것을 두려워하고 있었다.

싸움이 벌어지면 어쩔 수 없이 사람을 때릴 수밖에 없고, 어쩌면 죽이게 될지도 모른다는 생각 자체가 그녀에게는 끔찍하고 두려운 일이기만 했다.

'아미타불, 아미타불…….'

운지가 가슴을 옥죄는 불안과 두려움으로 아미타불만 염하고 있는 동안 기척은 점점 더 가까워져 십여 장 안에 이르렀다.

그러자 비로소 운수 비구니가 눈을 떴고, 저쪽 구석에서도 코 고는 소리가 뚝 멎었다.

거지가 슬며시 일어나 앉더니 등과 배를 벅벅 긁어대며 구시렁거렸다.

"이 귀찮은 반풍자들이 잠을 못 자게 하는구나. 빌어먹을 놈들. 그렇게 내 피를 빨아먹었으면 지금쯤은 배가 터져 뒈졌어야 옳지, 아직도 뭘 더 처먹겠다고 슬금슬금 기어다니며 사람의 잠을 쫓느냔 말이야. 내 이놈들을 모조리 잡아서 손톱으로 톡톡 눌러 죽이고 말 테다."

운수 비구니가 품에서 두 개의 가느다랗고 짧은 철봉을 꺼내 든 것과, 거지가 벽에 기대 세워두었던 작대기를 쥔 것이 동시였다.

그리고 와장창! 하는 요란한 소리를 내며 신당의 낡은 문짝과 창문이 부서져 날았다. 우지끈거리는 소리와 함께 지붕도 무너져 흙먼지와 기와 조각을 우수수 떨어뜨린다.

휘익—

몇 개의 시커먼 그림자가 그 소란을 뚫고 날아들었다.

그 순간, 기다리고 있었다는 듯 거지의 작대기가 허공을 휩쓸었다.

퍽, 퍽, 퍽!

요란한 세 번의 격타음이 연이어 들려왔고, '케액!' 하는 단말마도 뒤따랐다.

창문을 부수고 뛰어들었던 세 놈이 차례차례 거지의 앞에 고꾸라져 꿈틀거리더니 이내 잠잠해졌다.

거지가 개를 두드려 쫓듯 나무 작대기를 휘둘러 그렇게 세 놈을 간단히 때려 엎었을 때, 운수 비구니도 짧은 철봉을 어지럽게 휘두르며 세 놈을 상대하고 있었다.

그녀가 양손에 쥐고 있는 철봉은 손가락 굵기에 한 자가 채 되지 못하는 것인데, 강철로 만들어져 있고, 양 끝이 창처럼 날카롭게 벼려져 있는 것이었다.

중간에 둥근 고리가 달려 있어서 가운뎃손가락을 끼워 넣고 빙글빙글 돌리며 상대의 눈을 현혹하는 한편, 빈틈이 보이면 뾰족한 부분으로 사정없이 찍고 찔렀다.

판관필처럼 때로는 점혈의 묘용을 발휘하기도 하고, 때로는 단검이나 단창처럼 치명적인 흉기가 되기도 하는 기병(奇兵)인 것이다.

아미자(峨眉刺)라고 하는 아미파의 독문병기를 그녀 취향에 맞게 개조한 것인데, 운수는 그것을 아미소창(峨眉小槍)이라고 불렀다.

작고 가벼워서 품에 지니고 다니기 쉬운 데다가, 육박을 근간으로 하는 아미파의 치열한 박투 수법에 잘 어울리는 단병(短兵)이었다.

상대의 품 안으로 파고들어 빙글빙글 돌리며 좌우로 어지럽게 찌르고 찍어대면 그 무엇보다 위협적이다.

지붕을 뚫고 뛰어내린 세 명의 흑의괴한은 별 힘도 써보지 못하고 운수의 아미소창에 제압당하고 말았다.

처음 접하는 기병에 한 번 당황했고, 그것이 눈앞에서 윙윙거리는 날카로운 소리를 내며 어지럽게 돌아가는 데에 두 번 당황했다가 여지없이 요혈을 찍혀 쓰러진 것이다.

눈 깜짝할 새였다.

놀라서 뛰어 일어난 관민과 유지겸이 '어? 어?' 하고 당황한 소리를 몇 번 냈을 때 모든 게 끝나 버렸다.

2

운수 비구니의 솜씨를 본 거지가 손뼉을 치며 즐거워했다.

"좋구나! 늙지도 젊지도 않은 비구니가 제법이다! 작은 장난감으로 어린애가 공깃돌 놀리듯 하는데 저 반풍자 같은 놈들이 꼼짝 못하고 나뒹구는구나!"

운수가 매섭게 노려보았지만 뭐라고 대꾸하지 않았다.

밖에서 다시 몇 놈이 쳐들어왔기 때문이다.

두 번째로 난입해 들어온 자들은 이번에는 신당 안의 사정을 파악한 듯했다. 거지는 상관하지 않고 오직 운수 비구니 일행을 노리고 쳐들어왔던 것이다.

관민과 유지겸이 즉시 좌우로 갈라져 운수 비구니를 가운데 두고 그들을 맞았다. 운지를 뒤에 두고 보호하는 형세가 된 것이다.

모두 다섯 놈이 쳐들어왔는데, 앞서 뛰어들었던 자들과는 기세부터가 달랐다.

아무 말도 없고, 숨소리조차 감춘 채 번쩍이는 검을 휘둘러 신랄하게 긋고 후려쳐 올 뿐이다.

"네놈들은 누구냐!"

굽은 칼을 들어 코앞에 닥친 검을 쳐내며 관민이 버럭 소리 쳤다.

유지겸도 철섭선을 보기 좋게 휘둘러 제 상대를 맞아 조금도 밀리지 않고 싸웠다.

"정체를 밝혀라!"

그 또한 관민처럼 소리쳤지만 검은 옷에 검은 두건으로 얼굴을 가린 자들은 말이 없었다. 거친 검격을 벌써 몇 차례 쳐냈으나 여전히 숨결이 고요하기만 하다.

품격이 높고 검법이 예리한 것이 오랜 수련을 쌓은 일류의 검사들이 틀림없었다.

그러나 관민과 유지겸의 솜씨도 만만치 않았다.

그들은 움직임에 제약을 받을 수밖에 없는 좁은 공간 속에서도 흑의검사들을 맞아 싸우며 점차 우세를 차지해 가고 있었다.

저쪽에서 거지는 눈을 멀뚱거리며 구경할 뿐 가세하려 들지 않았고, 운지에게 나서라고 할 수도 없었으므로 운수 비구니 혼자서 세 명의 흑의검사를 상대해야 했다.

그들 세 명의 검법 조예는 고하를 가리기 힘들 만큼 엇비슷했다. 검로는 물론 검격의 요령에 있어서도 흡사한 것이, 한 사부 밑에서 오랫동안 검법을 수련한 자들이 분명했다.

"낙산 신검장이군."

싸움을 구경하고 있던 거지가 냉랭하게 말했다. 운수 비구니도 거의 동시에 적의 검법 연원을 알아내고 크게 놀라 소리쳤다.

"너희들은 신검장의 검사들이 아니냐?"

자신들의 내력이 드러났지만 흑의검사들은 조금도 동요하지 않고 더욱 매섭게 검을 휘둘러 부딪쳐 왔다.

운수 비구니는 당황했다.

상대가 누구인지 몰랐을 때는 냉정하게 싸움에 임할 수 있었는데, 신검장의 검사들이라는 걸 알고부터는 마음대로 손을 쓸 수 없었던 것이다.

'아미산과 신검장은 오래전부터 우의를 돈독히 해왔다. 그런데 오늘 이 일은 대체 어떻게 된 일이란 말이냐?'

　신검장의 검사들이 자신을 몰라보는 건 아닐까? 하는 생각
이 불쑥 들었다. 그렇지 않고서야 이렇게 악착같이 달려들 리
가 없는 것이다.

　운수 비구니가 자신의 독문기병인 아미소창으로 검을 쳐
물리치며 버럭 소리쳤다.

　"다들 손을 멈추어라! 나는 아미파의 운수이니라!"

　자신을 밝히면 그들이 잘못되었다는 걸 알고 공세를 멈출
것이라고 생각했는데 그건 운수 비구니 혼자만의 생각에 지
나지 않았다.

　흑의검사들은 조금도 당황하거나 동요하지 않고 여전히
신랄한 검격을 쳐올 뿐이다.

　운수 비구니는 더욱 당황했다.

　신검장의 검사들을 죽이거나 다치게 한다면 혹시 화가 아
미파에까지 미치게 되는 건 아닐까, 하는 생각이 들었던 것이
다.

　삐익―

　밖에서 날카로운 호각 소리가 들렸다. 그러자 흑의검사들
은 더욱 매섭게 검을 뿌려대기 시작했다.

　소극적으로 상대하다가는 그들의 검에 찔리고 말 거라는
위기감이 운수 비구니를 화나게 했다.

　"너희들이 죽음을 재촉하는구나! 나를 원망하지 마라!"

　운수 비구니가 아미단창을 휘둘러 좌우에서 쳐오는 두 자

루의 검을 튕겨내며 날카롭게 소리쳤다.

마지막 경고를 해준 것이다.

아무리 화가 났다고 해도 그건 불도에 매진하는 비구니의 입에서 나올 만한 소리가 아니었다. 여지없이 강호의 여걸로서의 모습을 드러낸 것이다.

운지는 그런 운수 사형의 모습에 왠지 가슴이 아팠다.

"부처님 계신 곳에 호법천왕이 달리 있는 게 아니다."

늘 말하던 소령 사숙의 말이 귓전에 울린다.

그 말을 지금 운수 비구니가 대신하고 있었다.

"사찰에 괜히 십왕전이 있고 염라전이 있는 게 아니다!"

쨍!

날카로운 쇳소리를 내며 한 자루의 검이 그녀의 아미소창을 견디지 못하고 부러져 날았다.

"육도의 아수라도 부처님의 법력 앞에서는 꼼짝하지 못하는 법!"

촤르르르—

아미소창이 운수의 손바닥 안에서 경쾌한 소리를 내며 어지럽게 회전했다. 어느덧 그것의 날카로운 끝에 시퍼런 살기가 어려 있다.

"컥!"

처음으로 비명성이 터져 나왔다.

운수 비구니가 왼손의 아미소창을 불쑥 내밀어 다가선 자의 인후를 사정없이 찔러 버린 것이다.

은창자후(銀槍刺喉)라는 흔한 수법인데, 그것이 운수의 손에서 펼쳐지자 더없이 강력하고 위맹한 절기가 된 것 같았다.

아미소창을 뽑아내자 선연한 핏줄기가 허공에 뿌려졌다.

"아!"

운지는 그 끔찍한 모습에 눈을 가리고 말았다.

운수 비구니가 남을 죽이는 모습을 처음 본 것이다.

아니, 제 눈앞에서 사람이 피를 뿌리며 쓰러지는 것 자체를 처음 본다.

정신이 아뜩해지면서 구토가 올라왔고, 가슴은 터질 것처럼 압박을 받았다.

쨍!

다시 날카로운 쇳소리와 함께 어둠이 드리운 신당 안에 새파란 불꽃이 화르르 날렸다.

좌우의 검을 쳐낸 운수 비구니가 불쑥 발을 내디디며 우측의 검사에게 더욱 파고들었다.

촤르르르—

그녀의 활짝 펼친 손바닥 위에서 아미소창이 차가운 쇳소리를 내며 바람개비처럼 돌아간다.

위협적인 그 모습에 검사가 검격의 거리를 유지하기 위해 크게 한 발을 뒤로 뺐다.

그 순간 그자의 가슴에 붙을 것처럼 달려들었던 운수 비구니가 휙, 몸을 돌렸다.

하체는 그대로 둔 채 상체만 와락 기울이니 어느덧 그녀는 좌측의 검사에게 달라붙은 형상이 되었다.

오른쪽으로 달려들었던 것은 눈속임에 지나지 않았던 것이다.

좌측에서 쳐들어오던 자와 이마와 이마가 닿을 듯하다.

씨잉—

그자의 검격이 운수 비구니의 어깨 너머로 유성처럼 흘러갔다.

"얍!"

높고 격한 기합성과 함께 운수 비구니의 아미소창이 여지없이 그자의 심장을 뚫어버린다.

다시 뜨거운 핏줄기가 허공에 뿌려지고, 운수 비구니는 두 자루의 아미소창을 빠르게 돌리며 미끄러지듯 한쪽으로 물러섰다.

활짝 펼친 그녀의 양 손바닥 위에서 아미소창이 칙칙한 빛을 뿌려대며 요란하게 돌아가고 있었다.

언뜻 보면 운수 비구니의 아미소창은 작고 가느다란 쇠꼬챙이에 지나지 않았지만 그것의 무서움은 몇 번의 공격으로 충분히 입증되었다.

눈 깜짝할 순간에 두 녕의 흑의검사가 목숨을 잃었는데, 미처 방비할 새도 없이 당했다.

격렬하고 신속한 운수 비구니의 솜씨에 정면에 홀로 남겨진 자가 겁을 먹고 주춤거렸다.

그 무렵 좌우의 관민과 유지겸도 두 명의 흑의검사를 죽음 일보 직전까지 몰아붙이고 있었다.

그들이 내뱉는 낮고 힘찬 기합성이 신당 안에 깔리고, 쨍강거리는 소리와 불똥이 쉴 새 없이 날았다.

두 명의 흑의검사는 그들의 공세를 막고 피하기에 급급할 뿐 단 한 번의 검격조차 날리지 못한 채 쩔쩔매기만 했다.

그때 다시 밖에서 삐익! 하고 호각 소리가 들려왔다. 짧고 높은 것이 급하게 재촉하는 것 같다.

그 소리를 들은 흑의검사들이 멈칫거렸다.

잠깐 망설이는 것 같더니 이내, '이얏!' 하는 기합성을 터뜨리며 미친 듯 세 사람을 향해 달려들었다.

"그만둬!"

운수 비구니가 저에게 달려드는 자의 검을 쳐내며 버럭 소리쳤다.

그러나 흑의검사는 더욱 급하게 달려들기만 할 뿐 조금도 멈추려 하지 않았다.

이제는 제 목숨마저 돌보지 않고 오직 악착같이 달려드는 것이다.

그 돌변한 기세에 운수 비구니가 당황하여 주춤거렸고, 관민과 유지겸도 놀라서 한순간 어떻게 해야 할지 혼란스러워했다.

"으악!"

기어이 처절한 비명성이 터져 나왔다.

관민이 한소리 우렁찬 기합성과 함께 힘껏 내려친 칼에 어깨를 깊이 찍힌 자가 피를 뿌리며 쓰러졌다.

그것을 본 유지겸도 지지 않겠다는 듯 절기를 발휘했다. 찔러오는 자의 검을 반 바퀴 맴돌아 뿌리치더니 섭선을 매섭게 휘둘러 상대의 정수리를 내려친 것이다.

"으악!"

다시 한마디의 단말마가 터져 나오고, 그자 또한 정수리가 깨져 쓰러져 버렸다.

운수 비구니는 그쯤 되면 혼자 살아남아 있는 놈이 달아날 것이라고 생각했다. 하지만 그자는 독이 오른 것처럼 더욱 맹렬하게 달려들기만 했다. 마치 죽여달라고 떼쓰는 것 같다.

운수 비구니는 당황했다.

삼 대 일의 합공 속에서는 어쩔 수 없이 두 놈을 찍어 쓰러뜨렸지만, 홀로 남은 자마저 거침없이 죽여 버리기에는 꺼림칙했던 것이다.

살인의 흥분 속에서도 그녀에게 아직 한 가닥의 불심이 남아 있었던 까닭이다.

운수 비구니가 주춤거리자 그자의 검이 방향을 틀었다.

"이얏!"

처절하게 외치며 운수 비구니를 지나쳐 그대로 운지를 노리고 달려든다. 제 몸은 돌보지 않는 지독한 짓이었다.

운수 비구니가 깜짝 놀라 그자의 어깨를 낚아채며 소리쳤다.

"지독한 놈! 기어이 죽기를 바라는구나!"

그녀의 손은 더 이상 자비를 베풀지 않았다.

퍽!

오른손으로 아미소창을 빙글 돌려 거꾸로 잡더니 그대로 놈의 뒷목을 꿰뚫어 버렸다.

"으악!"

마지막 비명성이 처절하게 울려 퍼지고, 놈은 맥없이 운지의 발아래 엎어졌다.

몇 번 꿈틀거리더니 이내 잠잠해진다.

운지는 너무 놀라고 당황해 얼이 빠진 사람처럼 멍하니 서 있기만 했다.

운수 비구니가 아직 흥분이 가시지 않은 얼굴로 차갑게 말했다.

"이게 바로 강호야. 다음에도 이런 일이 생기면 그때는 네가 이렇게 해야 할 거다. 나는 언제까지나 너를 돌봐주고 있을 수 없어."

상황이 끝나자 관민과 유지겸은 안도와 흥분에 몸을 떨며 거친 숨을 내쉬었고, 운수 비구니 또한 비로소 숨결이 거칠어져서 어깨 숨을 몰아쉬었다.

잠깐 동안이었지만 이루 말할 수 없이 격렬하고 급한 싸움이었던 것이다.

그때 짝짝짝! 하고 박수 치는 소리가 들려왔다.

모두의 시선이 향하는 곳에 두 사람이 우뚝 서 있었다. 언제 들어왔는지 기척도 느끼지 못했다.

한 사람은 검은 수염이 늘어진 노인이었고, 다른 사람은 붉은 옷의 아가씨였다.

검은 수염의 노인이 그 아가씨를 호위하고 있다.

3

"당신의 솜씨는 소문으로 듣던 것보다 훨씬 무섭군요."

아가씨가 늘어진 붉은 치맛자락을 쥐고 서서 간드러진 음성으로 그렇게 말했다.

"으음―"

그녀를 본 운수 비구니가 침음성을 흘렸다.

운지도 눈이 동그래져서 그녀를 바라보았는데, 믿기 힘들다는 표정이었다.

붉은 옷의 아가씨는 마차 안에서 만났던 신검장의 소저, 화보옥이었던 것이다.

그녀가 바닥에 쓰러져 있는 수하들을 바라보았다. 냉정한 눈길이었다.

처음에 뛰어들었던 자들은 거지의 작대기에 맞아 아직도 끙끙대며 고통스러워하거나, 운수 비구니의 아미소창에 점혈당해 쓰러져 있었다.

나중에 뛰어들었던 자들은 모두 목숨을 잃었는데, 그런 수하들을 바라보는 시선에도 한 점의 연민이 실려 있지 않았다.

눈살을 찌푸렸던 화보옥이 끙끙대고 있는 수하들에게 낮고 매섭게 말했다. 아름답고 고상하게 생긴 모습과는 달리 험악한 강호의 말투였다.

"쓸모없는 것들 같으니. 보기 싫다. 모두 꺼져 버려!"

그 즉시 끙끙대던 자들이 안간힘을 다해 몸을 세웠다. 점혈당해 아직도 쓰러져 있는 자들을 들쳐 업거나 질질 끌고 다리를 절뚝이며 신당 밖으로 나갔다.

그들이 모두 사라질 때까지 눈살을 찌푸린 채 묵묵히 서 있기만 하던 화보옥이 천천히 눈길을 돌려 운수 비구니를 바라보았다.

"항복하세요."

"뭐라고?"

화보옥의 말은 그녀의 등장만큼이나 뜻밖의 것이었다. 운수 비구니가 의아해서 되물었지만 화보옥은 대꾸하지 않고 관민과 유지겸에게 말했다.

"너희들도 마찬가지야. 감히 신검장의 무사를 죽였으니 후환이 있을 걸 각오했겠지? 항복하고 순순히 나를 따라가서 벌을 받는 게 좋을 것이다."

도도하고 오만한 기색이고 말투였다.

관민과 유지겸은 처음에는 화보옥의 아름다움에 놀랐고, 그다음에는 그녀가 신검장의 아가씨라는 데에 기가 죽었으며, 지금은 그녀의 도도함에 억눌려 아무 말도 하지 못하고 눈치만 보았다.

화보옥의 말을 듣고 있던 운수 비구니가 차가운 얼굴로 말했다.

"너는 지금 나에게 들으라고 한 말이냐? 흥! 너에게 항복하고 신검장으로 가서 벌을 받으라는 말이지?"

화보옥이 방긋 웃는다.

"사태께서는 무공이 높은 만큼 눈치도 빠르시군요. 사람의 마음속을 훤히 들여다봐요."

"어림없는 소리. 내가 신검장으로 간다면 그건 장주의 사과를 받기 위해서일 것이다."

"사과라니요?"

"내가 신분을 밝혔음에도 네 수하들은 살기를 품고 달려들었다. 이건 신검장이 나를 업신여기고 아미파의 위엄을 우습게보았기 때문 아니겠느냐? 나는 장주에게 그 까닭을 반드시 물어야겠다."

운수 비구니가 얼음장 같은 얼굴로 말하지만 화보옥은 조금도 당황하지 않았다.

"호호호, 잘되었군요. 어쨌든 신검장으로 갈 테니 말이에요. 그리고 지난 오십여 년 이래 아미파에 무슨 위엄이 있었던가요?"

"무엇이?"

화보옥의 말에는 오십여 년 전에 사라진 귀령소 소양 이후 아미파에서 어떤 고수가 나왔었느냐고 조롱하는 의미가 숨겨져 있었다.

그 말뜻을 짐작한 운수 비구니의 얼굴이 더욱 창백해졌다. 입술을 악물고 움켜쥔 주먹을 파르르 떤다.

화보옥이 이번에는 천천히 거지를 돌아보고 말했는데, 운수 비구니를 대할 때와는 비교할 수 없이 차가웠다.

"너도 항복해라. 우리 일을 방해했으니 벌을 받아야지."

"그럼 나도 신검장으로 가야겠구려. 하지만 항복해서가 아니라 장주에게 내 잠을 방해한 죄를 묻기 위해서가 될 거요."

그가 운수 비구니의 말을 흉내 냈으므로 화보옥이 발끈했다.

"너는 감히 신검장을 우습게 여기는 것이냐?"

"허허, 신검장의 위세가 사천무림에 진동한다고 해서 눈 하나 깜짝일 내가 아니지. 거지는 본래 하늘을 지붕 삼고 땅을 이부자리 삼아 살아가는 호한인데 누가 위세로 굴복시킬 수 있단 말이냐? 거지를 굴복시킬 수 있는 방법은 딱 하나, 따끈따끈한 밥인 게야."

"흥, 잠시 후에도 그렇게 헛소리를 지껄일 수 있는지 어디 보자."

코웃음을 친 화보옥이 운수 비구니를 다시 바라보았는데, 금방 표정을 바꾸어 방글방글 웃었다.

운수가 여전히 냉엄한 얼굴로 물었다.

"네가 무엇 때문에 우리를 신검장으로 데려가려는 건지 솔직하게 말해라. 너는 처음부터 우리를 잡아갈 생각이었고, 그게 여의치 않으면 죽여서라도 데려갈 작정이었던 게야. 그렇지 않으냐?"

"맞아요."

정곡을 찌르는 질문을 던졌으나 화보옥이 너무 순순히 시인하는 바람에 운수 비구니가 오히려 어리둥절해졌다.

잠시 그녀를 의아하게 바라보던 운수 비구니가 다시 물었다.

"그렇다면 이유가 있을 테지?"

"그건 신검장으로 가면 저절로 알게 될 텐데 서두를 거 없잖아요?"

이곳에서는 말하지 않겠다는 뜻이다.

운수 비구니가 다시 뭐라고 반박하려는데 저쪽에서 거지

가 껄껄 웃으며 나섰다.

"이제 알겠어. 어성진에서의 일에 신검장이 깊이 개입하고 있군. 그렇지 않소, 어여쁜 아가씨?"

"어성진의 일이라고?"

운수 비구니가 알 수 없다는 얼굴로 거지를 바라보았다.

"대체 이 작은 진에서 무슨 일이 벌어지고 있다는 거지?"

거지가 다시 말하려는데, 화보옥 뒤에서 내내 그를 노려보고 있던 노인이 성큼 나서서 호통을 쳤다.

"닥쳐라! 네까짓 녀석이 무얼 안다고 주둥이를 나불거린단 말이냐?"

거지가 그를 바라보고 껄껄 웃으며 포권했다.

"하하, 이런 곳에서 구양 선배를 만나게 될 줄 알았다면 동냥 주머니를 큼직한 걸로 준비해 올 걸 그랬소이다."

노인은 신검장의 호법 중 한 사람으로서 좌검노(左劍老) 구양복(邱陽福)이었다.

검법의 조예가 절정고수의 반열에 들어 있어서 사천무림에서는 십검(十劍)의 한 사람으로 꼽히기도 한다.

한창 명성을 날리던 무렵 모든 걸 훌훌 털어버리고 신검장으로 들어갔으므로 오늘날 강호에서는 그를 기억하는 자가 드물었다.

그 구양복이 신검장의 좌검노라는 신분이 되어 다시 강호에 나온 것이다.

　거지는 아직 중년의 나이밖에 되지 않았으므로 강호에서 구양복을 만나보았을 리가 없다. 그런데도 대뜸 그의 정체를 알아챘으니 식견과 눈썰미가 대단한 자였다.

　구양복이 신광이 번쩍이는 눈으로 거지를 노려보며 물었다.

　"너는 개방의 인물이겠지? 칠결제자라면 제법 이름깨나 있는 자겠구나?"

　"하하, 아는 사람은 알고 모르는 사람은 모르는 게 이름이라는 것 아니겠소이까? 나의 명성은 구양 선배의 명성에 비하면 밝은 달 아래의 반딧불 같은 것이니 굳이 말해서 여러 사람의 귀를 시끄럽게 할 것 없지 않겠습니까?"

　"그래도 나는 알아야겠으니 어서 고해라."

　"구양 선배가 그렇게 윽박지른다면 어쩔 수 없는 일이지요. 소생은 양우순이라고 합니다."

　거지가 포권하고 의젓하게 말했다. 그러자 구양복이 눈살을 찌푸렸다. 귀찮은 자를 만났다는 표정이 역력하다.

　"이제 보니 네가 바로 개방의 기린아라는 철담개 양우순이로구나? 그런데 기린아치고는 너무 나이가 들었군."

　구양복의 말에 철담개(鐵膽丐) 양우순(梁雨筍)이 빙긋 웃었다.

　"신검장에서 꼼짝하지 않는 노선배의 귀에까지 소생의 이름 석 자가 흘러들어 갔다니 영광이외다."

"강호에 철담개의 이름이 진동하니 듣지 않을 수 없지."

구양복의 말에 운수 비구니도 철담개라는 명호를 기억해 내고 의외라는 듯 중년의 거지를 새로운 눈길로 바라보았다.

"그는 유명한 사람인가요?"

운지가 속삭이듯 물었다.

"그렇다. 개방의 순찰당주 직을 맡고 있는데, 칠결제자이면서도 무공이 기이하게 높아 장로들보다 뛰어나다고 하더구나. 장차 개방의 방주가 될 거라는 소문이 있기도 하지."

그 말에 운지도 중년의 꾀죄죄한 거지를 새롭게 바라보았다.

사람은 그 외모나 행색만으로 평가할 게 아니라는 교훈을 저절로 깨닫게 된다.

그 철담개 양우순이 배를 벅벅 긁으며 나른하게 말했다.

"과연 신검장이 구린 데가 있는 곳이었구나. 소문이란 믿을 만한 게 못 되지만 또 그것만큼 정확한 것도 없단 말이야?"

"뭐라고?"

양우순의 말에 구양복이 노하여 소리쳤고, 화보옥도 그를 노려보았는데, 눈길에 살기가 실렸다.

양우순이 철담개라는 그의 별호처럼 조금도 두려워하지 않고 혼잣말하듯 중얼거렸다. 하지만 모두가 듣고도 남을 만큼 큰 소리라 운수 비구니는 물론 운지도 똑똑히 들었다.

"신검장이 혈사기주와 깊은 관계를 맺고 있다는 소문이 강호에 떠돌기에 설마했는데 그게 사실일 줄이야. 그러니 어성진에서의 일에 신검장이 발 벗고 나선 게야. 흥, 화 대협이 언제부터 혈사기주를 대신하게 되었는지 그게 궁금하군."

"무엇이? 그가 혈사기주를 대신한다고?"

양우순의 말에 운수 비구니가 크게 놀라 소리쳤다.

양우순이 누런 이를 드러내고 히죽 웃더니 다시 중얼거렸다.

"아미산의 비구니들이 대체로 멍청하다는 소문이 있더군. 그럴 리가 있느냐고 했더니 그 소문도 과연 맞는 것이었어. 여태까지 아무것도 모르고 있었다니 한심하지 않아? 아무것도 모르는 비구니가 자비심도 없이 애꿎은 신검장의 졸개들만 죽였으니. 쯧쯧……."

그의 말에 운수 비구니의 얼굴이 빨개졌다. 양우순의 말이 괘씸해서 화가 났기 때문이기도 하고, 그의 말에 찔리는 바도 있기 때문이다.

양우순은 그런 운수 비구니의 눈치를 힐끔힐끔 보면서도 제 말을 멈추지 않았다.

"이래저래 뒈진 놈들만 불쌍하지 뭐야. 하긴, 그게 제가 타고난 명인데 어쩌겠어? 강호라는 데가 원래 그런 곳이니 누구를 원망할 수도 없지. 그나저나 또 바쁘게 뛰어다녀야 하게 생겼구만. 내 다리가 불쌍해서 어쩐담. 쯧쯧……."

"대체 이곳에서 무슨 일이 벌어지고 있는 건지 말해주겠어
요?"

그의 신분을 알게 된 운수 비구니가 마음을 가라앉히고 공
손하게 말했다.

"혈사기가 나타났다는구려."

"어성진에 말인가요? 아니, 이 조그만 나루에 대체 무슨 일
로 혈사기가 나타났단 말인가요?"

"혈사기주가 노망이 들었는지, 이곳에서 과거 자신에게 항
복했던 사천무림인의 인명을 공개하겠다고 했지 뭐요. 그러
니 사천무림이 발칵 뒤집어질 수밖에."

"아!"

운수 비구니가 깜짝 놀라 비명 같은 탄성을 터뜨렸다.

과거 혈사기주에게 목숨을 구걸하고 항복했던 자들은 누
구인지 알 수가 없었다. 철저히 비밀이 지켜지고 있었던 것이
다.

그들 스스로 드러내기를 원치 않았기 때문인데, 자신의 명
예를 무엇보다 중요하게 여기는 무인들의 특성 탓이다.

그런데 혈사기주가 그들의 이름을 공개한다면 그건 그대
로 살생부나 다름없었다.

그 속에 내로라하는 인의대협이 끼어 있을 수도 있고, 명문
정파의 원로급 인물이 끼어 있을 수도 있지 않은가. 그것이
공개된다면 그날로 개인의 명예는 물론 사문의 명예마저 땅

에 떨어져 버리고 말 것이다.

당사자는 절대로 그런 일이 일어나지 않도록 막기 위해 이곳에 달려왔을 것이고, 그렇지 않은 자는 대체 누가 혈사기주의 숨겨진 하수인인지 알아보기 위해 왔을 것이다.

단지 소문을 듣고 구경하기 위해 달려온 자들 또한 적지 않을 테니, 어성진이 강호의 무리들로 넘쳐 나는 게 조금도 이상할 일이 아니었다.

자칫 잘못하다가는 어성진에서 커다란 싸움이 벌어져 시체가 산을 이루고 피가 강물을 붉게 물들일지도 모르는 일이다.

第四章
철담개(鐵膽丐) 양우순(梁雨筍)

운수 비구니는 비로소 모든 사태를 알 수 있게 되었다. 그러자 그녀의 마음도 조급해졌다.

혹시 아미파에도 관련된 사람이 있지 않을까 하는 생각에서인데, 이곳에 아미파의 사람들이라고는 자신과 운지뿐이니 안심이 되기도 했다.

만약 혈사기주와 얽힌 일이 있다면 장문 사백이 아무런 조치를 취하지 않았을 리가 없기 때문이다.

'그런데 왜 신검장에서 우리를?

운수 비구니의 머릿속에 불쑥 그 생각이 다시 떠올랐다.

자신과 운지가 모습을 드러내자마자 신검장의 무리가 달

려든 일이 심상치 않다.

철담개 양우순이 중얼거리는 동안 내내 잡아먹을 듯 앙칼진 눈으로 노려보고 있던 화보옥이 씹어뱉듯 정감이라곤 하나도 들어 있지 않은 음성으로 불쑥 말했다.

"너, 늙지도 젊지도 않은 거지는 잘도 알고 있구나."

그녀의 표독스런 말에 흠칫 놀랐던 양우순이 히히, 하고 넉살 좋게 웃었다.

"그런데 나는 대체 신검장이 이곳에서 무슨 짓을 꾸미고 있는 건지 알 수가 없단 말씀이야. 기왕 말이 나온 김에 그것까지 가르쳐 줄 수는 없겠소?"

양우순은 설마, 하는 심정으로 그렇게 말해본 데에 지나지 않았다.

그녀가 제 속을 드러내 보여줄 리 없고, 비밀을 가르쳐 줄 리는 더더욱 없을 것이기 때문이다. 단지 그녀를 곤란하게 해서 놀려줄 생각이었다.

"좋아."

그의 말이 떨어지자마자 화보옥이 여전히 싸늘한 안색으로 무감정하게 대꾸했다.

"사천무림에서 우리 신검장만큼 영향력이 큰 곳이 어디 있지? 신검장이 이 일을 주관하지 않으면 누가 하겠어? 신검장이 나서서 무례한 무리들이 혼란을 일으키지 못하도록 하면 강호를 위해서도 좋은 일이지."

"소저의 말은, 신검장에서 나서서 이곳에 모여든 강호의 무리들을 통제한다는 것이오?"

"그렇다. 그대로 두면 대참극이 일어날 게 뻔하지 않느냐?"

"그런데 꼭 신검장이라야 하는 이유라도 있소? 사천에는 청성파도 있고 아미파도 있으며, 대설산에는 설산문이 있고, 민산 아래의 강족들도 있지 않소?"

양우순은 그 말을 하면서 유지겸과 관민을 돌아보았다. 이미 그들의 정체를 짐작한 것이다.

"흥!"

그 말에 화보옥이 코웃음을 치고 운수 비구니를 힐끔거리며 말했다.

"네가 말한 곳에서는 한 명도 떳떳하게 나서지 못하는 걸 보니 모두 혈사기주와 관계가 있는 모양이지?"

"허허, 그래서 신검장이 사천무림의 맹주를 자처하고 이렇게 나선 것이로군? 신검장 홀로 깨끗해서 말이오."

"너희 개방 따위가 관여할 일이 아니니 입 닥치고 얌전히 꿇어앉아 있어."

그녀가 매섭게 눈을 흘겼다. 더 이상 철담개와 입씨름하지 않겠다는 뜻이다.

그러자 운수 비구니가 나서서 궁금하게 여기던 것을 물었다.

"소저는 무엇 때문에 수하들을 시켜서 나와 운지를 잡으려고 했지?"

"그거야 아미산에서 갑자기 사람을 보냈으니 그 이유를 알아보기 위해서였지요."

"설마 아미파가 혈사기주와 관계가 있는 건 아닌지 의심하고 있다는 말은 아니겠지?"

"미안하지만 그렇답니다. 그렇지 않으면 강호에 이름 높은 운수 사태께서 이처럼 몸소 어성진에 찾아왔을 리가 없지요."

"허—"

운수 비구니는 기가 막혀 말이 나오지 않았다.

그녀가 침묵하자 그것 보라는 듯 화보옥이 의기양양해져서 말했다.

"그러니까 마차 안에서 제가 말했을 때 그곳에 머물러 있었더라면 이런 험한 꼴을 겪지 않아도 되었을 것 아니겠어요?"

"흥, 너는 우리를 마차에 붙잡아두고 쓸데없는 것들을 캐물을 작정이었구나?"

"다정하게 대화를 나누며 친분을 쌓다 보면 궁금해하던 것들을 저절로 알게 될 수 있을 테니까요."

"하지만 나에게는 너와 친분을 나누고 싶은 마음이 조금도 없으니 애석하구나. 나는 오히려 너와 신검장을 의심할 수밖에 없으니 그것도 애석한 일이다.”

화보옥이 조금도 화를 내지 않고 배시시 웃었다.

“사태께서는 신검장이 흑심을 품고 있다고 의심하는 것인 가요?”

“그렇지 않고서야 스스로 사천무림의 맹주 행세를 할 리도 없고, 이렇게 수하들을 보내서 우리를 죽이려고 하지도 않았 겠지.”

“저는 그들에게 단지 사태를 모셔오라고 했을 뿐인데 그들 은 공명심이 앞서서 무례하게 굴었던 모양이군요. 그리고 살 인을 한 건 저들이 아니라 바로 사태지요. 눈앞에 이렇게 확 실한 증거가 있으니 설마 부정하지는 않겠지요?”

그 말에 운수 비구니가 쓴 입맛을 다셨다.

확실히 신당 안에는 아직도 치워지지 않은 다섯 구의 시체 가 있고, 그중 셋은 자신이 죽이지 않았던가. 그에 비해서 이 쪽에서는 죽기는커녕 부상을 입은 자도 없다.

운수 비구니를 가만히 바라보던 화보옥이 다시 방긋 웃고 말했다.

“좋아요. 칼에는 눈이 없으니 서로 싸우다 보면 다치게도 되고 죽게도 되는 것 아니겠어요? 그러니 저는 이 일을 마음 에 담아두지 않겠어요. 하지만 아버님께서는 그렇지 않을지 도 모르니 사태는 역시 저를 따라 신검장으로 가서 해명하는 게 좋을 것 같군요. 아미파와 신검장이 오랜 세월 동안 교분을 쌓았는데, 이번 일로 인해 그 우정에 금이 가는 결과가 되기를 사태께서도 바라지 않겠지요?"

화보옥의 말은 진지하고 정중했으며 완곡했으나 여전히 무기를 버리고 항복하라는 말에 다름 아니었다.

운수 비구니의 마음속에는 불만이 가득했다.

일이 이렇게 되도록 만든 건 결국 신검장이라는 생각 때문이다.

신검장의 무사들은 앞뒤 가릴 새 없이 격하게 들이치기만 했지 이쪽에서 생각할 여유를 주지 않았다.

어쩌면 그것 자체가 저 화보옥이 꾸민 일일 것이라는 생각을 지울 수 없다.

하지만 결과는 어쨌든 제가 신검장의 검사들을 죽인 게 되었다. 그러니 억울하지만 입이 열 개라도 거기에 대해서는 할 말이 없었다.

운수 비구니가 묵묵히 생각에 잠겨 있는데, 운지가 불만이 어린 얼굴로 참견하고 나섰다.

그녀의 순진한 생각에도 일이 이렇게 진행된 건 신검장의 검사들 탓이 크다고 여겨진 것이다.

"사형, 우리는 이 일과 아무 상관이 없고, 또 이 일에 얽혀들 필요도 없지 않아요? 우리는 목적한 곳이 있으니 이 사람들이 여기서 무얼 하든 상관하지 말고 우리 갈 길만 가면 되지 않겠어요? 저는 이 끔찍한 곳이 싫어요. 지금 당장 여기를 떠나도록 해요.”

운지의 말에 운수가 머리를 끄덕였다.

“사매의 말이 옳다. 이곳에서 벌어지고 있는 일이 어떻게 될지 궁금하기는 하지만 우리와 상관없지.”

그녀가 행낭을 짊어지고 떠날 채비를 했다.

그것을 보고만 있을 화보옥이 아니다.

“사태께서는 정말 건네는 술잔을 마다하고 벌주를 자청할 셈인가요?”

이제는 운수 비구니를 바라보는 눈길에도 싸늘한 감정이 실렸다.

운수 비구니가 가볍게 탄식하고 말했다.

“우리는 신검장이 이곳에서 무슨 일을 하든 상관하지 않겠다. 장주에게는 나중에 내가 찾아가서 해명하지. 그러니 너도 우리가 가는 걸 막지 말았으면 좋겠구나. 더 이상 신검장과 좋지 않은 일로 낯을 붉히고 싶지 않아.”

그래도 화보옥은 물러나려 하지 않았다. 오히려 더욱 매서워진 눈길로 운수 비구니를 노려본다.

그걸 본 철담개 양우순이 빈정거리듯 말했다.

“신검장에서는 이번에 단단히 작정한 모양이로군. 아마도 이곳에 모여든 강호의 무리들은 한 명도 그들의 손아귀에서 빠져나가지 못할 거야. 어부가 촘촘한 그물을 드리워 놓고 있는 것과 같지. 대체 그 속셈이 뭘까?’

"닥쳐라!"

좌검노 구양복이 노하여 소리쳤지만 철담개는 못 들은 척하고 말을 계속했다.

"옛말에도 오는 사람 막지 말고 가는 사람 잡지 말라고 했는데, 굳이 떠나겠다는 비구니를 잡아두려고 하는 건 대체 무슨 심보지? 혹시 그들을 인질로 삼아서 아미파를 협박하려는 건 아닌지 몰라."

"아!"

철담개의 그 한마디에 운수 비구니가 놀란 탄성을 터뜨렸다. 가슴이 철렁했던 것이다.

설마 그럴 리가? 하고 부정하지만 마음속에는 정말 그럴지도 모른다는 생각이 들었다.

철담개의 말처럼 신검장이 정말로 아미파를 적대시하려는 건지 알 수 없지만, 만약 그렇다면 오래전부터 계획하고 있었을 것이라는 생각이 들었다. 그래서 더욱 놀라는데 양우순의 말이 다시 들려왔다.

"그리고 말이야, 이렇게 떼강도처럼 달려드는 놈들을 죽인 게 뭐가 그리 큰 잘못이람? 그놈들 검에 찔려서 내가 죽으면 멍청해서 죽었다고 할 거 아니겠어? 내가 죽으면 멍청한 거고, 내가 그놈들을 죽이면 죄를 지은 거다? 세상천지에 그런 억지가 어디 있어?"

"감히 너 같은 거지가 끼어들 자리가 아니다."

화보옥이 잔뜩 못마땅한 얼굴로 매섭게 꾸짖었다. 양우순이 자꾸만 말을 해서 제 일을 훼방하는 데에 화가 난 것이다.

하지만 철담개는 개의치 않았다. 턱짓으로 죽어 있는 자들을 가리키며 이죽거린다.

"그건 아가씨가 모르는 소리라네. 자고로 거지란 세상천지의 온갖 일들을 다 상관하고 다니지. 잔치 자리에 빠지지 않고, 초상 자리에도 빠지지 않는다오."

화보옥은 처음부터 지저분한 그의 행색 자체가 싫었다. 깔끔하고 깨끗하지 않으면 신경질이 나는 것이다.

냄새나는 거지와 한 공간에 있다는 것만으로도 구역질이 날 지경인데 사사건건 끼어들어 참견을 하니 죽이고 싶도록 미웠다.

"저 거지를 잡아서 다시는 주절거리지 못하도록 입을 봉해 버리세요!"

참지 못한 그녀가 신경질적으로 소리쳤다.

그 즉시 좌검노 구양복이 기다렸다는 듯 나섰는데, 손을 내밀자 땅에 떨어져 있던 검 한 자루가 그의 손아귀로 빨려 들어갔다.

깨끗하고 강력한 섭물신공이었다.

그 한 수만으로도 구양복의 내공이 어떤지 알기에 충분했지만 철담개 양우순은 여전히 느긋할 뿐, 조금도 긴장하는 것 같지 않았다.

2

“목을 내밀어라.”

허공에 검을 몇 번 휘둘러 본 구양복이 싸늘하게 말하고 나섰다. 그러자 양우순이 기다렸다는 듯 정말로 제 목을 앞으로 내민다.

“사람들이 죄다 싫어하고 멸시하는 거지인데 어깨 위의 물건이 뭐 대수롭겠습니까? 자, 여기 있습니다.”

구양복은 그가 자신을 놀리는 것임을 알았다. 노여움으로 검을 쥔 손아귀에 힘이 들어간다.

“놈.”

낮게 외친 그가 즉시 검을 휘둘러 양우순의 목을 후려쳤다.

한 가닥 싸늘한 검기가 문 틈새로 스며드는 햇빛처럼 뻗어 나간다.

그 즉시 양우순의 목이 떨어져 버리고 말 것 같았는데 구양복의 검기는 덧없이 허공을 긋고 지나갔다.

양우순이 어떤 신법을 썼는지 알아본 사람이 없었다.

그는 검이 목덜미에 닿을 정도로 가까워졌을 때에야 조금 움직였을 뿐이다.

그런데 구양복의 검격을 어린아이 작대기 피하듯 했을 뿐 아니라 어느새 구양복의 옆으로 돌아가 서 있었던 것이다.

신속하기 짝이 없으면서, 보는 사람들의 가슴을 서늘하게 하는 대담함이었다.

흠칫 놀랐던 구양복이 싸늘하게 코웃음을 쳤다.

"흥, 개방에 과연 두어 수의 재간이 있었구나."

양우순이 즉시 느물거리며 받아친다.

"어디, 구양 선배의 검법에 비하면 재간이라고 할 수나 있나요? 그저 개를 피하고 때려서 쫓아내기 위해 필요한 몇 가지 수단이 있을 뿐이랍니다."

저를 개에 비유하는 데에 구양복은 대노하고 말았다. 그가 살기를 줄기줄기 뿜어내며 검을 들어 허공을 격하고 한 점을 찍어갔다.

느리고 무거운 검로이지만 그것에 실려 있는 기운만큼은 태산이라도 밀어낼 것처럼 막중했다.

신당 안이 즉시 싸늘한 기운에 뒤덮여 가슴이 억눌린 것처럼 답답해진다.

"과연 구양복의 명성이 아직 사라지지 않았구나!"

그것을 본 운수 비구니가 절로 감탄했고, 운지도 눈을 빛내며 구양복의 검법을 뚫어지게 바라보았다.

그녀는 강호에 나와 이와 같은 고수의 싸움을 처음 보는 것이라 호기심과 함께 비교하는 마음이 생겼던 것이다.

과연 구양복의 저 검법 앞에 내가 서 있다면 어떤 느낌을 받을 것이며, 어떻게 반응할 것인가.

아미파의 어떤 절기로 저것을 물리칠 수 있을 것인가, 하는 생각들이 번갯불처럼 머릿속에 떠오른다.

양우순은 검로가 훤히 보이는 그 느린 검법 앞에서 더 이상 가볍게 행동하지 못했다.

그는 어느덧 손때가 반질반질하게 묻어 있는 넉 자 길이의 나무 작대기를 쥐고 있었는데, 그것을 더없이 신중한 모습과 자세로 허공을 향해 천천히 내뻗고 있는 중이었다.

한 자루의 날카로운 검과 한 개의 나무 작대기가 허공을 격하고 내뻗은 기운들이 한 점에서 충돌했다.

쿵!

그 즉시 큰북을 두드린 것 같은 묵직한 소리가 허공에 울렸다.

콰아아―

기파가 공기를 밀어내며 파도처럼 사방으로 쏟아져 나간다.

신당 안에 태풍이 몰아치는 것 같은 요란한 소리가 가득했고, 무거운 기운이 모든 것을 흔들어댔다.

구경하던 사람들은 그들의 막중한 기운에 밀린 것처럼 두어 걸음씩 뒤로 물러났다.

모든 사람이 놀람으로 눈을 부릅뜨고 있었다. 그중 화보옥의 놀람이 가장 컸다.

그녀는 저 꾀죄죄하고 냄새나는 거지가 좌검노 구양복을

맞아 순수한 내공의 힘으로 당당히 겨루고 있다는 걸 믿기 힘들었다.

구양복 또한 크게 놀라 눈을 부릅뜨고 양우순을 바라보았다.

그는 철담개 양우순의 신법이 경쾌하고 신통하다는 걸 알았으므로 자신의 내공으로 억눌러 붙들어놓을 작정이었던 것이다.

그렇게 그의 움직임을 제압하고 난다면 그다음부터는 죽이고 살리는 게 모두 제 마음대로일 것이라고 믿었다.

그런데 양우순이 다른 수법도 아닌 내공으로 자신의 검기를 밀어내고 있으니 놀람이 지나쳐 불신으로 변할 지경이었다.

"개방에 철담개가 있다고들 하기에 코웃음을 쳤는데 과연 헛소문이 아니었구나!"

구양복이 버럭 외치며 검을 비틀어 양우순의 작대기를 밀어냈다.

쾅!

두 사람의 검과 작대기가 부딪치자 처음보다 더 큰 굉음이 터져 나오고, 기파가 더욱 사납게 요동을 쳐댔다.

양우순이 급히 물러서더니 작대기를 세워 가슴을 보호하며 껄껄 웃었다.

"하하, 소문이란 늘 과장되게 마련이니 구양 선배는 부디

손속에 인정을 남겨주십시오.”

말하는 동안 두 사람의 싸움은 돌변하여 검광이 허공에 난무하고 작대기의 검은 그림자가 그물처럼 뒤덮이는 난전으로 돌입해 들어갔다.

구양복은 오래전에 이름을 날린 검법의 절정고수였다. 비록 나이 들어 노인이 되었지만 그의 손에서 펼쳐지는 검법만큼은 조금도 늙지 않았다. 오히려 노숙함이 더해져서 더욱 정교하고 깊이가 있는 것으로 진화했다.

그는 양우순을 더 이상 얕보지 않았다. 생긴 것과 다르게 무시할 수 없는 고수라는 걸 인정할 수밖에 없었던 것이다.

과연 양우순은 모두가 들었던 것보다 뛰어난 고수였다. 그가 개방의 칠결제자 신분이라는 게 믿어지지 않을 지경이었다.

그는 개방의 절기인 타구봉법으로 구양복을 상대하고 있었는데, 봉이라기에는 짧은 작대기를 가지고도 훌륭하게 타구봉법을 시전하고 있었다.

그에게는 이미 무기의 길고 짧음과, 예리하고 둔함 따위는 아무 상관이 없게 된 것이다.

회초리 한 개를 손에 쥐었다고 하더라도 그는 그것을 어떤 보검보다 예리하게 사용할 수 있는 경지에 올라 있는 보기 드문 자였다.

그들의 싸움을 지켜보는 동안 화보옥은 더 이상 양우순을 무시하지 못하게·되었다.

양우순의 움직임을 하나도 놓치지 않겠다는 듯 정신을 집중하며 신광이 번쩍이는 눈으로 뚫어지게 바라보았다.

운수 비구니나 운지도 그녀와 같았고, 관민과 유지겸은 입을 딱 벌린 채 눈앞에 펼쳐지고 있는 놀라운 일에 넋이 나가 있었다.

전도가 유망한 두 젊은 청년은 강호에 나온 이래 이와 같은 고수들의 싸움을 직접 목격하는 건 이번이 처음이었다.

구양복의 검법에 눈이 부시고, 그것을 받아치는 양우순의 절기에 흥분으로 가슴이 두근거려서 제대로 지켜볼 수가 없다.

구양복은 자신의 성명절기인 유수팔검식(流水八劍式)을 펼치고 있었다.

실로 오랜만에 이처럼 자신의 절기를 마음껏 펼쳐 싸우게 되자 젊었던 날의 호승심과 자부심이 불길처럼 일었고, 회춘을 맞은 것 같은 기쁨으로 황홀해질 지경이었다.

그는 무아지경 속에서 유수팔검식을 차례차례 펼쳐 냈는데, 검초를 전개할 때마다 재빠르고 정교하며 막중한 기운이 실린 검기들이 뻗어 나와 소나기가 퍼붓듯 쉴 새 없이 양우순을 몰아쳤다.

그것에 맞서고 있는 양우순은 침착함을 매우 잘 유지하고 있었다. 아무리 불리한 상황에 놓이고 위기를 맞아도 그는 침착함을 조금도 잃지 않았다.

싸움에 임하는 자가 가져야 할 마음가짐을 제대로 보여주고 있는 것이다.

그의 침착함은 곧 그의 힘이 되었다. 그래서 양우순은 한층 노숙해진 구양복의 유수팔검식을 맞아 잘 버티고 있었다.

뿐만 아니라 시간이 지날수록 오히려 구양복을 조금씩 압도해 간다.

그의 시커먼 작대기가 휙휙 하는 바람 소리를 매섭게 토해 내며 허공을 이리저리 가르고 후려칠 때마다 땅, 땅, 땅, 하고 요란한 쇳소리가 났다.

양우순은 매번 적절한 때에 적절한 수법과 힘을 써서 구양복의 검법을 상대하고 그것의 검로를 흩뜨려 놓았다.

그건 누구나 할 수 없는 일이고, 아무리 무공이 높은 자라고 해도 쉽게 해낼 수 있는 일이 아니었다.

담력과 침착함이 조화를 이룬 다음에야 가능한 일인 것이다. 검봉이 코앞에 밀려들 때까지 그 변화를 유심히 지켜보고, 그 힘의 방향을 정확히 읽을 수 있을 때까지 침착하게 기다렸다가 응대하기 때문이다.

그런 다음에 자신의 몸에 밴 수법이 저절로 그것에 반응하여 쏟아져 나오니 매번 가장 적절한 초식을 구사할 수밖에 없다.

과연 양우순은 '무쇠 같은 담력을 지닌 거지' 라는 그의 별호에 걸맞은 자였던 것이다.

구양복의 검법이 절정을 향해 치달을수록 양우순의 타구봉법 또한 절정을 향해 달렸다.

이제는 신당 안에 두 사람의 검과 작대기가 뿌려대는 신묘한 희고 검은 빛이 가득해서 누가 누구인지조차 제대로 구분할 수 없을 지경이 되었다.

"으얍!"

돌연 그 속에서 양우순의 우렁찬 기합성이 터져 나왔다.

곧이어 따당! 하는 요란한 소리가 나더니 검광과 작대기의 거무튀튀한 그림자가 씻은 듯 사라져 버렸다.

"아!"

운수 비구니가 놀람의 탄성을 터뜨렸고, 운지도 눈을 크게 떴다.

"저런!"

한쪽에 서서 정신없이 바라보고 있던 화보옥 또한 놀람의 외침을 터뜨렸다. 그녀들의 시선이 향하는 곳에서 이변이라고밖에는 할 수 없는 일이 벌어졌던 것이다.

좌검노 구양복이 창백해진 얼굴로 멍하니 서 있었는데, 그의 손에는 어느덧 반 토막이 된 검이 들려 있을 뿐이었다.

비록 보검이 아니었다고 해도 양우순의 나무 작대기에 맞아 그것이 맥없이 부러졌다는 건 누가 보나 명백한 구양복의 패배였다.

“이럴 수가, 이럴 수가…….”

구양복은 그런 사실을 믿을 수 없는 듯 연신 ‘이럴 수가’ 하고 중얼거렸다. 넋이 나간 것 같다.

그의 앞에 서 있는 양우순은 구양복과 마찬가지로 창백해진 안색을 하고 있었다.

몇 차례 비틀거렸지만 곧 신형을 바로 세우고 포권한다.

“구양 선배께서 아름다운 마음으로 후배에게 양보해 주셨으니 실로 감사할 뿐입니다.”

그는 자신의 승리에 자만하지 않았을뿐더러 진지하고 정중했다.

그런 그의 모습은 지저분한 거지가 아니라 강호를 질타하는 영웅호한의 모습이었다.

3

양우순을 멍하니 바라보던 구양복이 장탄식을 하고 동강난 검을 내던졌다.

“더 이상 무슨 낯으로 강호에서 행세하리요. 나의 패배를 인정하마. 이것을 마지막으로 다시는 강호에서 나의 유수팔검식을 볼 수 없을 것이다.”

참담한 심정으로 그렇게 말한 구양복이 화보옥에게로 돌아섰다.

"그동안 장주님의 사랑을 과분하게 받았고, 또한 소저의 신뢰를 한 몸에 받았는데, 이와 같이 못난 꼴을 보이고 말았으니 면목이 없소이다. 구양복은 이제 세상에 없는 것이니 다시 찾지 말아주시기 바랍니다. 장주님께 인사도 드리지 못하고 떠나는 심정을 헤아려 주소서."

말을 마친 구양복이 비장한 얼굴로 운수 비구니와 운지, 관민, 유지겸 등을 한 번 돌아보았다. 그리고 땅이 꺼질 듯이 한숨을 쉬더니 그대로 몸을 날려 신당 밖으로 사라졌다.

화보옥은 대체 이게 무슨 일인지 아직도 눈앞의 일을 믿을 수 없어서 어리둥절했다.

"거기 서!"

뒤늦게 그녀가 소리쳤지만 구양복의 모습은 더 이상 어디에서도 찾아볼 수 없었다.

그처럼 갑자기 떠나 버린 구양복에 대한 서운함과 노여움으로 화보옥은 미칠 듯 화가 났다.

그것을 발산할 곳은 당연히 양우순이었다.

"이 빌어먹을 거지 놈아, 잘도 날뛰었구나!"

구양복의 패배로 자신의 체면마저 잃게 되었다고 여긴 화보옥은 단번에 양우순을 죽여 버림으로써 그것을 만회해야겠다고 결심했다.

그녀가 허리에 차고 있던 검을 뽑아 들었다. 쨍, 하는 낭랑한 소리가 긴 여운을 남기는 중에 눈부시게 하는 서늘한 빛이 신당 안에 뿌려졌다. 보기 드문 보검이었던 것이다.

우우웅—

검이 그녀의 손안에서 용트림을 했다. 오랜만에 검집을 벗어나게 된 것을 기뻐하는 듯하다.

"용서하지 않겠다!"

날카롭게 외친 화보옥이 누가 말릴 새도 없이 그대로 양우순에게 부딪쳐 갔다.

눈앞에 붉은 그림자가 번쩍한 순간에 그녀는 벌써 양우순의 면전에 들이닥쳐 검을 휘두르고 있었다.

씨잉—

매서운 바람 소리가 귀청을 찢을 듯 터져 나왔다.

그녀의 그 일검은 빠르고 신랄하기 짝이 없는 것이었다.

처음 신당에 들어왔을 때부터 지저분한 거지에 대해 좋지 않은 감정을 가지고 있었는데, 그가 제 일에 사사건건 끼어들어 훼방을 한 데다가 구양복마저 떠나게 했으므로 그 증오는 백번을 죽여도 시원치 않을 것 같았다.

그런 마음으로 검을 떨쳐 냈으니 검봉에 한 점의 인정이나 연민이 실려 있을 리가 없다.

그녀의 지독한 검법에 양우순은 크게 놀랐다. 구양복이 쩔쩔맨 게 단순히 그녀가 신검장의 소저라서가 아니라는 걸 퍼뜩 깨닫게 된다.

하지만 그런 생각이 스쳐 지나가는 것마저도 허용하지 않을 만큼 화보옥의 검은 빨랐다.

"헛!"

기겁을 한 양우순이 사문의 절정신법으로 급히 몸을 빼면서 나무 작대기를 어지럽게 휘둘렀다.

타구봉법 중 구명절초인 난봉구퇴(亂棒狗却)라는 것이다.

봉의 그림자가 먹구름이 깔리듯 신당 안을 가득 뒤덮었다.

그것을 한줄기 번갯불이 관통한다.

따앙—!

번갯불이 단단한 벽에 부딪쳤다.

쇠종이 깨지는 것 같은 소리가 터져 나왔고, 그 즉시 먹구름처럼 가득했던 봉영(棒影)이 씻은 듯 사라져 버렸다.

"크흐으—"

연신 비틀거리며 물러서는 철담개 양우순의 가슴 위에서 검붉은 핏줄기가 뿜어져 나와 무지개처럼 허공에 걸렸다.

"흥, 제법이구나?"

화보옥이 싸늘하게 코웃음을 쳤다. 양우순이 자신의 일검을 받아냈다는 게 의외이면서 그 사실에 더욱 화가 났던 것이다.

그녀가 노렸던 곳은 심장이었는데 양우순의 절묘한 봉법에 가로막혀 빗나갔던 것이다.

"아!"

그녀의 쾌검을 본 운수 비구니가 그제야 놀람의 비명을 터뜨렸다.

그녀는 아미산에서는 물론 강호에 나와 활동하던 동안에도 지금과 같은 쾌검법을 본 적이 없었다.

검봉의 가볍고 날카로움이 송곳 같았다. 그것이 번갯불이 번쩍이듯 쏘아져 나가니 아무리 고절한 무공을 지닌 자라 할지라도 그 쾌검 일격을 피할 수 없을 것이다.

양우순이 심장을 꿰뚫리는 걸 면하고 목숨을 구한 것만 해도 대단한 일이라고 감탄하지 않을 수 없다.

어깨에 맞은 일검쯤은 아무것도 아닌 것이다.

관민과 유지겸도 어리둥절하더니 뒤늦게 사태를 파악하고 크게 놀라 낯빛이 새파랗게 변했다.

그들 두 청년은 저렇게 아름답고 고상하게 생긴 소저의 솜씨가 그처럼 무섭고 지독하다는 데에 더욱 질린 것이다.

운수 비구니가 무의식적으로 운지를 돌아보았다.

그 눈길 속에는, '네가 아미파의 모든 것을 물려받았으니 그녀의 검법을 상대할 수 있겠지?' 하는 무언의 질문이 담겨 있었다.

운지가 그런 사형의 뜻을 알고 입술을 깨물었다.

쾌검법은 일반적인 검법이나 무공의 조화에서 크게 벗어나는 바가 있는 독특한 것이다. 때문에 아무리 내공이 깊고 무공의 조예가 높다고 해도 절대적인 쾌검법을 구사하는 자 앞에서는 긴장하지 않을 수 없다.

호신강기를 펼칠 수 있어서 그것으로 상대의 검봉을 막아 낼 수 있는 경지에 이르러 있다면 별로 위협을 받지 않을 것이다.

하지만 그렇지 못하다면 누구나 제 움직임과 반응보다 빠르게 쏘아져 오는 검에 두려움을 느끼지 않을 수 없지 않겠는가.

치명적인 요혈에 일검을 먼저 찔려서야 승리를 자신할 수 없게 되는 건 물론 목숨마저 장담할 수 없게 되니 그렇다.

그 쾌검법은 익히기가 지극히 어렵고, 절정에 이르기는 더욱 어려워서 대성한 자가 드물었다.

그런데 지금 화보옥은 젊은 나이에 이미 쾌검법의 절정고수가 되어 있으니 놀랍기만 했다.

"그녀는 대체 어디에서 누구에게 저와 같이 지독한 검법을 배운 것일까요?"

운지가 궁금한 것을 물었지만 운수 비구니는 시원하게 대답해 줄 수 없었다.

단지 눈앞에서 검광이 한 번 번쩍, 하고 사라진 것만으로는 그게 어느 문파의 비전절기인지 알아볼 수 없었던 것이다.

운수 비구니는 머리를 쥐어짜며 강호상에 알려진 모든 쾌검법의 고수들과 그들의 연원을 더듬어 생각해 보았다.

강호에는 쾌검으로 제법 이름을 날리고 있는 자들이 더러 있었다. 하지만 맹세코 화보옥의 검처럼 지독한 경지에 이른

자는 없었다.

운수가 그런 생각들을 하는 동안 비틀거리며 다섯 걸음이나 물러나서야 겨우 신형을 추스른 양우순이 피가 콸콸 쏟아지는 가슴의 상처를 누르고 소리쳤다.

그의 얼굴은 고통과 경악으로 일그러져 있어서 더욱 보기 흉했다.

"고약한 계집애! 네가 바로 혈사기의 대리인이지? 네가 혈사기주의 명을 받고 이 모든 일을 주관하는 자 아니냐?"

"무엇이?"

그의 말에 가장 크게 놀란 사람은 운수 비구니였다.

'신검장의 소저가 혈사기주의 대리인이라면 신검장은?'

그런 의문이 번갯불처럼 머릿속을 달려갈 때, 화보옥의 날카로운 외침이 들려왔다.

"이 보기 흉한 거지가 별소리를 다 지껄이는구나! 어쨌든 너는 죽어야겠다!"

그녀는 자신의 일검이 실패했다는 데에 더욱 화가 났다. 높은 자존심이 스스로를 용서하지 않았던 것이다.

그런 데다가, 양우순이 드디어 너의 정체를 알아냈다는 듯 득의양양해서 비웃는 것을 보고는 주체할 수 없는 살기가 치솟았다.

"죽엇!"

그녀가 앙칼지게 소리치며 다시 검격을 날렸다.

이번에는 쾌검이 아니라 검봉에 막중한 내력을 실어 쳐낸
것이다.

검봉을 통해 쏘아내는 검기가 어찌나 날카로운지 쐐애액,
하고 바람을 찢는 뾰족한 소리가 났다.

부상 때문에 철담개 양우순은 몸을 움직일 수 없었다. 가슴
을 움켜쥔 채 잡아먹을 듯 그녀를 노려보고 있었지만 그 일검
을 피할 기력이 없다.

관민과 유지겸이 그의 위기를 보고 '앗!' 하는 놀란 외침을
터뜨렸다. 하지만 그들로서는 양우순을 위해 해줄 수 있는 게
아무것도 없다.

"멈춰!"

위기일발의 순간 운수 비구니가 버럭 소리치고 몸을 날리
며 품에서 작은 죽통 한 개를 꺼내 화보옥을 겨냥하고 흔들었
다. 그러자 여섯 개의 암기가 날카로운 파공성을 내며 쏘아져
나갔다.

그것은 아미불통(峨眉佛筒)이라고 하는 것인데, 아미파가
암기를 날릴 때 쓰는 물건이었다.

여간해서는 사용하지 않으므로 강호에서 아미불통을 보기
란 아미파의 장문 방장을 보는 것만큼이나 어려운 일이었다.

그 아미불통 안에는 모두 여섯 개의 철련자(鐵蓮子)가 들어
있었다. 죽통 안의 용수철 작용으로 그것들을 쏘아내는 것인
데, 발사되는 철련자의 개수를 시전자가 마음대로 조종할 수

있다.

운수 비구니는 상황이 워낙 급했으므로 아미불통을 꺼낸 것이고, 한꺼번에 여섯 개의 철련자를 모두 쏘아냈던 것이다.

그것이 꼬리를 물며 유성처럼 화보옥의 뒤통수를 노리고 날아갔다.

사문에 아미불통이라는 게 있다는 건 알고 있었지만 사용되는 건 처음 보는 운지가 탄성을 터뜨렸고 화보옥도 깜짝 놀라 '아!' 하고 외마디 소리를 질렀다.

그대로 검기를 뻗어낸다면 양우순을 요절낼 수 있다. 하지만 자신의 머리통 또한 철련자에 의해 산산이 깨져 버릴 것이다.

빠드득, 이를 간 화보옥이 할 수 없이 검기를 거두며 급히 몸을 비틀어 세 걸음 옆으로 물러섰다.

싯!

예리한 파공성을 내며 여섯 개의 철련자가 그녀를 아슬아슬하게 스쳐 지나갔다.

화보옥이 잠깐 지체하는 동안 시간을 얻은 운수 비구니가 아미불통을 내던지고 한 쌍의 아미소창을 꺼내 들었다.

"너는 그를 죽여서는 안 된다!"

외치는 것과 함께 운수 비구니는 바람처럼 화보옥에게 달려들었다.

그녀의 두 손바닥 안에서 아미소창이 요란한 소리를 내며 돌아갔다. 그것만으로도 지극히 위협적이다.

화보옥은 노여움 중에도 처음 보는 아미소창에 대한 호기심이 일어 잠시 반격을 늦추었다.

그사이 화보옥을 지나쳐 양우순 곁에 선 운수 비구니가 매서운 눈길로 그녀를 노려보며 말했다.

"네가 정말 혈사기주의 대리인으로서 이곳에 와 있는 것이냐? 신검장과 혈사기주는 어떤 관계지?"

"홍!"

운수의 날카로운 질문에 화보옥이 코웃음을 쳤다.

"그것을 말하지 않는다면 나는 너를 아미산으로 데리고 갈 수밖에 없다."

"홍! 적반하장도 유분수지. 사태께서 오히려 나를 잡아가겠단 말인가요?"

"말해라!"

거듭 재촉하면서도 운수 비구니는 화보옥의 손에 들려 있는 검 때문에 잔뜩 긴장하고 있었다.

그녀의 쾌검법을 본 뒤라 조금도, 한순간도 방심할 수 없었던 것이다.

"나는 사태가 이 일에 끼어듦으로 해서 아미파와 신검장 사이에 분란이 생길까 봐 걱정했답니다. 그래서 사태를 신검장에 모셔두고 어성진에서의 일에 개입하지 못하도록 하려는 것뿐이었는데 이렇게 된 이상 할 수 없군요. 사태께서는 기어이 벌주를 택했으니 이곳에서 저 거지와 함께 죽어줘야겠어요. 죽은 자는 말이 없는 법이니 아미파에서도 사태가 왜 갑자기 사라져 버렸는지 알지 못하겠지요."

그녀의 지독한 말에 운수 비구니가 싸늘하게 코웃음을 쳤다.

"너는 정말 악독하구나. 이곳에 있는 사람들을 모두 죽이고 그들의 시체마저 녹여 버리겠다는 말이냐? 흥! 하지만 네 뜻대로는 되지 않을걸?"

운수 비구니는 흔들리는 화보옥의 검 앞에서 조금도 주눅이 들지 않았다.

그녀의 쾌검법이 비록 무섭다고 하나 이미 그것을 알았으니 대비할 수 있다고 생각한 것이다.

第五章
아미검후(峨眉劍后)

쾌검법은 검법의 특성상 기습적인 첫 번째 검격이 가장 무섭고, 뒤를 따르는 검격은 점차 위력이 떨어지게 마련이다. 초식이 거듭될수록 쾌검으로서의 위력이 현저히 감해지게 되는 것이다. 첫 검격이 실패하면 상대는 그것에 대비할 수 있게 되기 때문이다. 그래서 대체로 세 번째 이후의 검격은 쾌검이라기보다 그저 빠르지만 신통할 게 없는 검격이 되게 마련이었다.

쾌검법이 그 무엇보다 빠른 것에 집중했으므로 다른 검법에 비해 단순한 탓도 있었다. 변식이나 변초는 없다시피 한 것이다.

운수 비구니는 화보옥의 첫 번째 검격만 무사히 피한다면 자신에게 승산이 있다고 여겼다.

화보옥이 재차 검을 뻗어낼 여유가 없도록 바짝 달라붙어 치고 찌른다면 그때는 자신의 아미소창이 그녀의 검보다 훨씬 위력적일 것이라고 생각한 것이다.

그건 자신이 아미파 절기의 특징인 육박(肉薄)에 대해서 이미 일가를 이루어도 좋을 만큼 높은 경지에 있다는 자부심이기도 하다.

운수 비구니를 바라보는 화보옥의 눈길에 이글거리는 불길이 담기기 시작했다.

철담개 양우순 곁에 버티고 서 있는 게 눈꼴시기도 한데, 자신을 무시하는 것 같으니 더욱 화가 난다.

그것이 그대로 살기로 변했다.

"모두 죽여주지!"

뾰족하게 외친 화보옥이 벼락처럼 달려들며 검격을 날렸다.

파앙―!

검봉에 실렸던 기운이 검광과 함께 쏟아져 나가자 허공이 견디지 못하고 폭발한다.

그녀의 검은 극강한 기운을 싣고 그대로 운수 비구니에게 쳐 나갔다.

조금 전에 보았던 쾌검이 아니었다.

막중한 힘을 싣고 있으면서 그것의 운용이 비단 띠를 휘두르는 것처럼 부드럽고 질겼다.

단단한 것과 부드러운 것, 굳센 것과 유연한 것은 그 성질이 상극이다. 함께 섞일 수 없는 것인데, 놀랍게도 화보옥의 검격은 그것의 조화를 보여주고 있었다.

운수 비구니는 화보옥의 검광에 휩싸이고 말았다. 그녀가 쾌검으로 쳐올 것이라 믿고 거기에 단단히 대비하고 있다가 허를 찔린 셈이라 더욱 당황하게 된다.

한순간의 일이었다.

"안 돼!"

그것을 본 운지가 놀란 외침을 터뜨렸다.

하지만 그녀의 반응은 화보옥의 검기보다 반걸음 늦었다. 잠깐 머뭇거린 사이에 돌이킬 수 없는 상황이 되어버린 것이다.

뛰어들어 화보옥의 검을 가로막기에는 이미 늦었다는 걸 깨달은 운지가 달려들며 손목을 가볍게 떨쳤다.

쐐애액―

그 순간 공기를 찢는 날카로운 소리를 내며 거무튀튀한 빛 한줄기가 곧장 화보옥의 등줄기를 노리고 쏘아져 나갔다.

창졸간에 운지는 운수 비구니가 아미불통으로 화보옥을 물러서게 했던 일을 떠올렸던 것이다.

하지만 운지가 아무리 빠르게 반응했어도 이미 늦어버린

반걸음의 차이를 메울 수는 없었다.

땅! 하는 소리와 함께 '흡!' 하고 답답한 신음성이 들렸다.

운수 비구니가 급히 두 손을 휘둘러 화보옥의 검기를 막았지만 그녀의 보검에 견디지 못하고 아미소창이 토막나 버렸던 것이다.

그렇게 하고도 힘이 남은 화보옥의 검은 그대로 뻗어나가 운수 비구니의 가슴마저 찔러 버리고 말았다.

비틀거리는 운수 비구니의 가슴에서 붉은 피가 뿜어져 나왔다.

그것을 본 운지는 물론 관민과 유지겸도 안타까움과 조급함으로 미칠 것 같았다.

사형의 위기를 본 운지의 안타까움은 극에 달해서 쏜살처럼 뻗어나가는 자신의 암기가 원망스럽도록 느려 보일 지경이었다.

화보옥은 두 번째 검격을 날려서 운수와 양우순을 한꺼번에 동강 내버릴 작정이었다.

그들 두 사람은 이미 움직임을 잃었으므로 가볍게 검을 뻗는 것만으로도 죽일 수 있다.

하지만 높은 파공성을 내며 등줄기로 쏘아져 오는 암기를 무시할 수 없었다.

운수와 양우순을 찌르는 순간 그것에 의해 자신의 척추가 산산이 부서져 버릴 것이기 때문이다.

두 번씩이나 암격에 의해 방해받게 되자 미칠 듯 화가 났지만 어쩔 수 없는 일이었다.

화보옥이 신경질적으로 검을 거둬들이며 몸을 비틀었다. 그러자 쉿, 하는 소리와 함께 그녀의 명문혈 가까이 접근했던 물체가 살아 있는 것처럼 유연하게 방향을 틀어 다시 운지에게로 돌아갔다.

대단한 암기라고 여겼던 그것은 운지가 늘 손아귀에 넣고 조물락거리던 작은 조약돌이었다. 오래전 개울가에서 운몽이 선물이라며 건네주었던 그것이다.

화보옥은 조약돌이 새처럼 허공을 자유롭게 날아 돌아가는 걸 보고 경악하지 않을 수 없다.

그건 내공이 높다고 누구나 할 수 있는 일이 아니었다. 질기고 부드러운 내공을 일정한 힘을 유지하며 계속 뻗어내야 하는 일에는 특별한 조예가 필요하다.

더구나 그것으로 다른 물체를 허공에 띄워놓고 내 마음대로 조종할 수 있다는 건 참으로 보기 드문 상승의 공부라고 하지 않을 수 없다.

그것을 얌전하게 서 있기만 하던 운지가 해 보였다는 게 화보옥에게는 더욱 큰 충격이었다.

그녀는 운수 비구니에게만 신경을 썼을 뿐, 곁에 있는 운지에 대해서는 별로 걱정하지 않고 있었던 것이다. 관민과 유지겸 두 청년에 대해서는 말할 것도 없다. 그녀에게 그들은 눈에 보이지도 않는 존재였던 것이다.

화보옥은 처음 운지를 보았을 때 그녀가 비구니이면서 머리를 길렀고, 순수하고 아름다운 모습을 하고 있다는 게 인상적이었다.

하지만 그것뿐이었다.

운지의 어느 곳에서도 이와 같은 절기를 아무렇지 않게 펼칠 수 있는 절대적인 고수라는 기색은 알아차릴 수 없었던 것이다.

"너는 대체 누구냐?"

화보옥이 다시 한 걸음 물러서서 운지와의 거리를 더 벌린 다음에야 검으로 그녀를 가리키며 물었다.

운지는 조약돌을 만지작거리며 어떻게 대답해야 할지 몰라 머뭇거리기만 했다.

당장 운수에게 달려가 그녀의 상처를 돌봐줘야 하는데 화보옥이 그렇게 하도록 내버려 둘 것 같지 않으니 마음만 급해서 발을 동동 구른다.

하지만 관민과 유지겸은 화보옥의 눈치를 볼 필요가 없었다. 그들이 재빨리 달려가 운수 비구니를 양쪽에서 부축했다. 관민이 상처 주변의 혈도를 눌러 지혈을 했고, 유지겸은 자신의 옷자락을 찢어 상처를 싸매주었다.

그러는 동안 이를 악물고 고통을 참고 있던 운수 비구니가 그들을 뿌리쳤다.

"너희들은 물러서 있어라."

그리고 화보옥을 노려보았다.

"너, 그 검법은 어떻게 된 거지? 그건 신검장의 검법이 아니다."

"흥!"

화보옥이 대꾸하지 않고 코웃음만 쳤다. 그녀의 눈길은 오직 운지에게 고정되어 있을 뿐이다.

운수 비구니는 몇 마디의 말을 하고 나자 상처의 고통이 더욱 심해진 듯 헐떡거리며 가쁜 숨을 쉬었다.

그녀와 철담개 양우순은 똑같이 화보옥의 검에 중상을 입었다. 그러나 운수 비구니의 부상이 철담개보다 훨씬 크고 엄중했다.

철담개는 단지 화보옥의 쾌검에 찔렸을 뿐이지만 운수 비구니는 그녀의 검에 실려 있던 검기에 당했기 때문이다.

검기는 시전자가 자신의 막중한 내공을 응집시켜 만들어 내는 것이다. 그것이 검을 통해 운수 비구니의 몸 안으로 흘러들어 왔으므로 그녀는 외상보다 몇 배나 심각한 내상을 입고 말았다.

그러는 동안에 조금 더 안정을 찾을 수 있게 된 철담개 양우순이 천천히 말했다.

"저 검법은 강호에서는 좀체 볼 수 없는 특별한 것이지. 비구니는 왜 그런 줄 아시겠소?"

운수 비구니가 머리를 흔들었다. 그녀는 화보옥의 검법이 궁금했는데 이 거지가 그것을 아는 것 같았으므로 반가웠다.

철담개 양우순이 맥없는 음성으로 중얼거렸다.

"너무 먼 곳에 있는 탓이야."

뜬금없는 말이라 운수 비구니가 상처의 고통마저 잊고 눈을 크게 떠서 재촉한다.

"하지만 저와 같은 검법이 있다는 걸 나는 알지. 그들이 비록 강호에서 멀리 떨어진 곳에 살고 있으며 강호에 나오는 일이 극히 드물어 알려지지 않았다고 해도 나는 알 수 있거든."

그의 신분이 개방의 순찰당주라는 걸 생각하면 가능한 일이었다.

천하에 널려 있는 게 개방에 속한 거지들 아니던가. 각 지역마다 순찰당이 있어서 제자들의 단속을 하는데, 총단의 순찰당주라면 방에 속한 자들의 행실을 감시하기 위해서 쉴 새 없이 천하를 떠돌아야 한다.

당연히 그 누구보다 들은 게 많고 본 게 많을 수밖에 없는 것이다.

철담개가 작대기에 의지해 버티고 서서 싸늘한 눈으로 화보옥을 노려보며 천천히 말했다.

"너의 그 쾌검법은 해남검파의 것이지? 내가 알고 있는 게 틀림없다면 그것은 해남검파의 삼대검법 중 하나인 전광삼식일 것이다."

"아!"

운수 비구니가 비로소 무엇을 생각해 낸 듯 탄성을 터뜨렸다.

해남검파에 무시무시한 쾌검법이 있다는 말을 언제던가 사부에게서 들었던 기억이 떠오른 것이다.

하지만 강호에 나와 활동한 이래 여태까지 한 번도 보지 못했으므로 까맣게 잊어버리고 있었는데 이제 생각이 났다.

전광삼식(電光三式)은 검법으로 오래전부터 강호에 명성을 쌓아온 해남검파의 삼대검법 중 하나였다.

그 쾌속함이 천하의 수많은 검법들 중 으뜸으로 꼽힌다.

비로소 그것을 생각해 내고 놀라는 운수의 귓전에 철담개 양우순의 말이 다시 들려왔다.

"그리고 이 비구니를 죽이려고 했던 그것은 성녀신검(聖女神劍)일 것이다. 흥, 해남검파의 검법이 이렇게 지독하고 악독한 것일 줄이야. 해남검파가 당당하고 온건한 정도의 문파라는 건 죄다 헛소리였던가?"

"성녀신검!"

운수 비구니가 놀라서 다시 소리쳤다.

해남검파를 천하검법의 종주로 불리게 한 세 가지 절정검법 중 두 번째 것이 바로 성녀신검이었기 때문이다.

첫 번째 검법은 무심검(無心劍)이라고 하는데 전혀 알려진 바가 없는 신비의 검법이었다. 그다음이 성녀신검이고 마지막이 쾌검의 절정이라고 불리는 전광삼식이었던 것이다.

2

"도대체 어떻게 된 일이냐? 네가 정말 해남검파의 진전을 이어받았단 말이냐?"

운수 비구니가 억지로 기력을 모아 추상같은 눈으로 노려보며 묻지만 화보옥은 조금도 신경 쓰는 것 같지 않았다. 그녀는 오직 운지에게만 온 정신을 기울이고 있는 것이다.

'아미파에서 대단한 인물이 나올 거라고 하더니 그것이 설마 저 연약해 보이는 비구니를 두고 한 말은 아니겠지?'

그런 생각이 드는 한편, 그래도 미심쩍어서 운지를 살펴보는 데에만 정신을 팔고 있었다.

화보옥은 어성진에서 운수 비구니를 보았을 때 아미파를 경계해야 한다던 아버지의 말이 떠올라 긴장했었다.

그녀의 아버지는 머지않아 아미파에서 절정의 고수가 탄생할지도 모른다고 했던 것이다.

화보옥은 아버지가 갑작스럽게 저를 불러들인 게 실은 그 일 때문이라는 걸 잘 알고 있었다.

아미파에서 탄생할 것이라는 절정고수를 상대하는 게 저의 임무였던 것이다.

그래서 화보옥은 운수 비구니를 의심했었다. 그녀가 갑자기 어성진에 나타난 것도 수상했지만, 아미파에서는 물론 강호에서도 이름을 얻고 있는 고수이니 그렇다.

하지만 막상 겪어보니 운수 비구니는 드물게 보는 고수이기는 하나 아버지가 걱정할 만한 무위를 가진 대단한 비구니는 아니었다. 아미파가 배출했을지도 모른다는 절정고수는 아니었던 것이다. 그래서 내심 비웃었다.

그러던 차에 운지의 암기술을 보고 나자 정신이 번쩍 들었다.

그녀가 운수 비구니는 무시한 채 검으로 운지를 가리키며 천천히 말했다.

"다시 한 번 보여주겠어요?"

운지가 얼굴을 붉혔다.

"나는 당신과 싸우고 싶지 않아요. 사형과 저 거지를 해치지 않는다면 나도 당신을 해치지 않겠어요."

천진한 그녀의 말에 화보옥이 코웃음을 쳤다.

"나를 해친다니? 그 말은 당신에게 나쯤은 우습게 여길 만한 절기가 있다는 건가요? 그러니 곱게 물러가라는 협박인가요? 그래요?"

"아니, 내 말은 그런 뜻이 아니라……."

운지가 더욱 당황하여 말을 더듬는다.

화보옥은 과연 운지가 아미파가 탄생시킨 절정고수인지 아닌지 확인해 보겠다고 결심했다.

그녀가 더욱 매서워진 얼굴로 노려보며 소리쳤다.

"여러 말 할 것 없어요. 당신에게 과연 그만한 실력이 있다면 여기서 나를 꺾고 입증해 봐요."

운지는 상대가 이렇게 막무가내로 나오니 어떻게 대처해야 할지 난감하기만 했다.

꼭 싸워야겠다고 나오는 상대라면 싸울 수밖에 없는 일인데, 제가 다치는 것은 물론 상대를 다치게 하고 싶은 마음도 없고, 죽이고 싶은 마음은 더더욱 없었다.

하지만 싸우는 일이 어디 장난이겠는가. 작게는 부상을 입거나 입힐 수밖에 없고, 심각하면 죽거나 죽일 수밖에 없다.

여태까지 한 번도 남과 싸워본 적이 없는 운지는 어떻게 해야 좋을지 몰라 쩔쩔매는 한편, 겁이 더럭 났다.

그러나 화보옥은 야무지고 결단력이 있었다.

"당신은 조심하도록 해요!"

높은 소리로 경고를 발함과 동시에 그대로 검을 휘둘러 두어 장의 거리를 두고 한 가닥 매섭기 짝이 없는 검기를 날렸다.

피이잉—

검끝에서 뻗어 나오는 창백한 검기가 허공을 가르자 팽팽하게 당겨진 낚싯줄을 튕기는 것 같은 소리가 났다.

"조심해!"

그것을 본 운수 비구니가 제 상처를 잊고 달려나갔지만 이

내 고통스런 신음을 흘리며 가슴을 움켜쥐고 주저앉았다.

"아!"

운지는 화보옥의 그와 같은 검격에 크게 놀랐다.

검기를 뽑아 이처럼 거리를 격하고 치는 건 처음 보고 대하는 것이다. 과연 저와 같은 검법을 쓰는 자가 강호에 또 있을까 싶기도 하다.

놀라고 감탄하는 그 잠깐 사이에 검기는 그대로 운지의 몸뚱이를 두 쪽으로 낼 듯이 사납게 날아들었다.

더 머뭇거리고 있을 수 없게 된 운지가 입술을 악물고 넓은 소맷자락을 휘둘렀다.

파앙―

그것이 펄럭이며 허공을 때리는 소리가 날카롭게 울린다.

따앙! 하는 요란한 소리가 났다.

화보옥의 검기는 운지의 소맷자락을 자르지 못했다. 그것에 가로막혀 충돌했는데, 마치 철판끼리 부딪친 것 같은 소성이 터져 나왔던 것이다.

"핫! 철수신공!"

화보옥이 깜짝 놀라 소리쳤다.

운지가 옷소매에 공력을 불어넣어 그것을 철판처럼 단단하게 한 것은 과연 불문(佛門)의 철수신공(鐵袖神功)이었다.

화보옥의 검기가 대단하기 짝이 없는 것이라면, 그것을 가로막은 운지의 철수신공 또한 보기 드문 것이라 화보옥은 운지가 과연 만만한 상대가 아니라는 걸 확인할 수 있었다.

"좋아. 이제야 적수다운 적수를 만났구나!"

호승심이 크게 솟구친 그녀가 버럭 소리치며 검을 맹렬하게 휘둘렀다.

피잉, 하고 뻗어나가는 검광이 눈부시다.

절세적인 쾌검법이라는 해남검파의 전광삼식 중 제이식인 전광파해(電光破海)였다.

그것을 본 운수 비구니와 철담개 양우순의 낯빛이 새파랗게 질렸고, 운지 또한 그랬다.

그녀가 발끝에 최대한의 공력을 실어 사문의 절정신법인 나한추명보(羅漢追冥步)를 펼쳤다.

빠르고 경쾌하게 움직일 때는 종잡을 수 없는 바람과 같고, 한 걸음 한 걸음 신중하게 내딛으면 불가의 부동보(不動步)가 되어 산악처럼 장중해지는 절세의 신법이다.

운지는 본능적으로 나한추명보 삼십육식 중 가장 빠른 일보제명(一步濟冥)의 운신법을 발휘해 맹렬하게 몸을 이동시켰다.

싯!

극히 짧고 날카로운 소리와 함께 한 가닥 차가운 검기가 그녀를 스치고 지나갔다. 실로 간발의 차이였다.

운지는 바람개비처럼 세 번 맴돌아 여섯 걸음 이동했는데, 그 사이사이를 화보옥의 검기가 머리카락 같은 차이를 두고 지나갔다.

두 사람의 움직임은 눈으로 잡을 수 없을 만큼 쾌속절륜(快速絶倫)한 것이었다.

번갯불이 먹구름을 뚫고 내리꽂히는 것 같은가 하면, 한줄기 질풍이 대지를 휩쓸고 달려가는 것 같다.

"과연 대단해!"

화보옥이 감탄했다는 듯 소리쳤다.

자신의 전광삼식을 이처럼 완벽하게 피해 버리는 사람을 처음 본 것이다. 상상해 보지도 못한 일이다.

운지는 자신의 무공으로 백척간두의 위기를 무사히 넘기자 머리끝이 곤두서는 두려움 속에서 짜릿한 기쁨을 동시에 느꼈다.

쾌감이 뇌전처럼 온몸을 관통하고 흐른다.

자신의 공력과 신법으로 화보옥을 상대할 수 있다는 걸 확인하자 부쩍 자신감이 생기기도 했다.

"다시 받아봐!"

화보옥이 앙칼지게 외치며 재차 부딪쳐 왔다. 운지에게 몸을 뺄 여유를 주어서는 안 된다고 생각한 그녀가 육박하듯 다가서며 사방으로 어지럽게 검을 휘둘러 쳐온 것이다.

번쩍이는 검광이 눈을 찌르고 머릿속을 어지럽게 했다.

지독한 난검이었다.

운지는 그것이 해남검파가 자랑하는 성녀신검 중의 고명

한 초식이라는 걸 알지 못한다. 하지만 어지러운 검격 속에 깃들어 있는 검의 높은 경지와, 초식과 변화의 완벽함만은 본능적으로 느낄 수 있었다.

운지가 더욱 경계하여 여전히 아슬아슬하게 피하며 허리띠를 풀었다.

부드러운 무명천으로 된 허리띠의 한쪽을 오른손에 둘둘 감아쥐더니 다른 한쪽 끝을 왼손으로 쥐어 펴고 그것으로 화보옥의 검을 얽어매려 하였다.

어찌 보면 무모하기 짝이 없는 짓이지만 화보옥은 그 부드러운 허리띠에 깃들어 있는 운지의 막강한 내공을 느끼고 함부로 대할 수가 없었다.

한 번 저것에 검이 휘감기거나 팔목이 묶인다면 결코 풀 수 없으리라는 걸 안 것이다.

"하앗!"

화보옥이 기합성을 터뜨리며 더욱 빠르고 맹렬하게 검을 휘둘렀다. 그러면서 조금도 사이를 두지 않고 다가드니 자칫하다가는 자신의 검에 자신이 상처를 입을 것같이 위태로워 보이기도 했다.

하지만 그건 운지에게도 그만큼 위험한 것이었다. 또한 기회이기도 하다.

운지가 왼손에도 허리띠를 감아쥐어 더욱 짧게 잡은 채 이리저리 움직였다.

그러자 그것이 절묘하게 화보옥의 검로를 가로막고 한사코 그것을 얽어매려고 하였다.

힘을 주어 팽팽하게 당겼을 때는 단단한 봉을 두 손으로 잡은 것 같고, 부드럽게 풀어서 감아갈 때는 거미가 허공에 거미줄을 치는 것 같았다.

놀랍게도 화보옥의 보검은 운지의 그 허리띠를 자르지 못했다. 몇 차례 부딪쳤지만 그때마다 운지가 튕겨내는 탄력에 의해 미끄러지거나 엉뚱한 곳으로 빗나갔던 것이다.

화보옥이 검을 끌어안고 재빨리 몸을 빼서 운지의 권역 밖으로 물러섰다.

얼굴이 상기되어 있고 숨결이 높아져 있는 것이 이 짧은 시간 동안 전력을 다해 공격했다는 걸 말해준다.

그녀가 물러섰지만 운지는 조금도 방심하지 않고 여전히 허리띠를 짧게 말아 쥔 채 화보옥을 주시하고 있었다.

그녀의 숨결 또한 높아져 있었으나 화보옥에 비하면 고요한 편이라 그것만으로도 두 사람 간의 내력의 우열을 가릴 수 있었다.

"좋군요. 아미파에도 그처럼 고명한 절기가 있을 줄은 몰랐어요. 대체 뭐라고 하는 절기지요?"

화보옥이 치솟는 화를 가까스로 억눌러 감추고 물었다.

"금정산수라는 것이에요. 원래의 초식은 맨손으로 비틀어 붙잡고 꺾는 것인데 그럴 수가 없어서 허리띠를 사용해 조금

응용해 본 것이랍니다."

"응용했다고요? 그 짧은 순간에 그런 판단을 하고 그걸 곧 실행할 수가 있었단 말인가요?"

운지의 차분한 대답에 화보옥이 눈을 휘둥그레 떴다.

아미파의 많은 절기들이 완전히 본능 속에 녹아들지 않고서는 불가능한 일이기 때문이다.

화보옥은 운지의 말에서 그녀가 아미파의 절기에 능통했을뿐더러, 그것을 재창조할 경지에까지 이르렀다는 걸 알았다. 믿을 수 없는 일이라 눈이 더욱 휘둥그레진다.

"그렇다면 잘됐군요."

잠시 무엇을 생각하던 화보옥이 야무진 표정을 짓더니 그렇게 말했다.

"무엇이 말인가요?"

운지가 어리둥절해서 묻자 화보옥이 차갑게 웃었다.

"해남도를 떠난 이래 강호에서는 제대로 내 무공을 시험해 볼 만한 상대를 찾을 수 없어 하품만 나왔었답니다. 그런데 이제 당신을 상대로 마음껏 시험해 볼 수 있게 되었으니 그게 잘되었단 말이지요."

"당신은 더 싸울 생각이군요?"

"흥, 검을 들었는데 죽거나 죽이지 않고서 어떻게 싸움이 끝날 수 있지요?"

화보옥은 강호의 생리에 대하여 잘 알고, 그것을 말한 것인데 운지에게는 여전히 어리둥절한 말일 뿐이었다.

그녀가 알 수 없다는 얼굴로 어눌하게 말했다.

"검을 버리고 손을 내밀어서 마주 잡기만 하면 되는 것 아닌가요? 서로 원한을 쌓았거나 원수가 된 것도 아닌데 왜 화해할 수 없겠어요?"

"홍, 화해라고? 이것 보세요, 아름다운 스님. 나는 이미 당신과 원수가 되었고, 지금 이 자리에서 풀 수 없는 원한이 생겼다고는 여기지 않나요?"

화보옥의 싸늘한 말에 운지는 가슴이 서늘해졌다. 이렇게 엉뚱한 일로도 원한이 생기고 원수가 된다면 세상천지에 그렇지 않은 사람이 없을 것이라는 생각이 든다.

'강호가 험난하고 삭막해서 정과 믿음이 없는 곳이라더니 바로 이와 같기 때문인가 보다.'

그런 생각에 무서워졌다. 이처럼 비정하고 분쟁이 있을 뿐인 강호에 정이 뚝 떨어진다.

운지는 운몽을 만나고 사문의 일을 해결하기만 하면 아무 미련 없이 강호를 등지고 아미산으로 돌아가 다시는 세상에 나오지 않으리라고 스스로에게 다짐했다.

내일이라도, 아니, 지금이라도 당장 그렇게 되었으면 좋겠다는 생각이 간절한 뿐이다.

떠나온 지 며칠 되지 않았건만 갑자기 아미산에 두고 온 골짜기와 바람과 새소리, 물소리가 못 견디게 그리워졌다. 그래서 얼굴에 쓸쓸하고 서글픈 기색이 떠올랐다.

그것을 본 화보옥이 검을 들어 그녀의 가슴을 가리키며 비웃었다.

"호호, 당신은 벌써 겁이 나는 모양이군요? 하지만 소용없어요. 나는 오늘 순순히 물러나지 않을 테니까. 자, 후회하기 전에 당신도 어서 무기를 들도록 하세요."

운지가 그녀를 물끄러미 바라보다가 어쩔 수 없다는 듯 처연하게 한숨을 쉬고 말했다.

"내게는 따로 무기가 없답니다. 이것으로 당신을 상대하겠어요."

힘없이 들어 보이는 건 아직 손에 쥐고 있던 얇은 무명 허리띠였다.

그것을 본 화보옥이 노기를 드러냈다.

"흥, 당신은 끝까지 나를 얕잡아보고 놀리는군요? 좋아요. 대체 언제까지 그 허리띠로 나를 상대할 수 있는지 보겠어요."

말을 마치기 무섭게 훌쩍 몸을 날려 운지의 정면을 노리고 일검을 뿌렸다.

저쪽으로 물러나 고통을 참느라고 숨을 헐떡이던 운수 비구니가 있는 힘을 다해 소리쳤다.

"자비심을 버려라! 산문에 왜 사천왕이 서 있는지를 생각해!"

그녀는 운지가 끝까지 여린 마음으로 화보옥을 상대하다가는 자칫 돌이킬 수 없는 화를 당할 것이라고 여겼다.

'절대로 그런 일이 있어서는 안 된다.'

운수 비구니는 운지가 여전히 아슬아슬한 차이를 두고 화보옥의 검을 피하기만 하는 걸 바라보며 악을 쓰듯 소리쳤다.

"온 힘을 다해서 단번에 그 소악녀를 죽여 버려라! 그것이 네가 할 일이야! 잊지 마라!"

3

운수 비구니의 악쓰는 소리에 더욱 정신을 차린 사람은 운지가 아니라 화보옥이었다.

"흥!"

그녀가 얼음장처럼 차가운 코웃음을 치고 보라는 듯이 더욱 매섭게 검을 휘둘렀다.

조금 전의 검격보다 한층 더 날카로워지고 무시무시해진 검격이다.

운지는 대뜸 위기에 몰렸다. 맨몸으로 그녀의 보검을 막고 피하는 데에도 한계가 있는 것이다. 벌써 대여섯 초식이나 그렇게 했으니 그녀로서는 초인적인 의지와 용기를 다한 것이다.

하지만 그런 운지의 용기도 화보옥의 검법이 초식을 더해

갈수록 위태로워지기만 했다.

이제 화보옥의 검은 아무 거리낌 없이 운지의 요혈을 노리고 파고들었다. 운지는 긴 머리카락과 옷자락을 휘날리며 그것을 막거나 피하느라고 정신이 없었다.

온몸에 진땀이 흘러 물에 빠진 사람처럼 되었다.

다른 것을 돌아보거나 생각할 새가 없다. 오직 본능적으로 두 손을 휘둘러 허리띠를 의지하고 화보옥의 번쩍이는 검을 막아낼 뿐이다.

화보옥의 성녀신검이 세 번째 초식으로 넘어가 일곱 번째의 변식을 쏟아내기 시작하면서 운지의 그런 대응에 한계가 왔다.

과연 해남검파가 자랑하는 비전의 검법은 그 위력이 벼락이 치고 해일이 덮쳐 오는 것과 같았다.

운지가 그것에 온몸으로 맞서서 일곱 번째의 변식에 이르도록 싸웠다는 게 믿어지지 않을 지경이다.

하지만 운지는 기어이 파탄을 드러냈고, 금방이라도 화보옥의 검에 찔려 피를 뿌리고 쓰러질 위기에 처했다.

화보옥이 날카로운 기합 소리와 함께 악독하게 검경(劍勁)을 쳐냈다. 그것이 벼락처럼 운지의 면전에 닥쳐든다.

운지는 이를 악물고 허리띠를 팽팽하게 당겨 천화포접(天和抱接)의 초식으로 화보옥의 검을 막았다.

반탄지력을 일으켜 검을 튕겨내려는 것이었는데, 조금 전처럼 마음대로 되지 않았다. 화보옥이 독한 마음을 먹고 검에 내력을 운집하니 날카로운 보검이 더욱 날카로워져서 단번에 허리띠를 잘라 버린 것이다.

운지는 당황했다. 가벼운 절삭음이 들린 순간 허리띠는 두 동강이 나버렸고, 손이 허전해졌다.

운지가 나한추명보 중의 유성암천(流星暗天)이라는 신법으로 급히 몸을 뺐다.

눈 깜짝할 순간에 다섯 번이나 방위를 바꾸고 신형을 비트는 것이어서 화보옥은 펄럭이는 운지의 옷자락과 머리카락에 눈이 어지러워졌다.

가까스로 화보옥의 검세에서 벗어난 운지가 헐떡이며 말했다.

"이쯤에서 그만두는 게 어떻겠어요? 그렇지 않으면 누구든 다치게 될 텐데 나는 그걸 원하지 않아요."

"쓸데없는 소리!"

자존심이 상한 화보옥이 매섭게 외쳤다.

"둘 중 한 사람은 죽어야만 해! 그게 강호의 싸움이다!"

해남검파의 절기로도 운지를 이기지 못해 단단히 화가 난 화보옥이 마지막 기력까지 다 뽑아 올려 다시 검을 휘둘렀다.

번쩍이는 검화가 신당 안에 뿌려지자 마치 불꽃놀이를 하는 것 같았다.

운지도 더는 물러설 곳이 없다는 걸 알았다.

이 싸움을 끝내는 방법은 자신이 죽거나 화보옥을 죽여야 하는 것뿐이라고 생각하자 마음이 더욱 괴로워졌다. 하지만 어쩔 수 없는 일이라면 과감해져야 한다.

언제까지나 이렇게 도망 다닐 수 없다는 걸 깨닫자 운지의 각오도 달라졌다.

현란하게 변한 화보옥의 검이 다가오는 걸 지켜보며 운지는 이제 두 손에 각기 말아 쥔 꼴이 된 허리띠를 풀었다. 그러자 그녀는 두 개의 허리띠를 양손에 쥐고 있는 셈이 되었다.

그것으로 허공을 쓸며 힘껏 뿌린다.

운지의 발걸음이 가벼워졌다. 때로는 무릎을 높이 들어 경중거리듯 몸을 옮기고, 때로는 미끄러지듯이 발바닥을 끌며 재빠르게 나아가고, 때로는 한 발에 체중을 싣고 허깨비처럼 맴돌기도 했다.

그럴 때마다 두 손이 펼쳐져 절로 우아하게 허공을 휘젓는 모습이 된다.

그것은 춤을 추는 것 같았다.

바로 운지만의 춤.

언제던가 운몽이 절연암 밖에서 훔쳐보았던 그 춤.

그녀만의 심득이 곁들여진 구음신장(九陰神掌)인 것이다. 그것에 한껏 금강선공(金剛禪功)을 불어넣자 소맷자락이, 옷섶이 바람을 품은 것처럼 부풀어 올랐다.

번쩍이는 금광이 은은히 그녀를 감싸기 시작했고, 손목의 가벼운 떨침으로 꿈틀거리며 뻗어나가고 휩쓸어가는 한 쌍의 허리띠에 부드럽고 질긴 힘이 담겼다.

한 마리 학이 추는 우아한 춤사위 같지만, 그 한 동작마다 담겨 있는 기운은 때로 창처럼 날카로웠고, 때로 태산처럼 두터웠다.

그것이 허리띠에 고스란히 실려 화보옥의 검을 휘감고 밀어낸다.

"난피풍검법(亂披風劍法)!"

저쪽에서 운수 비구니가 그렇게 소리쳤다.

운지의 구음신장을 보고 있자니 저도 모르게 그 생각이 났던 것인데, 그건 운지가 절연암 밖으로 나와 소령 사태 앞에서 마지막 시험을 치르던 때의 상황과 같았다.

운수 비구니의 외침을 들은 운지의 머릿속에 그때의 일이 떠올랐다. 그때 소령 사태도 불쑥 그렇게 외치지 않았던가.

그 즉시 운지의 수법이 바뀌었다.

두 손이 은은한 금광에 감싸이는 것 같더니 그것이 그대로 허리띠를 타고 뻗어나갔다.

그러자 부드럽게 일렁이던 허리띠가 강철을 편 것처럼 꼿꼿이 일어섰다.

운지는 두 자루의 검을 쥐고 있는 것이다.

그것으로 각기 다른 난피풍검법을 쏟아내기 시작했다.

아미파의 검법들 중에서도 가장 난해하고 어지러우며 신

랄한 검법이 바로 그것이었다.

좌검과 우검의 검로가 서로 다를 수밖에 없는데, 그것을 양 손으로 동시에 펼쳐 내자 완벽한 합공세가 되었다.

두 자루의 검이 서로의 단점을 가리고 장점을 더욱 부추기며 쳐들어가는 것이다.

운지의 돌변한 반격에 화보옥은 적지 않게 당황했다.

아미파의 검법이 매섭다는 건 오래전부터 들어 알고 있었지만, 이처럼 운지의 손에서 펼쳐지는 검법을 마주하자 그것의 무서움이 피부에 와 닿는다.

그 기세의 엄중함과 초식의 정밀함과 내력의 고강함이 운수 비구니를 상대할 때와는 비교할 수 없이 달랐다.

'이것이 이 알 수 없는 비구니의 진면목이란 말인가?'

화보옥은 좌우에서 찌르고 후려쳐 오는 것이 허리띠로 보이지 않았다. 그녀에게는 두 사람이 두 개의 보검으로 좌우에서 동시에 공격하는 것처럼 위협적이었던 것이다.

화보옥의 느낌처럼 운지의 허리띠는 두 자루의 보검이 되었다.

좌수의 보검이 아래쪽을 휩쓸면 우수의 보검은 위를 가리고, 우수의 보검이 가슴을 노리면 좌수의 보검은 아래를 가린다.

그렇게 완벽한 공수의 합격을 보여주던 것이 때로는 상하를, 좌우를 동시에 공격하는 매서움으로 돌변하곤 했다.

그럴 때마다 화보옥은 모든 재간을 다 펼쳐서 그것을 후려치고 막으며 피해야 했다.

이제 허공은 운지의 허리띠가 지배했다. 오직 두 개의 허리띠가 휩쓸어가는 잿빛 그림자로 가득해진다.

점차 상황이 바뀌더니 얼마 지나지 않아서 화보옥은 공격하기보다 지키는 일이 더 많아지게 되었다. 운지를 매섭게 몰아치기만 하던 처음과는 딴판이 된 것이다.

그 싸움을 지켜보던 철담개 양우순이 '아!' 하고 탄성을 터뜨렸다.

그의 머릿속에 번갯불처럼 떠오르는 어떤 생각이 있었던 것이다.

양우순이 크게 놀라 어깨마저 부르르 떨며 저도 모르게 버럭 소리쳤다.

"아미파에서 검후가 다시 태어났구나!"

그 외침은 관민과 유지겸은 물론 화보옥의 귀에도 크게 울렸다.

'검후라고? 아미검후라고? 이 비구니가?'

검후라면 자신의 사문인 해남검파에만 있는 것으로 알고 있던 그녀에게 철담개 양우순의 외침은 큰 충격으로 부딪쳐왔다.

'아니야! 누가 감히 해남검파를 흉내 낸단 말인가! 검후는 오직 해남검파에만 존재할 뿐이다!'

마음속으로 그렇게 외치는 화보옥의 눈에서 독한 불길이 화르르 쏟아져 나왔다.

그녀 자신이 해남검파의 검후(劍后)가 되는 걸 인생 최대의 목표로 삼은 지 오래전이기 때문이다.

아버지의 손에 이끌려 신검장을 떠나 해남검파에 입문했던 아홉 살 때부터 그것은 한시도 떠나지 않았던 꿈이었다.

그래서 오늘에 이르기까지 뼈를 깎는 아픔을 인내해 가며 검법 조예를 익혔고, 드디어 검후의 경지를 넘보는 위치에까지 올랐다.

하지만 아직 그녀는 검후라는 호칭을 받지 못했다. 그런데 운지가 아미파의 검후라니 있을 수 없는 일이라고 부정할 수밖에 없다.

그 말이 비록 철담개 양우순이 제멋대로 지껄인 것일지라도 검후라는 말은 화보옥의 가슴에 상처를 남겼다.

"아미검후?"

관민과 유지겸은 처음 들어보는 그 말에 어리둥절해서 운지를 바라보고 철담개 양우순을 바라보기만 했다.

화보옥이 이를 악물고 말했다.

"좋아. 아미산에 운지라는 비구니가 있다는 걸 똑똑히 기억해 두지."

원독이 풀풀 날리는 눈으로 표독스럽게 노려보더니 '이얏!' 하는 기합성과 함께 벼락처럼 검을 뻗어냈다.

성녀신검의 제삼초식인 현녀초무(玄女超武)라는 것인데, 처음에는 가볍고 빠르게 시작하지만 점차 중검(重劍) 본연의 모습을 찾아가며 무겁고 힘있게 전개되는 검법이었다.

내공의 뒷받침이 없으면 펼치기 어려운 것인데 화보옥은 아무 거리낌 없이 그것을 시전하고 있었다. 그녀는 내공 화후가 지극히 높고, 검법이 내 몸의 일부처럼 익숙해지도록 공부를 쌓은 것이다.

쐐애액—

검봉이 훑어가는 곳마다 귀청을 찢을 듯한 매서운 바람 소리가 났다. 보검이 그것에 실린 화보옥의 내공을 감당할 수 없는 듯 시뻘겋게 달아오르며 부르르 떨린다.

운지는 그녀가 기어이 자신을 죽이려 한다는 걸 알았다.

살기가 줄기줄기 뻗어 나오고 있는 화보옥의 눈길을 바라보는 것조차 끔찍하고 무섭다.

하지만 머뭇거릴 새도 없다. 무시무시한 검격이 당장이라도 목을 쳐 버릴 듯이 쏟아져 왔기 때문이다.

더 이상 양보할 수 없는 상황이라는 걸 운지는 인정하고 받아들여야만 했다.

마음을 모질게 먹은 그녀가 금강선공을 부쩍 끌어올려 쥐고 있던 허리띠에 실었다.

파앙—

웅장한 소리를 내며 한순간에 그것이 쭉, 펴져 곤두선다.

운지가 한소리 기합성과 함께 난피풍검법 중의 절초인 풍심향불(風心向佛)을 떨쳐 냈다. 그러자 금강선공을 가득 실은 왼손의 허리띠가 좌수검이 되어서 하늘을 덮을 듯 쓸어가고, 오른손의 허리띠는 열 개, 스무 개의 창이 된 것처럼 어지럽게 폭사되어 나갔다.

콰콰콰콰—

그것이 찌르고 후려치는 곳마다 요란한 파공성이 터져 나왔는데, 큰북 여러 개를 동시에 두드려 대는 것 같기도 했고, 파도가 연달아 바위에 부딪쳐 대는 것 같기도 한 웅장한 소리였다.

그것과 화보옥의 검이 토해내는 날카로운 휘파람 소리가 뒤섞이자 감당할 수 없는 음파가 되어 사방으로 터져 나갔다.

그 엄청난 진동파에 주변의 모든 것들이 지진을 만난 것처럼 요동을 쳤고, 신당 또한 금방이라도 무너질 것처럼 삐걱거리며 먼지와 기와 조각을 우수수 쏟아냈다.

한쪽 구석으로 물러나 주저앉아 있던 운수 비구니와 철담개 양우순은 견디지 못하고 두 손으로 자신들의 귀를 틀어막은 채 무릎 사이에 얼굴을 파묻었다.

관민과 유지겸은 부상을 입고 있는 그들보다 처지가 나았지만 고통스럽기는 마찬가지였다. 귀를 틀어막은 채 어쩔 줄을 모른다.

그들은 이처럼 가공할 만한 기격은 처음 보는 터였다. 운지와 화보옥 두 젊은 아가씨의 기격이 이와 같은 위력을 쏟아내고 있다는 게 믿어지지 않는다.

"검후, 검후… 두 사람의 검후가 동시에 출현했다!"

갑자기 양우순이 악을 쓰듯 소리쳤다.

운수 비구니는 운지가, 여리고 심성이 순박하기만 한 그녀가 아미파의 검후로 불린다는 게 얼떨떨하고 믿어지지 않았다.

하지만 사부와 두 사백들이 그녀에게 베푼 것을 생각하고, 운지가 조사동에 들어가 수련한 일을 생각하면 과연 그럴지도 모른다는 생각이 들었다.

아미삼소로 불리는 세 분 존장은 당신들의 모든 것을 쏟아부어 운지를 아미파의 극강한 고수로 키워낸 것이 틀림없다고 믿는다.

그렇다면 오래전에 사라졌다는 소양 사숙에 이어 실로 오십여 년 만에 아미검후로 불릴 만한 고수가 탄생한 것이다.

그 감격과, 장차 찾아올지도 모르는 커다란 화(禍)에 대한 두려움으로 운수 비구니는 온몸을 덜덜 떨며 상처의 고통마저 잊은 채 아미타불을 쉴 새 없이 중얼거렸다.

아미파에 검후로 불리는 절정고수가 탄생했을 때마다 아미파의 명성이 하늘을 찌르는 것과 함께 자칫 사문이 사라질 뻔한 화가 닥쳐왔었다는 것을 그녀는 알고 있었다.

소양 사숙이 그랬고, 현화라고 했던 그 전전대의 사조가 그

랬다. 그리고 지금 운지가 그 뒤를 이었으니 기쁘면서 두렵지
않을 수 없다.

콰앙—

운수가 그런 생각으로 두려워 떠는데, 신당 복판에서 엄청
난 폭발음이 터져 나왔다.

서로 빈틈을 찾아 허공을 이리저리 휘젓던 운지와 화보옥
두 사람의 기세와 기운이 충돌한 것이다.

화보옥의 검기가 태산 같다면, 두 개의 허리띠에 실린 운지
의 금강선공은 해일 같았다. 그 두 개가 부딪치자 넘쳐 나는
기운이 주변의 공기들을 한순간에 태워 버리고 진공 상태로
만들었다. 그와 함께 무지막지한 기파가 화약을 터뜨린 것처
럼 사방으로 폭사되어 나갔다.

콰콰콰콰—

감당하기 힘든 굉음과 함께 기파의 여력이 지진처럼 모든
것을 뒤흔들고 비튼다.

기어이 신당이 견디지 못하고 요란한 소리를 내며 무너지
기 시작했다.

그 순간 관민과 유지겸이 쏜살처럼 달려들어 각기 운수 비
구니와 철담개를 안아 들었다.

그들은 이것저것 생각할 새가 없었다. 가까스로 쏟아지는
파편들을 뚫고 빠져나갔을 때 신당이 와르르 무너져 버렸
다.

모든 것이 산산조각이 나 주저앉거나 터져 나가는데, 운지와 화보옥 두 사람의 주위로는 먼지 한 톨 떨어지지 못했다.

전력을 다해 부딪치고 있는 두 사람의 기파가 마치 호신강기를 두른 것처럼 그들을 보호했던 것이다.

쾅!

다시 한차례 짧고 격한 폭발음이 들리더니 화보옥이 '욱!' 하고 억눌린 신음을 흘렸다.

그녀의 신형이 잠깐 비틀거리는 것 같았다. 그러더니 이내 훌쩍 몸을 뒤로 날려 기파의 권역에서 벗어났다.

"좋아, 오늘은 여기까지만 해두겠어. 하지만 다음에는 각오하도록 해! 호호호호—"

화보옥이 매섭게 외치더니 싸늘한 웃음을 터뜨리며 몸을 뽑아 쏜살처럼 어둠 속으로 사라져 버렸다.

그녀가 머물렀던 허공에 은은한 피비린내가 떠돌았다.

후두둑거리며 마지막 파편들이 사방에 떨어져 쌓이고, 그 폐허의 복판에서 운지는 창백해진 얼굴을 한 채 말없이 서 있었다.

지그시 눈을 감은 채 거칠어진 숨을 가다듬고 들끓는 기혈을 다스리는 것이다.

천지가 뒤집히는 것 같던 굉음이 사라지고 나자 숨 막히는 적막이 모든 것을 뒤덮었다.

그 속에서 하나의 정물이 된 것처럼 미동도 하지 않고 서 있던 운지가 천천히 눈을 떴다.

　어느덧 안색이 본래의 것으로 되돌아왔고 거칠었던 숨결
도 차분하게 안정되어 있었다.

第六章
암투(暗鬪) 속에 짙어지는 위기

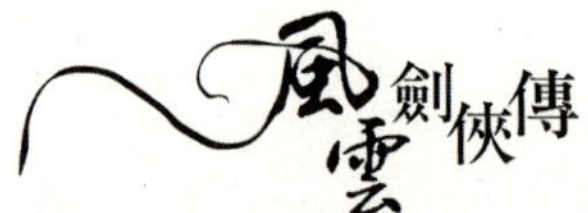
風雲劍俠傳

1

"매사에 조심하도록 해. 강호에 나온 이상 마음을 모질게 먹지 않으면 안 된다. 이곳은 아미산이 아니라는 걸 잊지 말아야 한단다. 그러기만 하면 누구도 너를 곤란하게 하지 못할 거야."

운지를 바라보는 운수 비구니의 얼굴 가득 안타까움과 걱정하는 마음이 담겼다.

"내 꼴이 이러니 잔소리밖에는 할 게 없구나."

한숨을 섞어 말한 그녀가 철담개 양우순에게 억지로 웃어 보였다.

"양 대협께서 부디 이 아이를 잘 돌보아주시기 바랍니다.

이 아이는 강호의 경험이 없고, 보셨다시피 마음이 순박하기만 해서 자칫 음험한 간계에 빠질까 봐 그게 걱정이랍니다.”

양우순이 미소 지으며 포권했다.

“걱정하지 마시오. 강호의 사정에 나만큼 밝은 자가 없을 테니 내가 함께 있는 한 누구도 허튼수작을 부리지 못할 테니까.”

“그럼 믿고 가겠습니다.”

운수 비구니는 관민과 유지겸의 호위를 받으며 아미산으로 돌아가기로 했는데, 내상이 심각해서 더 이상 운지와 함께 강호행을 할 수 없기 때문이었다.

운지는 안타까운 마음을 감추지 못하고 그녀를 바라보았다. 사형이 아미산으로 돌아가면 홀로 강호를 떠돌아야 할 텐데, 무섭고 불안하기만 하다.

운지에게 있어서 이 험한 강호에서 갑자기 의지할 사람을 잃는다는 건 어린아이가 손잡고 가던 어머니를 잃은 것처럼 두려운 일이었다.

철담개 양우순이 잘 돌봐주겠다고 했지만 처음 보는 사람이니 믿음보다는 불안이 앞선다. 게다가 남자 아닌가.

“나는 어쩌면 생각보다 더 오래 정양해야 할지도 모르겠구나.”

운수 비구니가 눈물을 글썽이는 운지의 손을 잡고 어루만지며 다정하게 말했다.

운지가 기어이 손등으로 눈물을 훔치고 나서 울먹이며 말했다.

"아미산으로 돌아가거든 부디 정양에 힘써서 하루빨리 원래의 모습을 되찾으세요. 그래서 저를 찾아오시기 바랄 뿐이에요."

그런 운지를 바라보는 운수 비구니의 마음은 나이 어린 동생을 홀로 떠나보내야 하는 큰언니의 마음과 같았다. 안타깝고 측은해서 견딜 수가 없다.

그녀가 운지를 끌어당겨 품에 안고 등을 다독이며 위로했다.

"철담개는 이름 높은 강호의 협의지사다. 그의 한마디는 천금처럼 무겁다고 해도 부족하지. 그가 나를 대신해서 너를 돌봐주겠다고 했으니 나는 마음이 놓인다. 너도 어려운 일에 닥칠 때마다 혼자서 고민하지 말고 그에게 털어놓고 상의해라. 그러면 반드시 좋은 방법을 찾을 수 있게 될 거야."

"잘 알았어요. 사형의 말씀 명심할게요."

"그래, 그래야 착한 사매지. 네 두 어깨에 아미산의 운명이 지워져 있다는 걸 잊지 말고 매사에 신중하고 조심하렴."

고개만 끄덕이는 운지를 떼어놓은 운수 비구니가 관민의 부축을 받으며 천천히 떠나갔다. 유지겸이 그녀를 호위한다.

운지는 숲에 가려져 보이지 않게 될 때까지 운수 비구니가 한 번도 뒤돌아보지 않는 게 그렇게 서운할 수 없었다.

하지만 뒤돌아보면 마음이 더 아프게 될 뿐이고, 운수 사형 또한 걸음을 떼어놓을 수 없게 되리라는 걸 알기에 무정하다고 원망할 수도 없었다. 입술을 꼭 깨물고 눈으로 전송할 뿐이다.

운수 비구니 일행이 보이지 않게 되고도 한참 동안 운지는 망부석처럼 서서 눈길을 돌리지 못했다.

"우리도 이제 그만 갑시다."

철담개 양우순의 말에 운지가 깜짝 놀라 돌아보았다.

"날이 훤히 밝아오는데 언제까지 여기 서 있을 수는 없지 않겠소?"

원래 입담이 걸쭉하기로 소문난 양우순인데, 나이 어린 운지에게는 함부로 말하지 못했다. 운지가 아미검후라고 굳게 믿었으므로 조심하고 공경하는 것이다.

"정주까지는 먼 길인가요?"

"흘흘, 멀지요. 하지만 세상일이라는 게 마음먹기 나름 아니겠소? 코앞에 있는 곳도 멀게 느껴지면 한없이 먼 거고, 수만 리 떨어진 곳도 가깝다고 느끼면 지척에 있는 것 같은 거라오."

"맞아요."

운지가 천진스럽게 머리를 끄덕였다.

운몽을 생각하면 그 크고 넓은 아미산도 손바닥만 하게 여겨지지 않았던가.

그가 몇 개의 골짜기를 건너고 몇 개의 산봉우리를 넘어야 하는 곳에 있다고 해도 그곳이 조금도 멀게 느껴지지 않았었다.

함께 아미산 중에 있다는 것만으로도 한없이 기쁘기만 했다.

그가 숨 쉬고 있는 이 공기를 나도 함께 숨 쉬고 있다고 생각하면 세상의 끝과 끝에 서로 떨어져 있다고 해도 가깝게 느껴질 것이다.

"하지만 정주는 조금 더 있다가 가도록 합시다."

철담개가 뜻밖의 말을 했으므로 운지가 눈을 휘둥그레 뜨고 그를 바라보았다.

"어성진에서 무슨 일이 벌어지고 있는지 궁금하지 않소? 이곳에서의 일이 마무리되는 걸 보고 가도 늦지 않을 거요."

잠시 생각하던 운지가 물었다.

"정말 신검장의 화 소저가 이곳에서 벌어질 일의 주관자인 걸까요?"

"틀림없소. 그녀의 말과 행동이 그것을 증명해 준 셈이지요."

"그렇다면 그녀는 신검장으로 돌아가지 않았겠군요?"

"그렇겠지요. 지난밤에 그 고약한 것은 내상을 입은 게 분명하다오. 그래서 뒤도 돌아보지 않고 달아났던 거지. 그러니 전면에 나서는 일은 없겠지만 암중에서 여전히 어성진에서의 일을 지켜보며 지휘할 게 틀림없소이다. 그러다가 중요한 순간에 불쑥 나타나 사람들을 놀라게 하고 세상을 놀라게 하겠지.”

“그녀가 다시 나선다면 많은 사람들이 그녀의 검에 의해 피를 흘리게 될지도 모르겠군요.”

“그렇겠지요.”

대답하는 철담개의 얼굴이 어두웠다.

“이곳에 모여든 불나방 같은 자들 중에는 그녀의 검을 막을 수 있는 자가 하나도 없을 테니까 말이오.”

지난밤에 운지와 싸우던 화보옥의 무시무시한 솜씨를 똑똑히 본 철담개는 그게 걱정이었다.

운지가 야무진 얼굴로 말했다.

“그렇다면 역시 제가 당분간은 이곳에 있는 게 좋겠군요.”

“바로 그거라오.”

철담개가 손뼉을 쳤다.

“그 고약한 소저를 물리칠 사람은 오직 당신밖에 없소이다. 그러니 아무것도 모르고 꾸역꾸역 모여든 자들에게 자비심을 베풀어야지요. 그들의 목숨을 하나라도 구해준다면 십층의 석탑을 쌓는 것보다 큰 공덕이 될 것 아니겠소?”

철담개의 그런 마음은 곧 운지의 마음이기도 했다.

운지는 화보옥이 사람들을 죽이지 못하게 해야 한다고 생각했다. 그게 불제자로서 화보옥을 위해서도, 다른 사람들을 위해서도 마땅히 해야 할 일인 것이다.

비록 화보옥이 밉다고 해도 측은지심으로 자비를 베풀어 그녀가 더 이상 업보를 지지 않도록 인도해 주어야 한다.

그 일이야말로 부처님의 뜻일 거라고 생각한 운지는 각오를 새롭게 했다.

*　　　　*　　　　*

어성진은 어제보다 더 많은 강호의 무리들로 들끓고 있었다. 발 디딜 틈이 없을 정도다.

"사천무림에 이처럼 많은 사람들이 혈사기와 관계되어 있으니 다른 곳까지 합치면 대체 얼마나 많을까?"

철담개의 중얼거림이 운지의 마음을 어둡게 했다.

"아마도 강호의 반 이상이 혈사기에 의해 움직이게 될지도 모르겠는걸?"

"혈사기주는 대체 무슨 생각으로 그런 일을 벌인 것일까요?"

"흥, 뻔하지. 암중에서 그렇게 세력을 모으는 자들의 속셈이야 한 가지 아니겠소?"

"그가 설마 강호를 지배할 생각이라도 하고 있었단 말인가요?"

"그렇지 않으면 떳떳하지 못한 방법으로 이처럼 제 세력을 넓혀갔을 리가 있겠소?"

운지는 철담개의 말에 동의하면서도 모두 납득하지는 못했다.

대체 한 사람이 강호를 지배해서 무엇을 얻겠다는 건지 이해할 수 없었던 것이다.

추레하고 지저분한 중년의 거지가, 그것도 부상을 입어 가슴이 온통 핏물로 물들어 있는 자가 비구니도 아니고 속인도 아닌 아가씨와 동행하고 있으니 사람들의 이목을 끌기에 충분했다.

게다가 아가씨의 미모가 다시 찾아볼 수 없을 만큼 출중한데 얼굴에 수심마저 깃들어 있으니 더욱 눈이 번쩍 뜨인다.

사람들의 따가운 시선 때문에 운지는 얼굴을 들지 못했고, 철담개는 그녀의 수신호위라도 된 것처럼 눈을 부라리며 쉴 새 없이 사방을 두리번거렸다.

거지의 그런 모습이 엄숙하다기보다는 우스꽝스런 것이어서 그를 알지 못하는 사람들은 운지를 보고 넋을 잃었다가 철담개를 보고는 박장대소하며 웃어댔다.

아침을 먹기 위해 객잔에 들어선 운지와 철담개는 빈자리를 찾아 두리번거렸다.

객잔 안은 이미 사람들로 미어터지고 있어서 빈자리가 있을 리 없었다.

"거기 있는 게 양가 성을 쓰는 못된 거지가 아니냐?"

낙심하여 돌아서려는데 저쪽에서 누군가 크게 부르는 소리가 들렸다.

점소이가 이른 아침부터 땀을 뻘뻘 흘리며 정신없이 뛰어다니고, 걸걸한 사내들의 떠들어대는 소리로 귀가 먹먹할 지경이었다.

그 속에서도 뚜렷이 들려오는 음성에 철담개가 돌아보더니 하하, 웃으며 손을 흔들어댔다.

"누가 이 거지를 부르나 했더니 빌어먹을 왕가 도둑놈이었군?"

"이리 와라, 이리 와!"

왕가라는 자가 벌떡 일어나 마구 손짓을 해댔다.

운지가 바라보니 그 사람은 중년의 대한인데 구레나룻이 무성하고 눈이 부리부리한 것이 흔히들 말하는 호걸의 모습 그대로였다.

"이 잡것들아, 어서 저리 꺼지지 못해?"

왕가가 동석해 있던 자들을 마구 윽박질렀다.

하나같이 우락부락하게 생긴 네 명의 사내들이었다.

그중 둘은 왕 씨 성을 쓰는 자와 같이 중년의 연배로 보였고, 둘은 비교적 젊어서 서른 살 안팎으로 보이는 청년들이다.

그들이 눈을 흘기고 무어라고 투덜대면서도 감히 반항하

지 못하고 일어섰다. 먹던 음식이며 술마저 그대로 남긴 채였다.

"자, 자. 여기 자리가 났으니까 어서 와라. 그런데 웬 상처냐?"

의아하여 철담개를 바라보던 사내가 껄껄 웃었다.

"뭐, 뒈지지 않은 걸 보니 내가 상관할 일은 아니겠고, 아무튼 대체 이게 얼마 만이야? 하하, 살아 있으니까 이렇게 다시 만나게 되는구나. 게다가 무슨 수작을 부렸는지 천상의 선녀님까지 훔쳐 냈으니 과연 네 재주가 나보다 훨씬 낫다."

사람들이 쳐다보거나 말거나 왕 씨 사내는 큰 목소리로 호통 치듯 떠들어댔다.

민망해져서 더욱 고개를 들지 못하는 운지의 옷자락을 끌며 철담개가 성큼성큼 걸음을 옮겼다.

그가 지나갈 때마다 피비린내와 함께 지독한 악취가 나는지라 주위에 있던 자들이 모두 코를 쥐고 인상을 썼지만 감히 나무라는 자는 없었다.

어찌 보면 모두 왕 씨 성을 쓰는 걸걸한 사내의 위세에 기가 죽어 있는 것 같기도 했다.

2

사내는 왕가기(王加基)라고 했다. 강호에서 몰치광도(沒恥

狂刀)라고 불리는데, 촉도(蜀道)로 유명한 검각(劍閣)을 근거지로 삼아 광원과 면양 등지를 제집처럼 여기는 도적 무리의 우두머리였다.

나는 새도 넘기 힘들고 원숭이도 겁을 먹는다는 촉도를 수시로 넘나들면서 사천은 물론 한중 지역에 이르기까지 악명을 떨치는 산적이었던 것이다.

양우순으로부터 그러한 내력을 소개받고 운지는 내심 고약한 자라고 여겼다.

그런 왕가기와 죽마고우처럼 어울리고 있는 철담개에 대해서도 미심쩍은 마음을 갖게 되었다.

운지가 듣기로 개방은 정파로 꼽힌다고 했는데, 그 개방에서도 핵심 인물인 철담개가 녹림도의 흉악한 자와 교류하고 있으니 수상해 보였던 것이다.

그녀가 곱지 않은 눈길을 보내자 철담개가 껄껄 웃었다.

"우리 거지들은 가리는 게 없지만 쉰밥과 썩은 고기는 꺼려한다오. 그렇듯이 못되어먹은 자들도 언제나 경계하지. 하지만 사귈 만하다고 여겨지는 자라면 잠잘 곳을 가리지 않듯 신분을 가리지 않고 사귄답니다."

그 말은 곧, 몰치광도 왕가기가 흉악한 짓을 하는 자이기는 해도 아주 나쁜 자는 아니라는 것이어서 운지는 오히려 어리둥절해졌다.

'아주 나쁜 자가 아니면 어찌 산적질을 할까? 또 산적질을 하면서 나쁘지 않다면 그게 정상인 것일까?

그런 생각으로 운지가 고개를 갸웃거리는데 넋을 잃고 그녀를 바라보던 왕가기가 입가에 흘러내리는 침을 쓱, 닦더니 불쑥 물었다.

"이 아가씨는 대체 누구야?"

양우순이 더러운 손으로 고기를 쭉쭉 찢으며 말했다.

"한동안 내가 상전으로 모시고 수신호위 노릇을 해주어야 할 아가씨이지. 그러니 너, 흉악한 놈은 감히 딴 마음 품지 말고 함부로 쳐다보지도 마라. 알았지?"

"허!"

철담개의 농 섞인 말에 왕가기가 혀를 내두르고 눈을 더욱 부릅떴다.

그는 철담개 양우순이 어떤 자인지 잘 알고 있는 몇 안 되는 사람들 중 한 명이었다.

그가 아는 양우순은 천하에 거리끼는 게 없고 두려워하는 게 없는 자였다. 평소 하늘 높은 줄 모르고 제멋대로였는데, 그런 그가 스스로를 낮추어 수신호위를 자처하니 의외였다.

그러고 보니 운지를 대하는 태도며 말투도 조심스럽고 은근한 것이어서 더욱 호기심이 인다.

"그나저나 이게 어찌 된 일이야? 혹시 아는 게 있으면 감추지 말고 털어놔 봐. 나는 궁금해 미칠 지경이다. 네가 그런 부상을 입은 것도 역시 이곳에서의 일과 관련이 있지? 그렇지?"

왕가기가 제 딴에는 한껏 음성을 낮추고 소곤거린 거였지
만 그 소리를 주청에 있는 자들은 다 들었다.

모두 떠들던 입을 딱 다물고, 부지런히 놀리던 젓가락을 멈
춘 채 이쪽을 바라보았다.

"허허, 이런 곤란한 일이 있나."

양우순이 입맛을 다셨다.

"이 도둑놈이 재물과 아가씨만 강탈하는 게 아니라 남의
머릿속까지 빼앗아가려고 하는구나? 이놈아, 그게 그렇게 궁
금하면 스스로 알아봐라."

"어허, 왜 이러나. 다른 사람도 아니고 나한테 그까짓 걸
말 못해줘? 쳇, 네가 언제부터 그렇게 쩨쩨하게 굴었느냐?"

"대신 너는 뭘 줄 건데?"

"응? 그거라면 네가 가장 좋아하는 걸 질리도록 줄 수 있
지. 자, 옜다."

왕가기가 선뜻 술병을 들더니 독한 화주를 큰 사발에 넘치
도록 따라 내밀었다.

"밥은 물론 술도 고기도 얼마든지 있다. 목구멍에 긴 때가
홀딱 벗겨지고 배가 터질 때까지 먹여주마. 그만하면 충분하
지?"

"치워라, 이놈아. 내가 언제 못 얻어먹어서 죽는소리하는
거 봤느냐?"

"어라? 거지가 주는 술과 고기를 마다하네? 어허, 세상이

미치더니 이놈의 거지도 미쳤는가 보다.”

뜻밖의 반응에 왕가기가 혀를 내두르며 양우순을 멍하니 바라보았다.

그가 아는 양우순은 한 번도 이런 적이 없었던 것이다.

철담개 양우순이 어이없어하는 왕가기의 큼지막한 귓불을 잡아당겨 냄새나는 제 입 앞에 두고서 속삭였다.

“네가 앞으로 보름 동안 내 수신호위 노릇을 해준다면 기꺼이 말해주지. 내가 아는 걸 하나도 감추지 않고 죄다 말해줄 테다.”

“뭐라고? 오냐오냐해 줬더니 네가 이제는 나를 우습게 여기는 것이냐?”

왕가기가 버럭 소리치고 낯을 일그러뜨렸다. 그러자 걸걸해 보이던 그의 인상이 순식간에 더없이 흉악한 야차의 그것으로 바뀌었다.

그것을 본 운지는 가슴이 철렁, 하고 내려앉았다.

당장이라도 왕가기가 곁에 세워놓고 있는 커다란 칼을 휘둘러 양우순의 머리통을 쪼개 버릴 것 같았던 것이다.

하지만 정작 철담개 양우순은 태평하기만 했다. 그가 콧구멍을 쑤시던 손으로 아직 따뜻한 오리 고기를 집어 우물거리며 시큰둥하게 말했다.

“싫으면 그만두던가. 내가 아주 기가 막히고 가슴이 벌렁거리며 네 거시기가 불끈거릴 이야기를 해주려고 했더니 듣기 싫은가 보구나. 원님도 저 싫으면 그만인데 내가 더 권할 수도 없으니 참 안됐다.”

그 말에 왕가기가 당장 군침을 흘리며 머리를 들이밀었다.

“뭔데? 뭔데?”

“먼저 약속을 해야지. 그래야 내 입이 열릴 거다.”

“제기랄, 거지 중에서도 상거지 같은 놈이 사람을 가지고 노는구나?”

“그러게 싫으면 그만두라니까. 네 거시기가 불끈거릴 이야 기야 뭐 다른 데서 들으면 되겠지.”

“정말이냐? 내 여기가…….”

왕가기가 제 사타구니를 움켜쥐더니 힐끔힐끔 운지의 눈 치를 보며 말을 흐렸다. 아무리 막되어먹은 자라고 해도 운지 를 앞에 두고 차마 제 입으로 떠들어낼 수 없었던 것이다.

“정말이라니까. 내가 밥은 빌어먹어도 거짓말은 안 하는 사람인 거 너도 잘 알잖아.”

“제기랄, 좋다, 좋아. 까짓 보름인데 이 몰치광도님께서 거 지의 수신호위 노릇 좀 해보지 뭐. 그렇다고 나까지 거지가 되는 건 아닐 테니까. 자, 약속했다. 그러니 어서 말해줘.”

“히히, 드디어 내가 왕가 놈을 수하로 부릴 수 있게 되었구 나. 에헴, 어디 그 못생긴 대갈통을 이리 가까이 내밀어봐 라.”

왕가기가 여전히 제 사타구니를 움켜쥔 채 군침을 삼키며 머리를 들이민다.

그 귀를 붙잡은 양우순이 뭐라고 한동안 소곤거렸다.

무슨 말을 듣는 건지 왕가기의 표정이 여러 차례 변했다. 몇 번을 놀라기도 하고 믿지 못하겠다는 표정이다가 화가 난 얼굴도 된다.

"그게 정말이냐?"

양우순이 입을 떼자 왕가기가 버럭 소리쳤다.

"입을 다물어라. 안 그러면 여기 있는 사람들이 죄다 공짜로 네 말을 듣게 될 거 아니겠느냐?"

"끄응—"

그 말에 왕가기가 정말 입을 꾹 다물고 된 숨만 내쉰다.

한동안 무엇인가를 생각하는 듯 골똘해 있던 그가 험악하게 인상을 쓰더니 불쑥 말했다.

"자, 그럼 이제 내 거시기가 불끈거릴 이야기를 해줘야지?"

"뭐라고?"

양우순이 어처구니없다는 듯 바라보다가 혀를 찼다.

"쯧쯧, 아니, 그래, 내 말을 들었으면서도 아직 거시기가 불끈거리지 않는단 말이냐? 혹시 그동안 몹쓸 병을 앓아서 거시기가 죽어버린 건 아니야?"

"이 빌어먹다 뒈질 거지 놈아! 대체 네가 지껄인 여러 개소리들 중 어디에 그런 말이 있었던 말이냐?"

"어허, 그렇다면 할 수 없구나. 내가 직접 네놈에게 그 화 소저를 보여주는 수밖에. 그러면 죽었던 거시기가 다시 불끈 성을 내며 살아날 게다.”

운지는 양우순이 왕가기에게 지난밤에 신당에서 있었던 일들을 말해주었다는 걸 짐작했지만 그 거시기라는 건 무엇인지 도대체 알 수가 없었다. 그래서 호기심 가득한 눈을 말똥거리며 양우순을 보고 왕가기를 본다.

“정말 보여주는 거지?”

“그렇다면 그런 줄 알지 무슨 의심이 그렇게 많아? 못 본 사이에 간이 오그라들었구나?”

철담개가 빈정거리자 왕가기가 가슴을 불쑥 내밀고 호탕하게 웃어 젖혔다.

“으허허허허— 세상 사람들이 철담개의 담력을 얘기하지만 그건 이 왕 어르신이 있다는 걸 모르기 때문일 뿐이다. 으허허허—”

과장된 그의 행동과 웃음이 지기 싫어하는 아이 같아서 운지는 저도 모르게 피식 실소를 흘렸다.

왕가기가 그런 운지를 무섭게 노려보았지만 철담개에게 들은 바가 있는지라 더 뭐라고 하지 못하고 슬며시 눈길을 돌린다.

“그들이 왔다!”

누군가가 객잔 안으로 뛰어들며 크게 소리쳤으므로 사람들이 일제히 그곳을 바라보았다.

자리를 빼앗기고 쫓겨났던 왕가기의 일행 중 한 명이었다.

서른 남짓해 보이는 험상궂은 자인데 그자가 사람들과 부딪치는 걸 상관하지 않고 왕가기에게 달려오더니 다시 소리쳤다.

"두령, 그들이 왔소!"

"그들이라니? 무슨 소리냐?"

"신검장의 무사들 말이오. 선두에 선 사람은 아무래도 신검장의 두 검노 중 한 명인 우검노인 것 같소이다."

"우검노 능파석?"

좌검노 구양복과 함께 신검장의 노검객이자 호법이기도 한 노인이다.

여간해서는 신검장을 떠나지 않는 그가 직접 왔다는 소리에 주청 안에 가득하던 사람들이 모두 웅성거렸다.

하지만 이미 좌검노 구양복과 한바탕 싸움을 한 적이 있는 철담개 양우순은 내심 코웃음을 쳤고, 그에게서 지난밤의 일을 모두 들어 알고 있는 왕가기도 시큰둥했다.

"이건 무슨 개수작일까?"

그가 양우순에게 물었다. 양우순이 빙긋 웃는다.

"미끼를 던지는 거겠지."

"그렇겠지? 그렇지 않고서야 고작 좌검노니 우검노니 하는 늙은이들을 보내서 이번 일을 주관하게 할 리가 없지. 하지만 곧 일이 벌어질 모양이니 어쨌든 나가서 구경은 해야 하지 않겠어?"

왕가기가 엉덩이를 들썩인다.

양우순이 그에게 다시 한 번 다짐을 주었다.

"나와 약속한 걸 명심해라. 너는 앞으로 보름 동안 내 수신호위인 거야."

"제기랄, 내가 비록 산적질을 해서 먹고사는 놈이지만 그렇다고 신의마저 없는 줄 아냐? 그건 걱정 말고 너나 그 화 소저인지 뭔지를 얼른 보여줄 궁리나 해라. 만약 내 거시기가 불끈거리지 않기만 해봐라. 그때는 약속이고 나발이고 죄다 깨지는 거다."

왕가기가 그 즉시 네 머리통도 깨질 거라는 듯 노려보며 호탕하게 소리쳤다.

그는 철담개의 수신호위 노릇을 하게 되었고, 철담개는 운수 비구니를 대신해서 운지를 돌봐주기로 했으니 결국 왕가기 또한 운지를 보좌하는 역을 맡게 된 것이다.

"흘흘, 너야말로 그런 걱정은 붙들어 매라."

핀잔을 준 양우순이 운지를 재촉했다.

"그들이 일을 시작할 모양이니 나가봐야 하지 않겠소?"

주청 안에 가득하던 사람들은 이미 서로를 밀치고 당기며 밖으로 달려나가고 있는 중이었다. 그 통에 난리가 난 것처럼 소란스러워졌다.

3

어성진 입구의 툭 터진 광장에 수많은 사람들이 운집해 있었다.

북쪽을 가로막고 늘어서 있는 자들은 신검장의 무사들이 틀림없었다.

펄럭이는 깃발을 세우고 위세도 당당하게 모여서 있었는데, 그 수가 백여 명이나 된다.

신검장에서 그렇게 많은 검사들이 쏟아져 나온 일은 여태까지 없었던지라 광장에 모여든 자들이 모두 긴장하고 있었다.

그들은 은연중에 약속이라도 한 것처럼 신검장의 무사들과 십여 장의 거리를 두고 모여서 웅성거리고 있었다.

그들 중에는 사천무림에서 명성깨나 날리고 있는 자도 있었고 그렇지 않은 자들도 있었는데, 장터에 나온 사람들처럼 고수와 하수를 가리지 않고 뒤섞여 있었다.

중과 도사, 늙은이와 젊은이가 섞여 있으며, 여협들도 더러 눈에 띈다.

저들 중에 누가 혈사기주의 인명부에 올라 있는 자이고, 누가 단지 구경하러 온 자인지 아직은 구분할 방법이 없었다.

신검장의 무사들은 솟아난 커다란 바위를 중앙에 두고 좌우로 갈라서 있었다.

일 장여의 높이로 솟아 있는 바위는 마치 멍석을 펼쳐 놓은 것처럼 평평해서 장정 열 사람이 올라설 수 있을 정도였다.

자연적으로 만들어진 단(壇)과 같은 그것 위에 홀로 우뚝 서 있는 노인은 풍모가 대단했다.

흰 띠를 두른 검은 무복을 입었고 검은 관을 썼으며 검은 가죽신을 신고 검은 피풍의를 둘렀다. 거기에 차고 있는 교룡피 검집마저 검은색으로 물들인 것이어서 더욱 위압적으로 보인다.

노인은 훌쩍 큰 키에 당당한 체구를 갖고 있었는데, 눈썹이 하얗고 긴 수염이 배에까지 늘어져 있었다.

노인답지 않게 기력이 충실해 보이는 데다가 두 눈에서는 정광이 번쩍이고 있으니 보는 사람마다 절로 감탄성을 터뜨리게 된다.

그 노인이 바로 신검장의 우검노(右劍老)인 능파석(陵破石)이었다.

좌검노 구양복과 함께 신검장의 두 호법이지만 지닌바 무위는 오히려 좌검노를 압도한다고 알려진 노고수다.

그가 이글거리는 눈길로 좌중을 둘러보더니 입을 열었다.

"오늘의 일을 우리 신검장에서 주관하는 데에 불만이 있는 사람은 앞으로 나와 말하시오."

높지 않은 음성이었으나 조금도 흩어지지 않고 무리들의 머리를 내리누르듯 퍼졌다.

그것만으로도 우검노 능파석의 공력이 얼마나 대단한지 알기에 충분했다.

많은 사람들이 모여 있었지만 누구도 능파석의 말에 대꾸하는 자가 없었다.

하긴, 사천무림에서 신검장이 하는 일에 반대하고 나설 자가 없는 게 당연한 일이기도 하다.

잠시 기다렸던 능파석이 다시 말했다.

"그럼 모두 동의한 걸로 알겠소."

위엄을 지키며 또 잠시 침묵하던 능파석이 말을 이었다.

"이곳에는 사천무림 중의 명망있는 고수도 있고 그렇지 않은 자도 있으며, 각 문파와 방회에서 나온 사람들도 있소. 하지만 나는 그 누구도 구분하거나 차별하지 않고 똑같이 대하겠소."

그 말은 언뜻 들으면 공평무사하게 일을 처리하겠다는 것 같았다. 그러나 조금 더 생각해 보면 신검장의 인물들 외에는 모두 어중이떠중이라고 얕잡아보는 것도 같았고, 신검장의 위세 앞에 모두 복종하라는 강요의 말 같기도 했다.

"쳇, 신검장이 마치 사천무림의 맹주가 되기라도 한 것 같은 위세로군."

비위가 상한 철담개 양우순이 낮은 음성으로 투덜거렸다.

그는 천하가 비좁다 하고 돌아다니며 이와 같이 한껏 위세를 부리는 자나 문파, 방회를 여러 번 보았다. 하지만 그런 자들 중 좋은 뜻을 품은 자는 하나도 없었다.

모두가 군림하려는 야심을 품은 자나 문파, 방회뿐이었던 것이다. 지금 신검장을 대표해서 나와 있는 우검노 능파석의 말과 모습도 그들과 다를 게 없었다. 그래서 비위가 상한 철담개 양우순이 낮은 음성으로 투덜댔지만 능파석은 그 말을 들은 모양이었다.

노인이 정광이 번쩍이는 눈으로 양우순이 있는 곳을 뚫어지게 내려다보았는데, 입가에 보일 듯 말 듯한 비웃음이 스치고 지나갔다.

그가 거만하게 턱짓으로 양우순을 가리키며 말했다.

"방금 말한 사람은 담이 적지 않다고 할 수 있지. 그렇다면 자신이 누구인지 당당하게 밝힐 수도 있지 않겠소?"

양우순은 더욱 비위가 상했다.

어젯밤 신당 안에서 좌검노와 싸워 이긴 그는 우검노가 좌검노보다 뛰어나다고 해도 두렵지 않았다. 비록 지금은 부상을 입고 있는 몸이지만 해볼 테면 해보라는 배짱이 생긴다.

"흥!"

냉랭하게 코웃음을 친 그가 사람들을 헤치고 앞으로 나섰다. 그러자 그의 수신호위가 되기로 약속했던 몰치광도 왕가기도 어쩔 수 없이 그를 따라나설 수밖에 없었다.

능파석은 무리의 앞으로 나와 우뚝 서는 꾀죄죄한 거지를 노려보았다. 그의 곁에 버티고 서는 험상궂은 인상의 거한에게도 달갑지 않은 눈길을 보낸다.

"귀하는 개방의 문도로군?"

"그렇소이다. 강호의 동도들이 겁을 모르는 거지라고 해서 철담개라고 불러주는 양우순이외다.”

“응?”

능파석이 의외라는 듯 양우순을 바라보았다.

노인은 양우순을 처음 보지만 그의 이름은 들어 알고 있었다. 게다가 그가 좌검노 구양복을 패퇴시켰다는 걸 아는지라 그 일에 대한 분노가 끓어올랐다.

“네가 바로 철담개 양우순이란 말이지? 흐흥, 지난밤에 그 말썽을 부리고도 아직까지 달아나지 않고 있었으니 과연 담이 적지 않구나.”

마치 사문의 제자를 꾸짖듯 한다.

철담개 양우순이 콧구멍을 후비며 시큰둥하게 말했다.

“지난 일은 지난 일이고 오늘 일은 오늘 일이지. 신검장의 무리가 이처럼 떼로 몰려나온 게 지난 일을 따지기 위해서라면 나는 여기 꼼짝하지 않고 있을 테니 마음껏 따지시구려.”

이 일을 저와 신검장의 일로 만들어 버리는 듯한 양우순의 말에 능파석이 눈살을 찌푸렸다.

‘이 거지 놈이 제법 솜씨가 있고 심계가 음흉하기 짝이 없다더니 과연 그렇구나.’

능파석은 양우순이 신검장의 일에 물타기를 하려는 의도임을 알아챘다.

‘그렇다면 구양 아우의 복수는 잠시 미룰 수밖에.’

그렇게 마음먹은 능파석이 짐짓 너그러운 미소를 지었다.

"좋아, 좋아. 그대의 담력이 마음에 드는군. 개방의 거지들 중 호한 아닌 자가 없다더니 그 말이 맞는 모양이야. 그대의 말처럼 어제는 어제고 오늘은 오늘이니 오늘의 일에 각자 충실해야겠지. 그런데 그대는 신검장이 이 일을 주관하는 데에 불만이 있는 건 아니겠지?"

자연스럽게 주제를 원래의 것으로 되돌리는 데 그치지 않고, 신검장을 들먹이며 트집까지 잡으려 드는 말솜씨가 과연 만만치 않았다.

'이 노인이 보기와 다르게 음흉하기 짝이 없는 능구렁이로군.'

쓴 입맛을 다신 양우순이 제 속마음을 감추고 포권했다.

"그렇다면 조금 전 선배님이 불만있는 자는 나서라고 했을 때 나섰겠지요. 저는 이 일과 상관이 없고, 단지 구경하기 위해 온 것이니 뒷전으로 물러나 일이 돌아가는 걸 지켜보기나 하겠습니다. 물론 선배님께서는 뚜렷한 명분을 가지고 아주 공정하게 처리하시겠지요. 신검장 외의 모든 사람들을 똑같이 대하겠다고 하셨으니 말입니다."

한껏 겸양을 하면서 정중하게 말하는 태도가 조금 전과는 완연히 달랐다.

어찌 보면 우검노 능파석을 두려워하고 공경하는 후배의 전형적인 모습이기도 하다.

하지만 능파석은 그의 그런 태도와 말투에서 지독한 비웃음을 느꼈다. 조롱당했다는 불쾌감 때문에 기분이 몹시 상한다.

그러나 철담개가 자신이 조금 전에 한 말을 들고 나왔으니 괘씸하다고 해서 마음대로 성질을 부릴 수도 없고, 내쫓을 수도 없었다.

능파석은 솟구치는 노여움을 애써 참으며 너그럽게 웃었다.

"허허, 자네가 사리를 분별할 줄 아는 호한이라는 걸 잘 알았네. 만약 내 일 처리가 편파적이거나 불합리하다면 그때 다시 지적해 주어도 좋아."

결국 그는 제가 한 말에 의해 제 스스로 제약을 받게 된 것은 물론, 양우순에게 언제든 다시 나설 수 있는 빌미를 주고 말았다.

제자리로 돌아가는 양우순과 왕가기의 뒷모습을 노려보는 능파석의 눈 깊은 곳에서 악독한 기운이 스멀스멀 피어올랐다.

그런 한편 철담개 양우순이 골치 아픈 자인데 몰치광도 왕가기까지 그에게 붙어 있으니 신경이 쓰이기도 했다.

능파석은 왕가기가 어떤 자이고, 얼마나 무지막지한 자인지 잘 알고 있었던 것이다.

사천무림의 골칫거리로 악명이 높은 그 몰치광도 왕가기가 지금은 마치 양우순의 호위가 되기라도 한 것처럼 붙어 있으니 의아하기도 했다.

第七章
운지의 신위(神威)

“그럼 이곳에서 과거 혈사기주에게 굴복하여 복종을 맹약한 자들의 명단을 공개하겠소!”

우검노 능파석의 선언에 무리들이 술렁이기 시작하더니 이내 시끄러운 소란으로 확대되었다.

“이제 와서 그걸 공개하는 까닭이 뭐요?”

“공개해서 뭘 어쩌겠다는 거야? 이미 오십여 년 전의 일이잖소?”

“세월이 아무리 많이 흘렀으면 어때? 알아야 할 건 알아야 하지 않겠어? 능 대협은 어서 공개하시오!”

“지금쯤은 본인들도 잊어버리고 있을 텐데 공개한다는 건 분란을 일으키는 일밖에는 될 게 없소! 능 대협은 신중하게 생각하시오!"

"오라, 네가 바로 그 명단과 관계가 있는 자인 모양이로구나?"

"무엇이? 너는 지금 나를 모욕하려는 것이냐?"

"능 대협! 아무리 세월이 흘렀어도 그것이 강호 전체에 끼쳤던 영향을 생각하면 후손들이라도 바로 알아야 할 것이오! 어서 공개하시오!"

"이 멍청한 놈 같으니! 지난 일을 들추어서 뭘 어쩌겠다는 것이냐? 혈사기주가 다시 나타났다니 합심하여 강호의 안위를 지키는 게 더 중요하지 않단 말이냐? 오십여 년 전의 악몽이 되풀이되기를 원하는 너야말로 혈사기주의 하수인 아니냐?"

그런 소란들이 죽 끓듯 들끓었다. 통제하기가 불가능할 만큼 여기저기에서 터져 나오는 소란이다.

성미 급한 자들은 벌써 주먹다짐을 벌이거나, 병장기를 뽑아 들 태세였다.

이러다가는 자칫 적도 없고 동지도 없는 난전으로 치달릴 상황이었다. 누가 누구의 칼에 맞아 죽는지도 모르고 서로 죽이고 죽는 일이 계속될 것이다.

"모두 조용히 하시오!"

흥분이 고조되어 이성을 잃을 지경이 된 군중들의 머리 위로 우검노 능파석의 우렁찬 고함 소리가 울렸다.

내공을 한껏 실어낸 것이라 마치 사자후를 터뜨린 것처럼 단번에 군중들의 아우성을 뒤덮어 버리는 굉장한 고함이었다.

개중에 내공이 약한 자들은 귓속으로 파고드는 그 소리의 음파를 견디지 못하고 부들부들 떨거나 주저앉아 고통스러워 했다.

단번에 군중들의 아우성을 잠재운 능파석이 바위 위에서 다시 고함을 터뜨렸다.

"시끄럽게 떠들어서 소란을 조장하는 자는 신검장의 일을 방해하려는 자로 간주하고 그 즉시 제재를 가하겠소! 그러니 모두 조용히 하고 내 말을 들으시오!"

그의 위압적인 말과 기세에 군중들이 소동을 멈추었다.

헛기침을 몇 번 한 능파석이 품에서 둘둘 말린 두루마리 하나를 꺼내 높이 쳐들었다.

아직 봉인이 그대로 붙어 있는 게 똑똑히 보인다.

신검장에서도 그것을 얻은 후 함부로 뜯어보지 못했다는 증거였다.

"바로 이것이오!"

능파석의 말이 떨어진 것과 동시에 다시 군중들 속에서 소동이 일기 시작했다. 그러나 조금 전처럼 서로 악을 쓰며 소리치던 것과는 달리 의견이 같은 자들끼리 모여 웅성거릴 뿐이다.

손을 흔들어 그것마저 멈추게 한 능파석이 번쩍이는 눈길로 군중들을 훑어보았다.

"이것을 공개하는 일을 신검장에서 대신하기로 했으니 어쨌든 할 수밖에 없소."

"아!"

"그럴 수가……."

"과연 신검장이군. 신검장에서 그 일을 하지 않으면 누가 할 수 있겠소? 어서 공개하시오!"

군중들 속에서 절망적인 탄성과 원망의 중얼거림 그리고 재촉하는 말들이 뒤섞여 터져 나왔다.

아직까지도 마음 한구석에는 설마 하는 마음이 있었는데 신검장이 과연 혈사기주의 사주를 받았다는 게 사실로 드러났으므로 절망적이었고, 그들이 기어이 명부를 공개하겠다니 더욱 원망할 수밖에 없는 것이다.

스스로 아무 관련이 없다고 믿는 자들과, 사천이 아닌 다른 지방에서 구경하기 위해 온 자들은 무림의 크나큰 비밀 한 가지를 곧 알 수 있게 된다는 생각에 들떠 어서 공개하라고 떠들어댔다.

그것을 바라보는 능파석의 얼굴에 회심의 미소가 떠올랐다.

"나는 이것을 어떻게 공개하는 게 좋을지 그 방법을 두고 여러분과 상의하고 싶소!"

능파석의 말에 군중들이 어리둥절하여 그를 바라보았다.

바위 위에서 능파석이 교만하게 군중을 내려다보며 말했다.

"모두가 동시에 알 수 있도록 한꺼번에 공개하는 게 좋을지, 아니면 원하는 자에 한해 그들만 한 사람씩 차례차례 보고 돌아가도록 하는 게 좋을지 여러분에게 묻고 싶소이다."

"당연히 만천하에 공개해야 할 것입니다! 무림에 몸담고 있는 자라면 누구를 막론하고 과거 혈사기주에게 항복하고서도 그것을 감추고 살아온 위선자가 누구인지 알아야 할 권리가 있지 않습니까?"

"본인이나 그 가족 또는 사문의 명예가 걸린 일이라면 그렇게 함부로 말할 수 없는 것이오. 한 사람씩 보고 돌아가는 게 역시 좋겠소!"

군웅들의 의견은 그 두 가지 안을 두고 일치를 보지 못했다.

그들이 떠드는 걸 지켜보고 있던 철담개가 코웃음을 쳤다.

"정말 멍청하기 짝이 없다니까. 한 사람이 보든 백 사람이 보든 달라질 게 뭐람? 내가 보러 간다면 내 것만 보고 말겠어? 모두 훑어보고 나오겠지. 그러니 결국 말이 돌고 돌아서 모두 알게 될 텐데 그걸 가지고 다투고 있으니, 쯧쯧……. 그것보다는 신검장에서 겉으로는 공평무사한 척하면서 실은 군웅들의 분란을 자꾸 부채질하고 있는 속셈을 따져 물어야 하는 것 아니야?"

철담개와 가까이 있던 자들은 그의 중얼거림을 들었다. 그 즉시 웅성거림을 멈추고 심각한 얼굴이 된다.

하지만 대다수의 사람들은 아직도 두 가지 안을 두고 서로 입씨름을 하고 있었다. 능파석이 경고했지만 시간이 지날수록 말이 거칠어지고 감정이 고조되어 분위기가 험악해졌다.

"무량수불… 능 아우님은 그간 별래무양하셨소?"

그때 멀리서 은은한 음성이 들려왔다.

낮고 부드러운 음성인데 그것이 무거운 먹구름이 내려 덮이듯 군중들의 소란을 일시에 눌러 버렸다.

소리는 다가왔는데, 대체 어느 곳에서 들려온 건지 종잡을 수 없도록 천지사방에 웅웅 울리는 것이기도 했다.

마치 천리전성(千里傳聲)이라는 전대의 신공절기 같은 것이어서 무리가 모두 놀라 눈을 크게 뜨고 두리번거렸다.

능파석 또한 낯빛이 변한 채 소리의 진원지를 찾아 두리번거린다.

복우산(伏牛山) 아래 한 사람의 도사가 나타났다.

머리카락과 수염이 모두 희고 상투를 튼 도사는 능파석과 비슷하거나 조금 많아 보이는 연배의 노도사였다.

노도사는 마치 구름을 타고 오는 듯했다. 신법이 물 흐르는 것처럼 유연하고, 멀리서도 현묘한 기도를 느낄 수 있을 만큼 그윽한 분위기를 가졌다.

신선이 현세에 내려왔다면 바로 저와 같지 않을까, 하는 생각을 누구나 하게 되리라.

그를 확인한 능파석의 얼굴에 낭패한 기색이 떠올랐다.

노도사는 아직 삼십여 장 밖에 있는데도 그가 감히 더 이상 오만을 떨지 못하고 포권했다.

"누구신가 했더니 청성산의 성 형이 아니십니까? 이게 대체 얼마 만인지 짐작할 수조차 없구려."

그 또한 자신의 내공을 음성에 한껏 실어 은은하고 낮게 가라앉아 멀리까지 퍼지게 했다.

나도 아직 이렇게 할 수 있다는 걸 은연중에 과시해 보인 것이다.

"청성산의 성 형이라고?"

능파석의 말을 들은 철담개 양우순이 낯을 찌푸리고 머리를 갸우뚱거렸다.

머릿속으로 그가 누구인지 짐작해 내려고 무진 애를 쓰더니 '앗!' 하고 놀란다.

"설마 정말로 청성파의 낙운적파 성수량이란 말인가?"

그의 놀란 외침을 들은 군중들이 모두 입을 딱 벌렸다.

낙운적파(落雲赤波) 성수량(成水量)은 팔십을 바라보는 노기인이었다. 능파석보다 다섯 살이 많은 고인인 것이다.

그는 오래전부터 청성파의 기인이자 절정의 고수로 강호

에 이름을 날린 사람이다.

청성파의 위세가 그로 인해 더 한층 높아졌다고 할 정도로 전설적인 위용을 보여주었던 것이다.

하지만 수십 년 전에 강호를 떠나 지금은 살아 있는지, 죽었는지도 아는 사람이 없었다.

그런 낙운적파 성수량이 갑자기 나타났으니 그의 이름을 들어 알고 있는 사람들은 모두 놀라고 당황하는 게 당연했다.

강호에 우레처럼 울린 이름만 들었을 뿐, 그를 본 적이 없는 자들은 저마다 고개를 길게 빼고 저만큼 다가온 성수량을 보기 위해 발돋움을 했다.

"대단한 위세로군."

철담개가 혀를 내둘렀다.

성수량이 다가오자 누가 시키지도 않았는데 군중이 물이 갈라지듯 좌우로 갈라져 길을 터주었던 것이다.

성수량은 붉은 얼굴에 혈색이 좋고 피부가 아이처럼 윤택했다.

얼굴에 주름이 없고, 머리카락만 검다면 반로환동한 노고수라고 해도 믿을 정도였다.

그가 군중들 사이를 천천히 걸어갔다.

그를 본 철담개 양우순이 감탄하며 말했다.

"과연 청성산에 신선이 산다는 말이 헛말이 아니었군. 저와 같은 풍모와 여유로움을 누가 또 지닐 수 있단 말인가."

운지도 그런 성수량의 모습을 홀린 듯 바라보고 있었다. 보는 것만으로도 마음에 존경의 염(念)이 생긴다.

아미산의 사부님도 연로해질수록 그 인자한 모습이 보살을 닮아갔지만 성수량의 저 풍모에는 미치지 못할 것이라는 생각이 들 정도였다.

그러는 사이 바위 앞으로 걸어간 성수량이 능파석에게 웃으며 말했다.

"자네는 지금 무엇을 하려고 하는가?"

능파석은 성수량이 그렇게 묻는 의도가 무언지 알지 못해 불안했다. 그의 눈치를 살피며 조심스럽게 대꾸했다.

"과거 혈사기주에게 항복했던 사천무림인들의 인명록을 공개하려는 것이외다."

"그 두루마리가 그것인가?"

"그렇소이다."

"그렇다면 그것을 나에게 주지 않겠는가?"

"뭐라고요?"

성수량의 말에 능파석이 깜짝 놀라 저도 모르게 한 걸음 물러섰다.

그때 성수량의 몸이 허공으로 둥실 떠오르기 시작했다.

마치 누가 그를 줄에 매달아 잡아당기고 있기라도 한 것처럼 아무 힘도 들어 보이지 않는다.

그것도 천천히, 무게가 없는 것처럼 그렇게 떠오르고 있으니 기가 막힐 일이었다.

무공이 높은 자가 경신법을 발휘하여 높이 솟구쳐 오르는 일이야 흔히 볼 수 있는 것이다. 하지만 저와 같이 허공에 천천히 몸을 띄우는 경신법이 있다는 건 누구도 들어본 적이 없었다.

사람들이 성수량의 그 모습을 보고 놀람의 외침을 터뜨렸다. 바위 위에 서 있던 능파석도 마찬가지다.

"억!"

성수량의 고절한 경공신법을 본 그는 쿵쿵거리며 세 걸음이나 뒤로 물러섰다.

소림사에는 제운종(濟雲踪)이, 해남검파에는 허공답보(虛空踏步)라고 하는 절정의 경공신법이 있다고 한다.

하지만 그것이 강호에 나타났던 적이 극히 드물었으므로 본 사람들도 적어서 전설처럼 입에서 입으로만 떠돌 뿐이었다.

그런데 이제 낙운적파 성수량의 고절한 경공신법을 보자 그것이 바로 그와 같은 것이 아닌가, 하는 생각들을 하게 되었다.

성수량이 보여준 그 한 수의 경공신법만으로도 그의 성취가 어떤지 능히 짐작할 수 있는 일이라 더욱 경외지심이 생기기도 한다.

2

"성 형께서 이것을 내놓으라고 하는 건 어떤 뜻입니까?"

"무량수불—"

능파석의 질문에 잠시 침묵하던 성수량이 천천히 입을 열었다.

"그것은 강호에 분란을 일으킬 뿐 아무 도움도 되지 않는 물건일세. 이 중의 누가 그것을 손에 넣는다고 해도 마찬가지일 게야."

"하면, 성 형의 손에 들어가면 다르다는 말씀이오?"

"나는 그것을 모두가 보는 앞에서 없애 버리려고 하네."

"아!"

성수량의 말에 능파석이 탄성을 터뜨렸다.

"이 안에는 커다란 비밀이 들어 있소이다. 그것을 알고 싶어하는 사람도 많은데 성 형이 없애 버린다면 그들이 불만스럽지 않겠소? 그리고 강호의 비밀은 당사자들뿐 아니라 강호인 모두에게 관계되어 있다고 봐야 하오. 그것이 공개되는 것으로 인해 피해를 보는 사람도 있겠지만 그렇지 않은 사람도 있을 것이니 과연 없애는 것만이 최선이라고 할 수 있겠소?"

"물론이네."

성수량의 말은 단호했다. 네가 무슨 말로 회유해도 흔들리지 않겠다는 기색이 어감 속에는 물론 얼굴 표정에도 역력하다.

"그것을 없애 버리면 당장은 서운하겠지만 머지않아 그게 옳은 일이었다는 걸 모두 알게 될 게야."

능파석이 탄식하고 말했다.

"나는 속으로는 그 말에 동의한다고 해도 이것을 성 형에게 내드릴 수는 없소이다. 내 물건이 아니기 때문이고, 명을 받아 나온 몸이기 때문이라오. 그러니 이 아우를 불경하다고 욕하지 말아주시기 바랍니다."

"솔직하게 말해주게."

"……?"

"신검장에 그 물건이 들어간 건 어째서인가? 혈사기주의 손에 의하지 않고서는 불가능한 일인데, 설마 신검장이 혈사기주의 사주를 받은 것인가? 아니면 신검장의 장주가 지닌 무공의 화후가 혈사기주보다 뛰어나서 그것을 빼앗은 건가? 능 아우가 그 내막을 속 시원하게 말해준다면 나는 이대로 물러가겠네."

성수량의 말에 능파석이 얼굴을 붉혔다. 어쩔 줄 모르고 쩔쩔맨다.

"성 노선배님의 말이 옳소!"

군중들 속에서 누군가 그렇게 큰 소리로 외치자 많은 사람들이 그 말에 동의하느라고 또 한차례 시끌벅적해졌다.

놀랍게도 성수량의 그 말에는 반대하는 사람이 없었다.

혈사기주의 인명부에 대해서는 그것의 공개와 비공개를 놓고 서로 다른 생각을 가지고 있었으나, 신검장이 이 일을 주관하게 된 배경에 대한 궁금증에 있어서만큼은 모두가 동일했던 것이다.

과연 신검장이 혈사기주의 하수인으로 전락한 것일까? 아니면 이번 일을 계기로 삼아서 사천무림의 맹주가 되려는 야심을 드러낸 것인가? 아니면 진정으로 사천무림의 평화를 위하는 마음에서인가?

그런 의문을 푸는 것이야말로 사천무림에 있어서 혈사기주의 인명록 못지않게 중요한 일이기도 했다.

"끄응—"

이러지도 저러지도 못하게 된 능파석이 된 숨을 내쉬었다. 성수량의 등장으로 인해 일이 꼬여가자 난감했던 것이다.

다른 사람은 조금도 두렵지 않지만 눈앞에 버티고 서 있는 청성산의 낙운적파 성수량에 대해서는 두려워하지 않을 수 없다.

그 성수량이 한사코 붙들고 늘어지는 게 수상쩍기는 해도 감히 대놓고 말할 수도 없으니 속이 터질 노릇이었다.

"능 아우님은 이번 일로 인해 그동안 쌓아온 명성이 자칫 무너질 위기를 맞은 셈일세. 잘못하면 원망을 듣거니와, 잘해도 원망을 들을 테니 그렇지 않겠는가? 하지만 그것을 나에게 넘겨주고 손을 턴다면 그 모든 액운에서 벗어날 수가 있지.

내가 그 짐을 대신 지도록 하겠네.”

어서 달라는 듯 손을 내밀며 하는 말이 구구절절이 옳은 것이었다.

사실 능파석은 이 일에 나서고 싶은 마음이 조금도 없었다. 그래서 이리저리 핑계를 대고 이번 일의 책임을 좌검노 구양복에게 떠넘겼었다.

그런데 그가 지난밤에 철담개 양우순이라는 자에게 패한 뒤 온다 간다 말도 없이 사라져 버렸기 때문에 할 수 없이 자기가 대신 나온 것이다.

장주의 명령이기 때문에 마지못해 나선 것인데, 아무래도 자신에게 찾아온 액운이라고 생각할 수밖에 없었다.

'당장 이 애물단지를 넘겨줘 버릴까?'

그래서 그런 충동도 들었다. 하지만 신검장에 몸담고 있는 이상 장주의 엄명을 거역할 수가 없다.

두 사람이 바위 위에서 마주 서 있는 상황이 지속될수록 그들을 바라보는 군중들의 마음은 초조해져 가기만 했다. 더 시간을 끌다가는 폭발해 버릴지도 모른다.

“선배… 저는 이것을……..”

능파석이 무어라고 말을 하려는데 하늘 위에서 갑자기 뇌성이 울리는 것 같은 고함 소리가 터져 나왔다.

“기다려! 그것을 그 늙은이에게 넘겨줘서는 안 된다!”

그 외침은 날카롭기 짝이 없어서 모든 사람들의 머릿속을 헤집는 것처럼 파고들었다.

사람들이 고통으로 비명을 지를 때, 한줄기 뇌전이 그들의 머리 위로 지나갔다.

쏴아앙—

허공을 찢는 요란한 소리와 함께 주위의 공기가 진동을 하며 거세게 밀려 나가 사람들을 흔들어댔다.

그들이 가까스로 정신을 차리고 바라보았을 때 바위 위에는 또 한 사람이 우뚝 서 있었다.

그의 등장은 성수량의 등장과 달리 요란하고 갑작스런 것이었다.

사람들은 방금 자신들의 머리 위를 날아간 게 바로 그 사람이었다는 걸 알고 경악했다.

그의 신법이야말로 세상에 둘도 없을 만큼 쾌속 무비한 것이었기 때문이다.

그 사람은 성수량과 비슷한 연배로 보이는 노인이었다.

허름한 갈색의 옷을 입었는데, 그것이 오히려 비단옷을 입고 있는 것보다 더 노인의 위엄을 돋보이게 했다.

"설산신검 유운학이다!"

무리 중에서 누군가 노인을 알아본 자가 크게 소리쳤다.

그 소리에 군중들이 일제히 술렁거리기 시작했다.

설산신검(雪山神劍) 유운학(劉雲鶴)이라는 말에 철담개도 깜짝 놀라 바위 위의 노인을 바라보았다.

등에 한 자루 장검을 지고 있는데, 허리가 꼿꼿하고 손이 길었다.

팔십을 바라보는 노인임에도 불구하고 느껴지는 기운이 장정처럼 굳세고 꼬장꼬장하다.

그는 사천무림의 변방이라고 할 수 있는 설산문의 전대 문주였다. 현 문주인 설산백호 유위걸의 부친인 것이다.

설산백호 유위걸이 권장법의 종사로 불리는 데 비해 유운학은 검에 대한 조예가 신선의 경지를 넘보는 사람이라고 알려져 있었다.

또한 오래전에 강호에서 은퇴하여 다시는 모습을 나타내지 않았으므로 벌써 죽었을 것이라는 말이 떠돌고 있기도 했다.

그런데 무덤 속에 누워 있듯이 꼼짝하지 않고 세상을 떠나 있던 그 유운학이 불쑥 나타났으니 다들 놀라고 신기해했다.

운지는 그가 설산문의 문주라는 걸 알고 친근한 감정이 들었다. 운수 비구니를 호위해 아미산으로 떠난 유지겸의 조부라니 그렇다.

"유 형제, 이게 얼마 만인가? 살아 있으니 이렇게 다시 만나게 되는군. 그간 무고했는가?"

낙운적파 성수량이 친근한 미소를 지으며 다가와 손을 잡고 반가워했지만 유운학은 냉랭하게 코웃음을 칠 뿐이었다.

그가 성수량의 손을 뿌리치고 능파석이 쥐고 있는 두루마리를 가리키며 말했다.

"성가야, 네가 한사코 저것을 없애겠다고 하는 속내가 뭐냐? 나는 그게 의심스럽다."

"이 사람, 무슨 말을 그렇게 하는 게야?"

"흥! 뒤가 구리지 않다면 꺼려할 게 없지."

"나는 사천무림이 혼란에 빠져 서로 죽이는 참상이 벌어질까 봐 그것을 걱정할 뿐일세."

"과연 그럴까?"

"저것은 생사부나 다름없는 것일세. 저것이 공개된다면 지금까지 잘 유지되어 왔던 사천무림의 평화가 일시에 깨져 버릴 것이야. 자네는 그것을 원하나?"

"내가 원하는 건 한 가지뿐이다."

성수량의 말이 간곡했고 이치에 맞았지만 유운학은 아랑곳하지 않았다.

"덮어둔다고 해서 치부가 사라지는 건 아니지. 드러낼 건 일찍 드러내고, 잘라낼 건 일찍 잘라내는 것이야말로 사천무림의 장래와 후배들을 위해서라도 꼭 필요한 일이라고는 생각하지 않느냐?"

유운학의 말에도 일리가 있었으므로 성수량은 곤혹스런 얼굴로 침묵했다.

바위 아래에서 그들의 언쟁을 듣고 있던 군중들 중 머리를 끄덕여 유운학의 말에 동조하는 자들이 상당했다.

유운학이 오만하고 냉엄한 얼굴로 그런 무리를 돌아보았다.

"혈사기주라는 자가 강호의 암적인 존재라는 건 오십여 년 전에 이미 드러난 일이다. 그자가 사천무림에 심어놓은 악의 씨앗들을 그대로 묻어둔다면 그것이 언젠가는 수십, 수백 명의 혈사기주가 되어 살아날지도 모르지."

"옳소!"

"삭초제근이라는 말대로 뿌리를 뽑아버리지 않는 한 이 우환은 언제까지나 남아 있을 것이오!"

"나는 유 노선배님의 말에 전적으로 동의하오!"

유운학의 말에 동조자들의 기세가 한껏 살아나 시끄럽게 떠들어댔다.

그에 비해 성수량을 지지하던 자들에게서는 긴장감이 흘렀다.

군중들이 확연하게 양편으로 갈라지는 걸 지켜보고 있던 철담개 양우순이 운지에게 속삭였다.

"만약 저들이 싸우게 된다면 걷잡을 수 없을 것이오. 운 소저는 지금 당장 움직이는 게 좋겠소."

"어떻게요? 그들은, 그들은…… 나이도 많고 이미 신선의 경지에 이른 사람들인데……."

운지는 철담개의 말에 겁부터 났다.

바위 위의 두 노인은 오래전에 명숙의 반열에 든 절정고수들 아닌가. 제가 과연 그들을 한꺼번에 상대할 수 있을까? 하는 생각이 들지 않을 수 없다.

철담개가 그런 운지의 망설임은 무시한 채 재촉했다.

"망설일 시간이 없소."

그는 두루마리가 성수량의 손에도, 유운학의 손에도 들어가는 걸 원치 않았다.

성수량은 반드시 그것을 없애 버릴 것이고, 유운학은 눈치도 없이 만천하에 공개해 버릴 것이니 그렇다.

두루마리는 강호의 큰 비밀을 간직하고 있는 물건이면서 우환 덩어리이기도 했다. 하지만 무턱대고 없애 버리기에는 그것이 가지고 있는 의미가 너무 컸다. 강호의 역사와 단면을 증명해 주는 유물 같은 것이기 때문이다.

"저 인명부는 이곳에 있는 누구의 손에 들어가서도 안 되오. 나는 저것을 운 소저가 차지하는 게 가장 바람직하다고 생각하오."

"내가 그렇게 할 수 있을까요?"

"운 소저라면 하고도 남지요."

"저 두 노인은 이미 신선의 반열에 오른 분들로 보이는데……."

그들이 보여준 경공신법 하나만으로도 충분히 짐작할 수 있는 일이었다. 하지만 철담개는 운지에 대한 믿음이 대단했다.

"그들이 비록 하늘을 날고 땅을 쪼개는 재주가 있다고 해도 운 소저가 진면목을 드러낸다면, 내가 장담하건대 운 소저

를 어쩌지 못할 것이외다. 지금 운 소저에게 필요한 건 용기
일 뿐이오.”

　그들이 속삭임을 나누는 사이에 주위의 분위기는 더욱 흉
흉해지고 있었다. 조금만 더 시간이 지난다면 걷잡을 수 없게
될 것이다.

3

　운지는 제가 이곳에 온 이유가 바로 이와 같은 일을 사전에
막기 위해서라는 걸 상기했다.

　사람들이 서로 피 흘리며 싸우기 전에 그것을 막아야만 한
다. 그러기 위해서는 더 이상 시간을 지체할 수 없다.

　입술을 잘근잘근 깨물던 운지가 결심한 듯 머리를 끄덕였다.

　“그런 다음에는요?”

　“운 소저의 의향대로 처분해야지요.”

　“예?”

　“운 소저가 저들 두 노인을 물리치고 능파석을 제압한 다
음에 두루마리를 손에 넣으면 더 이상 달려들 자가 없을 것이
오. 다들 놀라고 승복하게 되겠지. 그런 다음에 운 소저의 뜻
대로 한다면 그때는 누구도 이의를 제기하지 못할 게 틀림없
소이다.”

　철담개는 속전속결로 일을 끝내야 한다는 걸 암시했다. 운

지도 그렇게 마음먹고 있었다. 두 노인과 능파석을 상대로 시간을 끌어봐야 이로울 게 없기 때문이다.

사람들이 '앗!' 하고 놀라는 사이에 번개처럼 끝내 버린다면 탈이 없을 것이다.

그 무렵 바위 위에서는 성수량과 유운학 두 노인이 서로의 주장을 굽히지 않고 대립하다가 기어이 싸움을 벌이기 직전이었다.

유운학의 손이 어깨 너머로 삐져 나와 있는 검 자루에 닿아 있었고, 성수량 또한 두 손에 공력을 집중하고 있었던 것이다.

성수량의 옷이 바람을 잔뜩 품은 것처럼 부풀어 오르고 있었다.

호신강기를 일으켜 스스로를 보호하면서 내공을 모두 실은 일장으로 유운학을 치려는 게 분명하다.

유운학 또한 일검으로 끝내려는 듯했으므로 두 사람은 온 신경을 한 점에 고정시키고 있었다.

곧 터져 버리고 말 긴장과 흥분이 뜨거운 열기가 되어 두 사람을 가두고 있는 게 생생하게 느껴진다.

더 지체할 수 없다고 여긴 운지가 소리없이 몸을 뽑아 올렸다.

쉬잇—

허공에 작은 바람 소리가 걸렸을 때, 군중의 머리 위를 뛰어넘은 운지는 한줄기 직선이 되어 그대로 성수량과 유운학에게로 쏘아져 갔다.

맹렬하고 재빠르기가 뇌전이 번쩍인 것 같았다.

조금 전 유운학이 날아들었던 것을 연상시킨다.

"이얏!"

운지의 날카로운 기합성이 들려왔을 때에야 사람들은 비로소 제삼자의 돌입을 눈치 채고 놀랐다.

아직 몸이 허공에 있을 때 운지는 날아든 속도를 유지한 채로 두 팔을 뻗어 맹렬한 장력을 뻗어냈다.

허공에 우르릉거리는 벽력음이 가득해진다.

"허엇!"

예기치 못했던 상황에 성수량과 유운학이 크게 놀라 몸을 빼며 각자 한껏 끌어 모으고 있던 공력을 운지를 향해 마주쳐 냈다.

팽팽하게 당겨진 긴장의 끈이 운지로 인해 갑자기 끊겨 버린 셈이라 앞뒤 생각할 새 없이 본능적으로 반응한 것이다.

콰르릉—

성수량의 주먹이 태산이라도 박살 내버릴 듯한 권경(拳勁)을 뿜어냈다.

"어떤 놈이 감히!"

그것과 동시에 유운학도 분기탱천하여 버럭 외치며 그대로 검을 뽑아 허공을 격하고 후려쳤다. 그러자 콰아앙! 하는 굉음과 함께 한줄기 검강이 백색 화탄처럼 운지를 향해 뻗어

나갔다.

운지는 두 노고수를 향해 몸을 날릴 때 이미 단단히 각오한 바가 있었다.

그들이 절정의 고수이자 기인들이라는 걸 생각할 때 자신이 모든 공력을 다 쏟아내도 과연 그들을 물러나게 할 수 있을까? 하는 의구심이 들었던 것이다. 그래서 운지는 이 한 번에 모든 걸 걸었다.

그녀가 이를 악물고 내공을 한껏 끌어올려 쌍장에 힘을 더했다. 죽기를 각오한 것이다.

그녀의 몸은 어느덧 금황빛 기운에 감싸여 노을을 받은 하얀 바위처럼 변했다. 금광이 호신지기가 되어 그녀를 감싼 것이다.

그러한 호신지기는 강호에서도 보기 힘든 것이라 비로소 그것을 감지한 두 노인은 경황 중에도 크게 놀랐다.

운지의 두 손에서 뻗어 나온 금황빛 강기가 두 노인이 쏘아 보낸 두 줄기 강기와 그대로 충돌했다.

허공에서 콰앙! 하는 천번지복의 소리가 터져 나오고, 기파가 폭사되어 나가는 게 마치 폭약에 의해 터져 버린 바위의 파편들이 비산하는 것 같았다.

콰콰콰콰—

귀를 먹먹하게 하는 소성이 하늘을 뒤덮는다.

운지는 어느덧 두 노인을 가르고 뛰어들어 경악으로 눈을 부릅뜬 채 굳어버린 능파석의 면전에 우뚝 서 있었다.

지나친 놀람으로 몸의 반응이 무디어진 능파석은 운지가 불쑥 손을 내밀어 저의 견정혈을 누름과 동시에 두루마리를 빼앗아가는 걸 멍하니 바라보기만 했다.

미처 정신을 차릴 새가 없고, 손을 써볼 새도 없이 순식간에 벌어진 일이었다.

"크으으―"

운지가 뚫고 나온 곳에서 성수량과 유운학 두 노인이 답답한 신음을 흘리며 비틀거렸다.

운지의 낯빛도 밀랍처럼 창백해져 있었다.

"흐읍―"

가슴 깊이 숨을 들이켜던 그녀가 기어이 왁, 하고 한 모금의 붉은 선혈을 토해냈다.

하지만 그녀는 두 노인을 뚫었고, 능파석을 제압했으며 두루마리를 손에 넣었다.

운지는 그 사실을 스스로 믿지 못하겠다는 듯 눈을 휘둥그레 떴다가 환한 미소를 지었다.

창백한 얼굴에 한줄기 미소가 활짝 피어나니 그 아름다움이 더욱 강렬하게 빛난다.

비로소 바위 아래에서 사태를 파악하고 그녀를 똑똑히 볼 수 있게 된 사람들이 모두 '아!' 하고 경탄성을 터뜨렸다.

그들은 지금 저희가 본 게 과연 현실인지 꿈인지 어리둥절하기만 했다.

성수량과 유운학 두 노기인을 일장으로 물리치고 두루마리를 낚아챈 사람이 젊은 여자라는 게 그들을 혼란케 했다.

게다가 낡은 승복을 입고 있으면서 머리카락은 허리에 이르도록 치렁하게 기르고 있으니 더욱 어리둥절해진다.

군중이 정신을 차린 것과 함께 철담개 양우순과 몰치광도 왕가기가 재빨리 바위 아래로 뛰어나와 눈을 부릅뜨고 섰다.

누구도 바위에 접근하지 못하도록 지키는 것이다.

두 노인은 들끓는 기혈을 다스리기 위해 묵묵히 운기하는 중이고, 능파석은 견정혈을 제압당해 상반신이 마비된 채 꼼짝하지 못하고 서 있었다.

다시 한차례 길게 호흡을 해서 역류하려는 기혈을 억누른 운지가 두루마리를 번쩍 들어 올렸다. 모든 사람들의 눈길이 그녀의 손에 머문다.

이 일에 대해서 당당하게 자신의 소신을 밝히는 말을 몇 마디 해야 할 텐데 운지는 저를 바라보는 무수한 사람들의 시선을 느끼자 입이 얼어붙고 말았다.

어서 끝내고 어디론가 숨어버리고 싶은 마음일 뿐이다.

그녀가 아무 말 없이 높이 들어 올렸던 두루마리를 머리 위에서 크게 한 바퀴 휘둘렀다. 그러더니 그것을 맹렬하게 내리꽂았다.

픽! 하는 둔탁한 소리가 들렸나 싶었는데, 한 자 길이의 두루마리가 그대로 바위 속에 박혀 버린다.

종이를 둘둘 만 두루마리를 단단한 바위에 박아 넣는 것을 마치 진흙땅에 나무 말뚝을 박는 것처럼 해버린 것이다.

두루마리는 끝 부분까지 완전히 바위 속에 박혀 버렸다. 바위 표면과 일치가 되어 밋밋하다.

비구니도 아니고 속인도 아닌 아가씨가 두 노기인을 상대했으면서도 아직 그만한 공력을 운용할 수 있다는 데에 사람들은 또 한 번 경악했다.

이제 두루마리는 세상에서 사라져 버린 것이나 다름없었다. 하지만 아직 그 존재가 남아 있기도 하다.

그것을 뽑아내려면 이 큰 바위를 깨뜨리거나, 절정의 내공을 가진 고수가 흡인신공으로 빨아들여야 할 것이다.

하지만 한 자나 바위 속에 박혀 버린 두루마리를 손상하지 않고 흡인신공으로 빨아들여 꺼내는 일은 누구나 할 수 있는 게 아니다. 지금 강호에 그만한 공력을 지닌 고수가 존재할 것 같지 않았다.

철담개는 운지가 두루마리를 처리하는 걸 보고 크게 만족했다. 그녀의 마음이 제 마음과 같았기 때문이다.

"네가 기어이 일을 망쳐 놓았구나!"

멀리서 비분에 찬 날카로운 고함 소리가 터져 나오더니 붉은 기운 하나가 하늘을 가로질러 뻗어왔다.

그 신속함은 운지가 군중들의 머리를 뛰어넘어 바위 위의 두 노인을 노리고 덮쳐 가던 때의 그것과 다름없었다.

운지는 그 사람이 화보옥이라는 걸 알아보았다.

그녀가 멀리서 검을 쳐내는 게 보였다. 그러자 한줄기 붉은 기운이 곧장 운지를 향해 뻗어 나온다.

그때 철담개가 바위 위로 뛰어오르더니 덥석 운지의 손을 잡고 몸을 날렸다.

그는 운지의 지금 상태로는 화보옥이 쳐낸 그 검강을 받아낼 수 없다고 판단한 것이다.

두 사람이 몸을 뺀 것과 동시에 카카캉! 하는 요란한 소리를 내며 운지가 서 있던 곳의 바위 표면에서 새파란 불똥이 날렸다. 단단한 바위에 두어 치 깊이의 검흔이 길게 파인다.

운지는 철담개의 도움을 받으며 남아 있는 공력을 모두 쏟아냈다.

그녀의 경공신법이 철담개의 그것과 합쳐지면서 상승효과를 내자 순식간에 장내를 떠나 산속으로 사라져 버렸다.

한 걸음 늦게 바위 위에 도착해 운지가 사라진 곳을 바라보는 화보옥의 두 눈에서 불길이 쏟아져 나왔다.

빠드득!

그녀의 이 가는 소리가 끔찍하게 들렸다.

그 무렵 기혈을 안돈시키고 안정을 되찾은 두 노인, 낙운적 파 성수량과 설산신검 유운학은 자신들의 눈앞에서 벌어진 이 일련의 일들을 보고 크게 낙심했다.

운지의 화후가 이미 자신들을 보잘것없는 존재로 만들었는데, 방금 보여준 화보옥의 검강 또한 그랬기 때문이다.

평생을 무공의 연마에 정진해 온 게 허무해진다.

"휴―"

성수량이 길게 한숨을 내쉬었다. 축 늘어진 어깨가 완연한 노인의 그것이어서 측은해 보이기까지 했다.

"유 형제, 우리가 나설 자리가 아니었네그려."

말투에 처량함이 깃들어 있었다.

설산신검 유운학이 침통한 얼굴로 고개를 끄덕였다.

"성가야, 너와 나의 시대는 오래전에 지나가고 없구나. 여태까지 그걸 알지 못하고 거만을 떨었던 일이 부끄러울 뿐이다."

처연하게 말한 그가 선뜻 검을 휘둘러 바위를 때렸다.

쨍강!

낭랑한 쇳소리와 함께 평생 함께해 왔던 그의 보검이 두 동강이 나고 말았다.

*　　　　*　　　　*

어성진에서 무려 오십여 리나 떨어진 왕모산(王帽山) 서쪽 골짜기.

여기저기 어지럽게 솟아 나온 크고 작은 암석군들 속에 은밀하게 감추어져 있는 동굴이 있었는데, 운지는 그 깊은 곳에서 운기요상에 몰두해 있었고, 철담개가 동굴 입구에 앉아 호법을 서고 있는 중이었다.

"제기랄, 도대체 이게 무슨 꼴이야?"

동굴 앞에 불쑥 모습을 나타낸 왕가기가 숨을 헐떡이며 투덜거렸다. 그의 몰골은 말이 아니었다.

철담개가 사전에 그에게 어디 어디에 있을 테니 그리로 찾아오라고 말해주었고, 왕가기가 막 도착한 것이다.

경공이 떨어지는 왕가기로서는 무려 반나절에 걸쳐 죽을 힘을 다해 뛰어왔는데, 도중에 자빠지기도 여러 차례 했던 모양이다.

어느덧 날이 저물어 골짜기에 어둠이 깃들기 시작하고 있었다.

"어성진에서의 일은 어떻게 되었지?"

철담개의 말에 왕가기가 가쁜 숨을 헐떡이며 머리를 설레설레 흔들었다.

"운 소저가 설마 그토록 과감하게 일을 처리해 버릴 줄 아무도 몰랐지. 다들 얼이 빠져서 한동안 멍하니 서 있기만 했다."

"그 뒤에는?"

"모두 낙심해서 흩어졌지. 신검장의 무리들이 가장 크게 낙심한 모습이었다. 아주 속이 다 후련해지더구먼."

"그 화 소저를 보았겠지?"

"휴우―"

철담개의 말에 왕가기가 뜨거운 한숨을 내뿜으며 부르르 진저리를 쳤다.

철담개가 짓궂게 묻는다.

"어땠어? 내 말이 틀림없었지? 네 거시기가 요동을 칠 거라고 했잖아."

왕가기의 눈길이 멍해졌다. 허공을 물끄러미 바라보더니 다시 뜨거운 한숨을 내쉰다.

"휴우— 내 취향에 딱 맞는 소저가 틀림없다. 암, 그렇고말고."

"호호호, 내가 그럴 줄 알았다. 평소에 네놈이 고양이 같은 여자에게 사족을 못 쓰는 얼간이라는 걸 잘 알고 있었지. 그러니 신검장의 화 소저야말로 더할 수 없는 짝이지."

"제기랄, 염병할."

털썩 주저앉은 왕가기가 심통난 어린아이처럼 두 발로 땅을 밀어대며 연신 탄식했다.

"그러면 뭐 하냐? 그림의 떡인걸. 에휴— 빌어먹을, 제기랄."

왕가기는 화보옥을 본 순간 한눈에 그녀야말로 제가 여태까지 그토록 애타게 찾던 바로 그 여인이라고 생각했다.

하지만 화보옥의 무시무시하던 모습을 보고는 절망하지 않을 수 없었다. 그래서 더욱 애가 타고 울화가 치솟았다.

第八章
현천지검(玄天之劍)

사천에 혈사기주의 인명록이 나타났다는 소문은 바람보다 빠르게 강호에 퍼져 나갔다.

그것이 과거 혈사기주에게 항복했던 자들에 대한 기록이라는 데에 강호인들은 신경을 곤두세웠다.

사천에 그와 같은 것이 나타났다면 다른 곳이라고 다르지 않을 것이기 때문이다.

암중에 강호는 그것을 걱정하는 무리와, 그것을 기다리는 무리로 나뉘어 눈에 보이지 않는 쟁투를 하게 되었다.

걱정하는 무리는 자신이 얽혀 있는 비밀이 드러나게 될까 봐서이고, 기다리는 무리는 과거의 잔재를 이 기회에 청산할 수 있다는 의욕 때문이었다.

혈사기주의 존재는 지금도 공포 그 자체였지만 그는 정주에 한 번 깃발을 내걸었을 뿐 모습을 보이지 않았다.

정주에 나타났던 자도 혈사기주 본인이 아니라 그의 대리인에 지나지 않다는 데에 강호인들은 의아해하면서 한편으로는 안심하기도 했다.

어쩌면 혈사기주가 소문처럼 벌써 죽어버린 건지도 모른다는 기대를 가질 수 있었기 때문이다.

그래서 사람들은 혈사기주에 대한 두려움보다 그가 보관하고 있던 인명록의 유출에 더욱 신경을 곤두세우고 있었다.

사천에서 혈사기주를 대신하여 낙산 신검장이 나섰다는 것도 사람들에게는 의외의 사건이었다.

언제나 정도의 편에 서서 인의를 표방하며 사천무림의 실세로 자리를 굳히고 있던 신검장이 혈사기주의 하수인처럼 변질되었다는 건 충격이 아닐 수 없다.

그리고 또 한 가지 놀라운 사실이 사람들의 입에서 입으로 빠르게 전해지고 있었으니, 운지에 대한 것이었다.

아미산에서 검후가 나왔다.

그녀는 비구니도 아니고 속인도 아닌데, 일격에 낙운적파 성수량과 설산신검 유운학을 무찌르더니 인명부를 바위에 박아버리고 유유히 떠났다.

그녀의 이름이 운지라고 하더라.

아미검후의 출현.

그 말은 강호를 경악하게 하기에 충분했다.

사람들은 모두 흥분하여 세 사람이 모이기만 하면 운지에 대한 추측으로 언쟁을 벌였다.

그들이 흥분하는 이유는 과거의 일 때문이었다.

아미산에서 검후라고 불리는 여걸이 나타난 건 오십여 년 전의 일인데, 그녀의 법호가 소양이었고, 강호에서는 귀령소로 불렸다는 걸 사람들은 아직 기억하고 있었다.

소양이 강호에 나와 보여준 놀라운 무위가 지금은 전설이 되어 남아 있기 때문이다.

그때부터 사람들의 머릿속에는 해남파의 검후 못지않게 아미검후의 화후가 화신경에 이르렀다고 기억되어 있었다.

하지만 그 후 아미산에서는 검후로 불리거나, 그와 버금갈 만한 고수가 나타나지 않았다. 그런데 이번에 운지가 검후로 불리며 등장했으니 온갖 억측이 난무할 만했다.

운지와 함께 거론되는 또 한 명의 소저가 있었으니, 신검장의 화보옥이었다.

그녀가 무려 이십여 장의 거리를 격하고 검강을 날려 바위에 흔적을 남겼으며, 아미검후 운지를 도망가게 했다는 소문이 은밀하고 신속하게 강호 전역에 퍼져 나갔다.

그러자 사람들은 놀라면서도 의아하게 여겼다.

신검장주에게 딸이 있었다는 말을 처음 들었기 때문이다.

하지만 그 화보옥이 어렸을 때에 해남검파로 보내져 한 번도 강호에 나오지 않았었다는 말을 듣고는 다들 고개를 끄덕였다.

말하자면 그녀는 신검장이 숨겨놓고 있던 힘이었던 것이다.

그런 화보옥이 때를 맞추기라도 한 것처럼 강호에 나와 사천에서의 일을 주관했다.

그건 말하기 좋아하고 듣기 좋아하는 사람들에게 온갖 추측을 할 수 있는 빌미를 주는 일이었다.

그래서 사람들 사이에서는 화보옥이야말로 해남검파의 검후가 아니냐는 의혹 어린 말들이 은밀하게 퍼져 나갔다.

그렇다면 해남검파 또한 신검장과 함께 혈사기주와 모종의 관련을 맺고 있지 않겠느냐는 말까지 나오는 건 당연한 일이다.

해남검파는 비록 변방에 멀리 떨어져 고립되어 있지만 강호의 뿌리 깊은 명문정파이다. 그 해남검파가 신검장과 함께 혈사기주와 관계를 맺고 있다는 걸 기정사실화하자 사람들은 경악하여 떨었다.

그렇다면 소림이나 무당, 화산 등 거대 문파들 또한 믿을 수 없는 것 아닐까? 하는 의구심이 들었기 때문이다.

어쩌면 이제는 아무도 믿을 수 없게 된 것인지 모른다.

'혈사기주의 인명부가 다시 나타나는 날, 가장 친한 친구

가 녀의 등에 칼을 박을지도 모른다.'

'그 인명부가 벌써 각 성에 다 뿌려졌다더라.'

그런 소문과 억측들은 강호의 인심을 날이 갈수록 흉흉하게 만들었다.

사천에서의 일이 있은 지 어느덧 열흘 가까운 시간이 지났는데, 그 무렵에는 강호의 어느 구석에서도 소문을 들을 수 있었다.

*　　　*　　　*

'운지라고?'

운몽의 얼굴이 경악으로 굳어졌다.

입가에서 딱 멈추어진 찻잔이 와들와들 떨리기 시작했다. 찻물이 쏟아져 옷자락을 적시고 탁자에 쏟아지지만 운몽은 알지 못하는 것 같았다.

"왜 그래?"

철선공자 여상풍이 깜짝 놀라 물었다.

운몽은 여전히 넋이 나간 사람처럼 멍하니 허공만 바라보고 있었다.

태백쌍악도 그런 운몽을 의아하게 바라보았는데, 대악 염창만은 무엇인가 짐작이 가는 게 있는지 보일 듯 말 듯 머리를 끄덕였다.

화운평과의 일전으로 입은 부상에서 완전히 회복된 운몽은 태을산장을 나와 북악 항산을 향해 가고 있는 중이었다.

항산 기슭 혼원현의 잠촌으로 방향을 잡은 건 그곳에 장 대인의 불타 버린 장원이 있기 때문이다.

운몽은 장청이 혈사기주와 어떻게든 관계되어 있다는 걸 이제는 확신하고 있었다.

그녀가 장 대인과 함께 잠촌의 장원으로 들어갔고, 그런 지 얼마 지나지 않아 장원이 몽땅 불타 버렸을 때 운몽은 서둘러 그곳으로 찾아간 적이 있었다.

하지만 그때는 장청에 대한 안타까움이 있을 뿐, 그녀와 혈사기주를 함께 떠올리지 못했기 때문에 별 의심을 하지 않았었다.

그러나 이제는 사정이 달랐다.

잠촌의 금룡협에 가면 무언가 새로운 단서를 찾을 수 있을지도 모른다는 생각에 서둘러 수천 리나 떨어진 길을 가고 있는 것이다.

운몽은 그를 따르는 태백쌍악, 여상풍 등과 함께 서두르고 있었는데, 그의 주위에는 그들뿐만 아니라 태을산장의 이청풍과 채시화가 붙어 있었고, 풍화곡의 상문경 또한 동행하고 있었다.

이청풍이나 채시화, 상문경이 운몽을 따르는 이유는 그와 조금이라도 더 가까워지고 싶어서였다. 하지만 이청풍의 그런 바람과 두 아가씨, 채시화나 상문경의 바람은 하늘과 땅만큼이나 달랐다.

두 아가씨는 오직 운몽의 관심을 조금이라도 더 받기 위하여 고생을 마다하지 않고 있는 것이다.

수줍어하고 내성적인 채시화와는 달리 상문경은 언제나 적극적으로 운몽에게 다가갔는데, 운몽은 그런 상문경에게는 물론, 남몰래 바라보며 애태우고 있는 채시화에게도 미안함과 함께 안타까움을 느끼고 있었다.

그녀들이 자기로 인해 지울 수 없는 상처를 받게 된다면 그녀들 못지않게 자신 또한 괴로울 것이라고 여기고 있는 것이다.

그래서 될 수 있는 한 그녀들과 거리를 유지하려고 애썼는데, 운몽이 그렇게 할수록 두 아가씨의 마음은 더욱 그에게 매달리고 있었다.

그런 사정을 모두가 눈치 채고 있었지만 운몽에게도, 두 아가씨에게도 적당한 말을 해줄 수 없었다. 그건 어디까지나 세 사람, 청춘남녀의 일이었기 때문이다.

때때로 여상풍이 운몽에게 더 늦기 전에 마음을 정하는 것만이 상책이라고 넌지시 말해주곤 했을 뿐이다.

하지만 운몽은 여상풍의 그런 충고를 받아들일 수 없었다.

그의 마음속에는 오래전부터 운지에 대한 그리움이 꽉 차 있어서 다른 사람이 들어올 여유가 없었던 것이다.

하지만 운지에 대한 말을 함부로 꺼내기도 어려웠다.

그녀와의 관계를 이야기하면 자칫 아미파가 오해를 받을 수도 있고, 또 한사코 드러나기를 원치 않는 제 사부에 대한 말을 해야 하기 때문이다.

그래서 입을 꾹 닫고 있었는데 이제 운지에 대한 소식을 들은 것이다.

태을산장을 나온 운몽은 장강을 건너 안휘성 북쪽 숙주(宿州)에 와 있었다.

사통팔달이라는 말처럼 숙주는 산동과 하남, 강서로 이어지는 길이 모인 곳이다. 어디로도 통할 수 있는 요충인 것이다.

그러나 운지가 있다는 사천까지는 대륙의 동쪽과 서쪽 끝이라고 해도 좋을 만큼 멀리 떨어져 있다.

그 생각을 한 운몽은 안타까움으로 가슴이 떨렸다.

운몽은 넋이 나간 사람처럼 앉아서 오직 한 가지 생각에만 매달렸다. 어떻게 하면 운지를 하루라도 빨리 만나볼 수 있을까, 하는 것이다.

운몽은 제가 그렇듯이 운지 또한 강호에 나온 이상 가장 먼저 자기를 찾을 것이라고 믿었다.

그렇다면 그녀가 어디로 향할 것인가를 추리하자 답은 의외로 쉽게 나왔다.

　운몽은 제가 스스로를 드러낸 곳이 정주의 숭의산장이라는 걸 생각해 낸 것이다.

　숭의산장에서 운수 비구니와 소령 사태를 만났고, 그녀들이 아미산으로 돌아갔을 테니 운지에게 그 말을 전하지 않았을 리가 없다.

　'숭의산장이다.'

　운몽은 그렇게 단정했다.

　운지가 곧장 그리로 향할 것이라고 믿은 것이다.

　비록 그곳에 자신이 아직 있으리라고는 여기지 않겠지만, 어쨌든 최소한의 흔적이라도 찾기 위해서는 정주의 숭의산장으로 오지 않을 수 없다.

　또한 그곳에 혈사기가 나타났으니 더욱 그럴 것이다.

　운지가 사천에 머물러 있지 않은 이상 그녀를 찾아간다면 오히려 길이 서로 어긋날 수가 있었다.

　운몽은 마음이 급하지만 함부로 움직여서는 안 된다고 생각했다. 그녀든 자신이든 누구 한 사람은 한곳을 정하고 움직이지 않아야 서로 찾기가 쉬워지는 것이다.

　"정주로 돌아갑시다."

　운몽의 말에 모두가 어리둥절해서 그를 바라보았다.

　운몽이 더 머뭇거리고 있을 수 없다는 듯 서둘러 자리에서 일어났다.

　밖은 벌써 깜깜한 밤중이었다.

하룻밤 묵어갈 작정으로 객잔에 들어와 방을 잡아놓았는데 운몽이 갑자기 지금 떠나겠다니 이해할 수가 없다. 그것도 이제는 아무 볼일도 없게 된 정주로 가겠다니 더욱 그랬다.

"운 소협, 대체 무슨 일인지, 무엇 때문이지 말해주지 않겠소?"

"그것은……."

대악 염창의 물음에 운몽이 머뭇거렸다.

채시화와 상문경 두 아가씨의 눈치를 얼른 살핀다.

대악이 재빨리 그런 운몽의 기미를 알아채고 다그쳐 물었다.

"강호에 새로 등장했다는 아가씨 때문이오?"

염창의 말에 운몽이 깜짝 놀랐다.

"염 선배는 무슨 말씀을 하는 겁니까?"

"아무래도 그런 것 같소이다. 그렇지 않다면 사천에 두 명의 절세적인 아가씨가 나타났다는 말을 듣고 운 소협이 그렇게 넋이 나간 사람처럼 변할 리가 없지 않소? 그리고 지금은 허둥지둥하며 정주로 돌아가겠다고 하니 더욱 의심이 생기는구려."

'늙은 생강이 맵다더니 과연 그 말이 사실이로구나.'

가슴이 뜨끔해진 운몽이 고개를 숙이고 염창의 눈길을 피했다.

2

염창의 말을 들은 채시화와 상문경 두 아가씨가 '아!' 하고 놀란 외침을 터뜨렸다.

그녀들은 벌써부터 운몽이 한 여인을 마음속에 담아두고 있다는 걸 눈치 채고 있었다.

하지만 운몽은 아직까지 한 번도 그 아가씨에 대하여 말한 적이 없고, 또 그런 아가씨가 나타나지도 않았다. 그러므로 지금은 자신들의 추측이 잘못된 거라고 여기며 안도하고 있었는데 염창의 말을 듣자 가슴이 철렁하고 내려앉았던 것이다.

"아가씨라니? 누구를 말하는 것인가요?"

성격 화통한 상문경이 염창을 매서운 눈으로 쏘아보며 물었다.

"사천에 두 명의 아가씨가 새롭게 등장했다는데 그중 한 사람인가요? 그렇다면 아미검후라는 운지? 아니면 해남검파의 검후라는 신검장의 화 소저?"

염창은 즉각 제 말 속에 깃든 의미를 알아채는 상문경의 영리함에 혀를 내두르면서도 단정지어 말해줄 수가 없었다. 사실 그도 그것만은 짐작할 수 없었던 것이다.

자연히 사람들의 시선이 운몽의 입에 집중될 수밖에 없다.

운몽은 난처했다.

이곳에서 모든 걸 털어놓기에는 장소와 시기가 모두 좋지 않았기 때문이다.

그가 우물쭈물하자 이런 일에 누구보다 눈치가 빠른 철선 공자 여상풍이 자리를 박차고 일어났다.

"꺼림칙한 사람은 여기 남아 있어도 좋소이다. 하지만 나는 운 소협을 믿기로 했으니 끝까지 믿겠소. 그가 정주로 가겠다고 하면 그만한 이유가 있기 때문이겠지. 자, 운 소협, 우리끼리라도 갑시다."

그가 바람을 잡으며 서두르자 멋쩍어하고 있던 이청풍도 덩달아 일어났다.

"그럽시다, 까짓거. 운 형제, 나도 따라갈 테니 나서게. 하룻밤쯤 밤이슬을 맞으며 간들 어떻겠어? 하하, 그것도 제법 운치가 있을 거야."

두 사람이 바람을 잡는 통에 분위기는 그쪽으로 쏠렸다.

의문을 꺼냈던 염창이 빙그레 웃으며 일어서자 대체 무슨 영문인지 몰라 눈만 끔벅이던 소악 황령도 따라 일어설 수밖에 없었다.

그렇게 되니 채시화와 상문경 두 아가씨도 서운함을 잠시 묻어두고 따르지 않을 수 없다.

운몽 일행은 그 즉시 객잔을 나와 별을 보고 서쪽으로 방향을 잡아 나아가기 시작했다.

일곱 필의 건마가 어둠을 뚫고 달려가니 텅 빈 관도상에 말발굽 소리가 요란하게 울려 퍼졌다.

운몽은 잘되었다고 생각했다. 이 기회에 소림사에도 들를 수 있게 되었기 때문이다.

정주에 있었으면서도 부상 때문에 지척에 있는 소림사에 들르지 못하고 태을산장으로 가야 했지 않았던가. 때문에 아미산을 떠나기 전 사부가 말했던 그 '물건' 을 찾지 못했다.

운몽은 그게 무엇인지 알지 못했다. 하지만 사부가 소림사에 맡겨놓은 것이라니 중요한 물건이라는 건 짐작할 수 있다.

*   *   *

그 무렵 신필수사 나대헌은 막막한 얼굴로 태을산장을 나서고 있었다.

그는 소림사의 혜원 선사에게 찾아가 동경과 바꾸어온 현천지검을 귀령소에게 건네주고 그 즉시 태을산장으로 향했던 것이다.

정주에서 이별할 때 운몽이 태을산장에 있으면서 부상을 치료하겠다고 했기 때문이다.

나대헌은 운몽과 합류하여 그의 도움을 받아 장주였던 최명판관 염숭의 복수를 할 작정이었다.

하지만 기껏 먼 길을 찾아왔더니 운몽은 며칠 전에 떠나고 없었다.

그는 운몽과 따로 약속하지 않았던지라 대체 그를 어디에서 찾아야 할지 막막하기만 했다.

'이럴 바에는 차라리 숭의산장으로 돌아가자. 그곳에서 운소협의 소식이 들리기를 기다릴 수밖에 없지.'

그런 생각으로 나대헌 또한 정주로 방향을 잡고 왔던 길을 다시 거슬러가고 있었다.

을씨년스런 밤길을 홀로 터벅터벅 걷고 있자니 귀령동천에서의 일이 자꾸만 생각났다. 마음에 꺼림칙함이 남았기 때문일 것이다.

"그 심부름을 하지 말았어야 했나?"

나대헌은 여전히 떨쳐지지 않는 어떤 의심에 머리를 갸웃거렸다. 현천지검을 받아 들던 귀령소 소양의 알 수 없는 태도 때문이었다.

*　　　*　　　*

나대헌에게서 검을 넘겨받은 귀령소 소양은 회한에 젖은 얼굴로 눈물마저 뚝뚝 떨어뜨리며 한참 동안이나 낡은 검집을 쓰다듬었다. 그러더니 '이얏!' 하는 기합성과 함께 발작적으로 검을 뽑아 들었다.

쨍! 하고 그것이 검집을 벗어난 순간 어두컴컴하던 동굴 안이 번쩍이는 검광으로 환해졌다.

"아! 정말 보기 드문 보검이로군요!"

그것을 본 화산수재 곡수린이 진심으로 경탄했다.

화산파에 있으면서 늘 검과 함께 생활해 온 그는 검에 대한 안목이 높고, 좋은 검에 대한 욕심이 있었다. 그러던 중에 현천지검을 보자 그만 눈이 뒤집힐 만큼 황홀했던 것이다.

"현천지검이라고 하는 물건이다."

추괴한 노파, 소령이 사뭇 떨리는 손으로 검신을 쓰다듬으며 중얼거렸다.

음성에 흐느낌이 담겨 있는 듯해서 곡수린은 물론 나대헌도 깜짝 놀라 그녀를 바라보았다.

검신을 쓰다듬는 동안 그녀의 깡마르고 주름진 손은 점점 더 떨렸다. 기어이 검인을 스치더니 한줄기 붉은 피가 흘러나와 검신을 적신다.

소양은 제 피로 검신을 닦으며 이제는 완연하게 흐느끼고 있었다.

"어르신……."

나대헌이 걱정스런 얼굴로 조심스럽게 부르지만 소양은 듣지 못한 것처럼 한동안 흐느낌을 멈추지 않았다.

한참 후에야 마음을 진정한 그녀가 검을 갈무리하고 나대헌에게 차갑게 말했다.

"수고했다. 그 빌어먹을 화상이 따로 해주던 말은 없더냐?"

　소림의 혜원 선사라면 누구나 공경해 마지않는 천하제일의 고수이면서 대덕(大德)을 갖춘 고승이다.

　하지만 소양은 함부로 말하고 있었다. 그 사실을 곡수린은 받아들이기 힘들었다.

　'정말 이 괴팍한 노파가 혜원 선사를 가볍게 여길 만큼 절세적인 인물이란 말인가?'

　그는 귀령소 소양이라는 이름과 과거 그녀의 행적에 대해서는 얼추 들어 알고 있었지만 여전히 실감할 수 없었던 것이다.

　잠시 생각하던 나대헌이 고개를 끄덕였다.

　"저로서는 무슨 뜻인지 알쏭한 말을 전해달라고 하신 게 있습지요."

　"어디, 뭐라고 씨부렁거렸는지 들어보자."

　나대헌이 허공을 보며 그때 들었던 혜원 선사의 말을 기억해 내 그대로 옮겼다.

　"선사께서 말씀하시기를… '산천은 어제와 다름없으나 어느 것 하나 어제의 모습을 그대로 간직하고 있지는 않다. 어제의 것을 고집하면 오늘의 산천은 결코 무변하는 것일 수 없지. 하지만 산천을 산천으로 본다면 그것은 천만 년 뒤에도 여전히 그 모습 그대로일 것이다. 나는 동경을 그냥 동경으로 볼 테니 귀령소도 검을 그저 검으로 보면 좋을 것이다' 라고 하셨습니다."

멍하니 그 말을 듣고 있던 귀령소의 눈가에 다시 눈물이 맺혔다.

그녀가 부끄러워하지 않고 손등으로 눈물을 훔쳐 뿌리더니 날카롭게 소리쳤다.

"흥! 개소리! 말짱 개소리야! 그까짓 땡중 놈이 뭘 안다고 그런 말을 지껄인단 말이냐? 다시 만나면 내가 이 검으로 제일 먼저 그 땡중 놈의 머리통을 잘라 버리고 말 테다!"

원망이 깃든 음성으로 악을 쓰지만 나대헌이나 곡수린은 그녀가 결코 그렇게 할 수 없다는 걸 잘 알고 있었다.

그녀는 귀령동천 밖으로 나갈 수 없고, 혜원 선사 또한 자숙암 밖으로 한 걸음도 나오지 않을 것이기 때문이다.

"날짜가 얼마나 지났지?"

귀령소가 문득 곡수린에게 물었다.

"제가 이곳에 와 노선배님의 지도를 받은 지 벌써 넉 달째에 접어들고 있습니다."

처음에 귀령소는 그에게 석 달의 시간을 주었는데 나대헌이 소림사에 다녀올 때까지 곡수린이 귀령동천을 나가지 못하게 했던 것이다.

"좋다. 너는 이제 나의 무공을 어느 정도나 익혔다고 생각하느냐?"

"노선배님께서 아낌없이 전해주신 덕에 겨우 십성에 이를 수 있었다고 여깁니다."

“십성이라…….”

귀령소는 곡수린의 말이 틀림없다는 걸 잘 알았다. 그는 석 달이라는 짧은 기간 동안 자신이 가르쳐 주는 세 가지 절기를 마치 마른 솜이 물을 빨아들이듯이 받아들였던 것이다.

그건 곡수린의 타고난 자질이 귀령소를 흡족하게 할 만큼 뛰어났기 때문이기도 하고, 그가 화산파에서 오래전부터 정통의 무학을 배우고 연마해 기초가 튼튼하기 때문이기도 했다.

그 위에 얼마 전에는 귀령소가 조금도 아끼지 않고 이체전공의 신공으로 자신의 내공을 칠팔성이나 그의 몸 안에 넣어 주었기에 가능한 일이었다.

“하지만 부족하다.”

잠시 무엇을 생각하던 귀령소가 그렇게 말했다.

“너는 지금 강호에 나가면 절정고수의 반열에 올라 두려워할 자가 없을 것이다. 누구도 너의 십초지적이 될 수 없지. 하지만 나와의 약속을 지키기에는 아직 부족하다.”

곡수린의 가슴이 흥분으로 쿵쾅거렸다.

자신이 지난 석 달 동안에 몇 단계나 뛰어올라 절정고수의 반열에 들었다니 기뻐서 미칠 지경이었다.

화산에서 무학을 연마하고 있었다면 꿈도 꿀 수 없는 일이다.

하지만 귀령소는 그가 혈사기주를 사칭했던 자나, 광명존

자, 또는 그의 후인이 분명한 운몽을 죽이려면 부족하다고 했
다.

곡수린은 저와 마찬가지로 귀령소 또한 운몽이 광명존자
의 전인이라고 생각한다는 걸 눈치 챌 수 있었다.

나대헌으로부터 숭의산장에서의 일을 들은 후 그런 짐작
을 하게 되었을 것이다.

'그렇다면 운몽은 벌써 제 사부의 무공을 십이성 대성하여
과거의 광명존자와 같이 되었단 말인가?

그런 의문과 함께 질투심과 호승심이 불처럼 인다.

귀령소가 현천지검을 곡수린에게 내밀었다.

"이것이 너의 부족한 부분을 메워주어 너로 하여금 나와의
약속을 지킬 수 있게 해줄 것이다. 받아라."

"아!"

의외의 일에 곡수린이 눈을 크게 떴다.

귀령소가 현천지검을 자신에게 줄 것이라고는 생각하지
않았던 것이다.

"명을 받듭니다."

보검을 받아 드는 곡수린의 입이 귀밑까지 찢어졌다.

검에 대한 욕심을 버릴 수 없는 그인데, 세상에 다시 볼 수
없는 보검 중의 보검을 받았으니 금방이라도 몸이 허공에 떠
오를 것처럼 마음이 들뜨기만 했다.

나대헌이 눈살을 찌푸렸지만 귀령소도 곡수린도 그에게는

신경조차 쓰지 않았다.

＊　　　＊　　　＊

"지금쯤은 그도 귀령동천을 나왔겠지?"

나대헌은 그때의 일을 생각하고 여전히 꺼림칙한 마음이 되어 중얼거렸다.

곡수린이 과거의 그와는 하늘과 땅만큼이나 차이가 있는 존재로 변했다는 걸 아는 자는 지금 나대헌 한 사람뿐이었다.

나대헌은 현천지검마저 손에 넣은 그가 과연 강호에 어떤 풍파를 몰고 올지 불안하기만 했다.

귀령소의 원한이 뼈에 사무치도록 크다는 것을 잘 알기 때문에 그렇다.

그 원한을 곡수린이 고스란히 짊어진 채 강호에 나온 것이다.

나대헌이 내내 불안한 가슴을 안고 정주 부근에 이르렀을 때 운몽 일행은 정주를 돌아 소림사에 이르고 있었다.

정주로 가겠다던 그가 갑자기 방향을 틀어 소림사로 향하자 모두 어리둥절했지만 사부의 유품을 찾아야 한다는 말에 아무도 불만을 내색하지 못했다.

태백쌍악 등은 등봉현에 머물게 하고 운몽 혼자 소림사로 찾아갔다.

　맞이하는 지객승에게 제 이름을 적은 배첩을 건네고 혜원 선사를 뵈러 왔다고 하자 지객승이 곤란하다는 얼굴을 했다.

　"선사께서는 오래전에 칩거에 들어 외부와의 접촉을 끊으셨습니다. 본사의 스님들도 만나뵐 수 없으니 외부인들이야 더욱 말할 것도 없지요."

　배첩을 돌려주며 완곡하게 말하지만 명백한 축객령이다.

　하지만 운몽은 이대로 맥없이 물러날 수 없었다.

　"그렇다면 도척 스님을 만날 수 있겠습니까?"

　"도척 스님을 아시오?"

　지객승이 놀란 얼굴로 묻는다. 운몽이 빙긋 웃었다.

　지객승이 어디론가 가고 나서 잠시 후 도척이 허둥지둥하며 달려나왔다. 그 커다란 덩치에 더부룩한 머리카락이며 구레나룻이 도저히 중처럼 보이지 않는 건 여전했다.

　소림사에서 먹고 자며 허드렛일을 하는 일꾼이라고 하면 딱 어울릴 몰골이다.

　"허허허, 드디어 형님을 찾아왔구나!"

　도척이 만나자마자 십년지기를 대하듯 덥석 손을 잡고 흔들며 껄껄 웃어댔다.

　그 또한 엄숙하기만 한 소림사의 승려가 할 행동이 아니다. 하지만 그를 안내해 온 지객승은 이미 그런 일에 익숙한 듯 조금도 언짢은 내색을 하지 않고 물러갔다.

“너를 만나려고 온 게 아니야.”

“아니라고?”

“부탁을 하려고 왔으니 싫으면 지금 말해라.”

“이놈아, 들어봐야 좋은지 싫은지 결정할 게 아니냐? 뭔데? 설마 누구를 대신 때려달라는 건 아니겠지?”

“혜원 선사를 만나게 해줘.”

“뭐라고?”

도척이 눈을 부릅뜨고 운몽을 노려보았는데 미심쩍어하는 기색과 함께 경계하는 빛이 완연했다.

“왜?”

“돌려받아야 할 물건이 있거든.”

“혜원 사백에게서 말이냐?”

운몽은 도척이 혜원 선사의 사질이 된다는 말에 깜짝 놀랐다.

그렇다면 소림사 내에서의 배분이 상당히 높을 것이다. 하지만 소림사의 승려들이 그를 그렇게 대하는 것 같지 않으니 그게 또 의문이었다.

“뭔데?”

“그건 나도 모른다. 사문을 떠날 때 사부께서 부탁한 일이니 아마도 그 두 분 사이에 무언가 사정이 있었던 모양이지.”

“네 사부가 누구시냐?”

“말해줘도 너는 모를 테고 상관도 없으니 굳이 말하고 싶지 않다."

"여전히 감추는 게 많은 놈이로구나. 그런 놈치고 착한 놈을 못 봤는데……."

실눈을 뜨고 운몽을 한동안 째려보던 도척이 혀를 찼다.

"쳇, 속는 셈치고 내가 한 번 믿어보지. 기다리고 있어라."

벌떡 일어난 도척이 올 때와 같이 우당탕거리며 달려나갔다.

지객당에 홀로 남겨진 운몽은 이곳이 바로 무림의 성지로 꼽히는 소림사라는 걸 생각하고 감회에 젖었다.

누구나 소림사가 무림의 으뜸가는 문파이면서 그 명성이 천 년을 이어오고 있다는 걸 안다.

그동안 소림사에서 배출된 절세적인 고수, 고승만도 헤아릴 수 없이 많았다.

그들은 크게는 세상을 구하기 위해 불법을 베풀었고, 작게는 강호의 안위를 위해 지닌바 무공을 펼쳤다.

강호가 마의 발호로 어지러워질 때마다 신승(神僧)이라고 불릴 만한 고수가 나와서 마를 소탕하고 신화를 창조하지 않았던가.

하지만 지금의 소림사는 고요하고 적막하기만 했다.

세상에 널리 알려진 고수도 배출되지 않았으니, 지난 오십여 년 이래 혜원 선사를 이을 만한 자가 나타나지 않았던 것이다.

　　　　*　　　　*　　　　*

“이름이…….”

“운몽이라고 말씀드렸습니다.”

“아, 맞아. 그랬지.”

노승, 혜원 선사가 머리를 긁적였다.

짓무른 눈에 눈곱이 잔뜩 끼었고, 히— 하고 웃을 때마다 듬성듬성 빠져 있는 누런 이가 드러났다.

온통 주름살투성이의 얼굴 어느 구석에도 신승이라 불리는 고승답게 장엄하고 불심 깊어 보이는 기색이 없었다.

어느 촌에서든 흔히 볼 수 있는 꼬부랑 노인에 지나지 않았던 것이다.

“그런데… 왜 왔다고 했던고?”

“사부님의 명을 받고 물건 하나를 받으러 왔다고 벌써 말씀드렸습니다.”

“아, 그랬지. 쯧쯧… 나이를 먹으니 자꾸만 잊어버리게 돼. 그런데 그 물건이 뭐였던고?”

“그건 저도 모릅니다. 사부님께서는 다만 선사에게 찾아가 한 말씀 드리면 내주실 것이라고만 하셨습니다.”

“그래? 무슨 말을 하라고 했던고?”

“저기, 그게…….”

운몽이 망설였다. 어두컴컴한 방구석에 무릎을 꿇고 단정히 앉아 있는 도척의 눈치를 살피는 것이다.

그는 시건방지고 장난스럽던 모습을 남김없이 버린 사람이 되어 있었다.

두 손을 무릎 위에 올려놓고 고요하게 앉아 있는데, 혜원 선사보다 오히려 그에게서 장엄한 기색이 드러나 보였다.

"저놈은 신경 쓸 것 없느니라. 괜찮으니 말해봐. 네 사부가 뭐라고 했는고?"

"그럼 실례를 무릅쓰고 말씀드리겠습니다."

머리를 꾸벅 숙여 보인 운몽이 목청을 가다듬었다. 귓전에 반정도관을 떠나기 전에 들려주었던 사부의 말이 쟁쟁 울린다.

잠시 광명존자를 그리며 회상에 잠겼던 운몽이 곤란하다는 얼굴이 되어서 다시 말했다.

"그런데 사부님께서는 선사께서 먼저 한마디 운을 던질 것이라고 말씀하셨는데요?"

"그래? 무슨 운을 던지라고 했는데?"

"그거야……."

운몽은 곤혹스러웠다. 제 입으로 화두를 말해주고 그걸 내게 다시 말하라고 하는 격이 될 것이니 그렇다.

흐물흐물 웃으며 당황해하는 운몽을 바라보던 혜원 선사가 되는대로 던지듯 한마디 했다.

“불법무변(佛法無變)이니라.”

운몽이 기다렸다는 듯 즉시 사부의 말을 전한다.

“흥, 돌중의 웃기는 개소리지. 검로무한(劍路無限)이 옳다.”

“이놈!”

운몽의 말을 들은 도척이 주먹을 움켜쥐고 버럭 소리쳤다.

하늘 같으신 혜원 선사 앞에서 고개를 꼿꼿이 세운 채 그런 말을 하는 운몽이 정신이 나간 놈으로 보인 것이다.

그렇지 않으면 소림사 전체를 모욕하려고 작정하고 온 놈이라고 여긴다.

하지만 혜원 선사는 아무 말도 하지 않았다.

침침하던 눈에서 신광이 번쩍이고, 호물거리던 입도 굳게 다물어졌다.

무릎에 닿을 듯 굽었던 노선사의 허리가 천천히 곧게 펴졌다.

감히 마주 볼 수 없는 장엄한 신색으로 운몽을 바라본다.

“지금 뭐라고 했느냐?”

운몽은 긴장으로 등줄기에 식은땀이 흘렀다.

“제가 드리는 말씀이 아니라… 사부님이 그리 말하라고 해서 전해 드린 것뿐입니다만…….”

“안다. 알기에 다시 한 번 확인하려는 것이니라. 그가 뭐라고 했다고?”

“돌중의 웃기는 개소리… 검로무한(劍路無限)이 옳다

고……."

"검로무한이 옳다. 검로무한이……."

혜원 선사가 지그시 눈을 감고 그 말을 몇 번 되풀이해서 중얼거렸다. 그러더니 눈을 번쩍, 뜬다.

강렬한 신광이 죽, 뻗어 나와 운몽의 눈을 찔렀다. 운몽은 감히 선사의 눈길을 마주 받지 못하고 고개를 숙였다.

"네가 정녕 광명존자의 제자로구나."

"그, 그렇습니다만……."

"그 몹쓸 친구는 아직 살아 있느냐?"

"반정도관에 정정하게 잘 계십니다."

"반정도관이라고? 반이란 바로 절반의 그 '반' 자인고?"

"그렇습니다. 반정도관(半情道觀)입니다."

말을 하면서도 운몽은 쑥스러웠다. 언제나 그 이름이 이상하다고 여기지 않았던가.

천하의 어떤 도관도 그런 이름을 쓰지는 않을 것이다.

"흘흘흘―"

혜원 선사가 재미있다는 듯 웃음을 터뜨렸으므로 운몽은 더욱 쑥스러워졌다. 사부가 괜한 이름을 지어 붙여서 저를 놀림감으로 만든다는 원망도 든다.

"그래, 정이 반밖에 없는 도관이란 말이지? 흘흘, 그놈이 그래도 양심은 조금 남아 있었구나."

"예?"

"너에게 아무 말도 해주지 않더냐?"

"……?"

"흘흘, 언젠가는 알게 될 게야. 아무튼 그놈이 그런 이름을 지어 붙이고 그 안에 처박혀 있다니 불쌍하기는 하다. 역시 중생이란 불법 밖으로 삐져 나가면 불쌍해질 수밖에 없는 게 야. 아미타불……."

운몽은 노선사가 엉뚱한 말을 할 뿐, 사부가 말한 물건을 내줄 생각을 하지 않는 게 불만이었다. 제 사부를 놀리는 것에도 심통이 난다.

그래서 볼멘소리로 말했다.

"음어가 서로 맞았으면 이제 물건을 돌려주시지요?"

"없다."

"예?"

"흘흘, 너에게 줄 물건이 없어."

"아니, 그런……."

운몽은 황당했다. 무언지 모르지만 사부의 말로 미루어 짐작해 보았을 때 상당히 중요한 것임에는 틀림없을 것이다. 그런데 없다고 잡아떼니 어리둥절하기만 했다.

혜원 선사가 빤히 바라보는 운몽의 눈길을 슬며시 피하며 멋쩍은 얼굴로 중얼거렸다.

"언놈이 벌써 가져가 버렸어."

"누가 가져갔다고요?"

운몽은 저도 모르게 버럭 소리쳤다.

"아니, 누가 또 왔었단 말입니까? 사부님의 그 음어를 아는 사람은 저뿐인데 누가 저를 사칭했더란 말입니까?"

"아니, 그게 아니고… 네가 아니었다. 하지만 어쨌든 가져갔어. 나는 내줄 수밖에 없었다."

"이런, 이런 일이……."

"이렇게 네가 찾아올 줄 몰랐기에 그랬던 거지 뭐. 나쁜 뜻이 있었던 건 아니다."

"누구의 부탁을 받고 오십 년이 넘게 물건을 보관해 오셨다면 그 물건이 그만큼 중요한 것이고, 그 약속이 철석같았기 때문 아닌가요? 그런데 다른 사람에게 냉큼 줘버렸다니, 그럴 수가 있습니까? 책임을 지십시오!"

도척이 눈을 부릅뜨고 이를 악문 채 노려보건 말건 운몽은 떼쓰는 아이처럼 노선사에게 대들었다.

"책임을… 지라면… 져야지. 에휴—"

혜원 선사가 한숨을 쉬었다. 그러더니 품을 뒤적여 낡은 동경 한 개를 꺼냈다.

아쉬운 듯 한동안 그것을 쓰다듬고 어루만지면서 무어라고 알아들을 수 없는 말을 중얼거렸는데, 마치 주문을 외는 것 같기도 했다.

第九章
보검과 바꾼 동경(銅鏡)

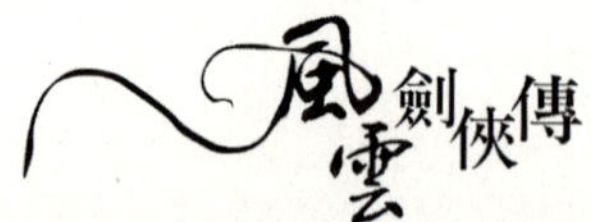

운몽은 혜원 선사를 지그시 노려보기만 했다. 대체 이 늙은 이를 어떻게 해야 할까, 하고 생각하는 것 같다.

운몽이 냉랭해진 얼굴과 음성으로 물었다.

"그런데 그게 무엇이었습니까?"

"한 자루의 검이었느니라. 현천지검이라고 하는 물건이었지."

"현천지검⋯⋯."

"네 사부가 한창 때 썼던 검인데 보검이었지."

"사부님의 검이었단 말입니까?"

"그래, 세상에 둘도 없는 보검이었느니라. 사람의 피는 물론 정마저 빨아들였으니 마검이기도 하지."

"그런데 그것을 남에게 줘버렸단 말씀입니까?"

운몽의 화가 더해졌다. 사부는 그 물건을 받으면 네 몸처럼 여기고 사랑하라 하지 않았던가. 그 생각을 하자 더욱 억울하고 분해서 견딜 수 없다.

굳이 보검이 아니라 한 자루의 철검에 지나지 않더라도 사부가 세상에 남겨둔 유일한 물건이다. 사문의 보물이라고 해도 과언이 아닌 것이다.

그걸 냉큼 다른 사람에게 줘버렸다는 혜원 선사를 어떻게 해야 할지 궁리하는데 혜원 선사가 도척을 돌아보고 말했다.

"달마원에 가서 그걸 달라고 해라. 이리로 가져와."

"예? 무슨 말씀인지 소질은 잘……."

"이 곰 같은 놈아, 달마혜검 말이다. 그걸 가져와. 이 녀석이 나를 때리기 전에 그걸 줘서라도 달래야겠다."

"아니, 달마혜검을 말씀입니까?"

도척이 크게 놀라 혜원 선사의 앞이라는 것도 잊고 버럭 소리쳤다.

"미련한 것들이 꼭 말귀도 어두워요. 이놈아, 소림사에 달마혜검이 그것밖에 더 있느냐? 어여 가져오기나 해라."

"아니, 하나밖에 없는 그것을 외인에게 주시겠다고요? 게다가 달마원에서 어디 그것을 내주기나 하겠습니까?"

혜원 선사의 말이라면 목숨도 선뜻 내놓을 도척이지만 이

번 명령만큼은 받아들이기 힘든 모양인지 한껏 버티고 있었
다.

달마혜검은 소림사가 깊이 감추고 있는 보검이었다. 백여
년 전, 강호에 마중천주라는 자가 나타나 무림을 피로 씻어갈
때 원통화상(圓通和尙)이라는 중이 검 한 자루를 들고 홀로 그
마중천주를 찾아간 적이 있었다.

그들은 사흘 밤낮을 싸웠는데, 결국 원통화상이 보검으로
마중천주의 심장을 찔러 그의 악행을 끝내고 무림을 구했다.

그 원통화상은 소림사의 이름 없는 승려였다고 한다.

그가 소림사에 있을 때는 아무도 그를 알지 못했다. 하지만
한 번 강호에 나왔다가 다시 소림사로 돌아갔을 때는 세상이
온통 그의 이름으로 뒤덮였다.

그때 그가 사용했던 보검이 바로 달마혜검이었다.

그 검을 달마원에서 백여 년 동안 깊이 감추고 보관해 오고
있었다. 달마원의 상징처럼 된 것이다.

그런데 혜원 선사가 그것을 가져오라니 도척으로서는 난
감하기만 했다.

"가서 달마원주에게 내가 쓰겠다고 해. 그러면 내놓지 않
고 못 배길 거다. 까짓 길어야 몇 년, 짧으면 몇 달 빌리는 건
데 그걸 안 내놓겠다고 뻗대면 혜문 그놈이 싸가지없는 놈이
지."

혜문 선사는 나이 칠십의 고승으로서 달마원주이면서 혜

원 선사의 막내 사제이기도 했다.

사형이자 소림사 최고의 배분인 혜원 선사가 요구하면 다 들어주지 않을 수 없지만 과연 달마혜검마저 내줄지는 아무도 알 수 없는 일이다.

도척이 반신반의하며 방을 나갔는데, 운몽을 흘겨보는 눈길이 곱지 않았다.

운몽이 어이없다는 얼굴로 혜원 선사에게 말했다.

"빌려주신다고요?"

"그래. 아무려면 내가 노망이 들었기로서니 소림사의 보물을 너 같은 어중이떠중이에게 함부로 줘버릴 것 같으냐? 네가 그 현천지검을 다시 찾을 때까지만 빌려주는 것이니라. 커흠."

운몽이 노선사를 훔쳐보며 아리송한 미소를 지었다.

'흥, 어디 그때가 되면 내가 순순히 반납할 것 같습니까? 소생도 한껏 애를 먹인 다음에 돌려 드리든지 말든지 할 테니까 각오하십시오. 아니, 나도 남에게 줘버릴까? 흐흥, 그래도 뭐라고 할 수 없을걸?'

그런 운몽의 속마음을 아는지 모르는지 혜원 선사가 내내 조물락거리고 있던 동경을 운몽에게 내밀었다.

"옜다. 이게 바로 현천지검과 바꾼 물건이니 이걸 대신 주마. 네 사부도 내가 보검과 이것을 바꾸었다고 하면 아무 말 하지 않을 게다. 오히려 좋아할걸?"

"이게 무엇에 쓰는 물건입니까?"

운몽이 동경을 이리저리 뜯어보며 물었다.

아무리 봐도 특이한 게 없어 보이는 동경이었다.

얼마나 만지고 쓰다듬었던지 테두리가 반질반질하게 빛난다.

앞면은 평범한 거울인데 뒷면에 몇 개의 문양과 함께 흐릿해진 전서체의 글귀가 적혀 있었다.

안력을 모아 살펴보니, '현천삼보(玄天三寶)'라 새겨져 있고, 그 아래 '지족천하만물귀원(知足天下萬物歸元) 삼족입선 사방현문(三足入仙四方玄門)'이라는 아리송한 문구가 음각되어 있었다.

"이게 대체 무슨 뜻입니까?"

운몽이 묻자 혜원 선사가 흘흘 웃었다.

"이놈아, 그걸 알면 내가 이러고 있겠어? 당장 현천비동으로 달려가 그놈의 아가리를 활짝 열었겠지."

"현천비동이라고요?"

"흘흘, 그런 게 있느니라. 하나를 알면 열 개의 우환이 생기고 둘을 알면 백 개의 목숨이 사라지는 게 바로 그 현천비동이야. 그러니 네놈은 그저 세 살 난 아이처럼 아무것도 모르고 사는 게 좋아. 그게 바로 무병장수하는 지름길이니라."

들을수록 알 수 없는 말이라 운몽이 머리를 갸웃거렸다. 하지만 제 손에 들린 동경이 현천지검 못지않게 중요한 물건이라는 느낌은 왔다.

그렇지 않았다면 혜원 선사가 그것과 보검을 바꾸었을 리가 없고, 또 지금 이렇게 애매한 설명을 곁들일 리가 없기 때문이다.

*   *   *

"그만 해라."

운몽이 짜증을 내지만 도척의 투덜거림은 그치지 않았다.

"빌어먹을 중생 같으니."

그가 한껏 눈을 부릅뜨고 노려보는 건 운몽의 허리에 매달려 흔들리고 있는 검 때문이었다.

소림사의 보물이자 달마원의 상징인 달마혜검이다.

그것이 기어이 운몽의 손에 들어간 것이다.

도척으로서는 그게 못마땅할 뿐만 아니라 불쾌하기 짝이 없는 일이었다. 자존심이 상하기도 한다.

소림사 전체가 운몽 한 명에게 굴복한 것 같다는 느낌을 지울 수 없었던 것이다.

"언제까지 가지고 있을 거냐?"

그가 눈을 부라리며 묻지만 운몽은 개의치 않았다. 도척이 그림자처럼 따르고 있다는 사실이 귀찮을 뿐이다.

"노선사께서 말씀하셨잖아. 현천지검을 찾을 때까지라고."

"언제 찾을 건데?"

"그거야 내가 알아? 평생 못 찾을 수도 있는 일이고, 내일 당장 찾을 수도 있는 일이지."

"평생이라고?"

도척이 걸음을 멈추고 때릴 듯이 노려보더니 버럭 소리쳤다.

"대체 어디 있는 거냐? 말만 해! 내가 당장 찾아다 줄 테다!"

"어디엔가 있겠지. 그렇게 안달이 나거든 네가 나서서 천지사방을 쏘다니며 찾아내. 그러면 될 거 아니겠어?"

"그렇게는 못한다."

도척이 단호하게 말했다.

그는 혜원 선사의 명을 받고 운몽을 따라가는 중이었다.

선사는 그에게 운몽을 도와주라고 했는데, 그 말에는 여러 가지 뜻이 있었다. 도척은 그중 '저놈이 달마혜검을 가지고 도망가지 못하도록 잘 감시해' 라는 말로 받아들였다.

그러므로 달마혜검이 운몽에게 있는 이상 그는 측간까지도 따라갈 작정이었다.

소림사를 나와 등봉현으로 온 운몽은 그곳에서 이제나저제나 하며 기다리고 있던 태백쌍악 등과 합류했다.

도척이 그들을 보고 놀랐듯 그들 또한 도척을 보고 놀랐다.

"대체 너는 가는 데마다 사람을 끌고 나오니 어쩔 작정이
야? 이러다가는 머지않아 일행이 군대처럼 불어나겠다."

이청풍이 불만스런 얼굴로 투덜거렸다. 그는 도척이 영 마
음에 들지 않았던 것이다.

생긴 꼴도 그렇고, 거친 입담하며, 오만하고 안하무인으로
구는 행동도 그랬다.

운몽의 일행이 마음에 들지 않기는 도척도 마찬가지였다.
운몽을 따르는 자들이 많을수록 달마혜검을 돌려받기가 쉽지
않을 것이라는 생각 때문이다.

게다가 풍화곡의 상문경이 못마땅하다는 기색으로 힐끔힐
끔 째려보는 데는 비위가 다 상했다.

하지만 수적으로 절대 불리하니 꾹 눌러 참고 운몽 곁에 찰
거머리처럼 달라붙어 있을 수밖에 없다.

"끄응—"

도척의 된 숨소리가 우레 소리처럼 울렸다.

그러는 동안 날이 저물어갔고, 그들은 정주의 숭의산장으
로 돌아올 수 있었다.

텅 비어버린 장원은 을씨년스럽기만 했다. 고작 십여 명의
하인들만 남아 그 넓고 화려한 장원을 지키고 있었는데, 운몽
일행이 돌아오자 반갑게 맞이했다.

하인들 또한 이곳에서 있었던 일을 아는지라 언제 자신들
에게도 사신(死神)이 닥칠지 몰라 불안했던 것이다.

수많은 하객들로 북적이던 장원이 금방 귀신이라도 튀어
나올 것처럼 을씨년스럽게 변한 걸 보고 운몽이 탄식하자 대
악 염창도 침울해진 얼굴로 한탄했다.

"세상의 부귀영화라는 게 이와 같은 것 아니겠소? 오늘 화
려하고 영화롭다고 해서 내일도 그와 같으리라는 보장은 없
지. 오늘 펄펄 살아 있던 자가 내일은 싸늘한 주검이 되고, 오
늘 선하던 자가 내일은 사악한 마귀가 되는 게 어디 특별한
일이겠소? 다 그런 거지 뭐."

"무엇이 그런 변화를 가져다주는 걸까요?"

"글쎄, 운명이라고 해야 할까? 아니면 팔자소관?"

그들의 말에 도척이 불쑥 끼어들었다.

"쓸데없는 소리. 그게 다 업보 때문이라고 하는 거다. 인과
응보라는 말이 괜히 있는 줄 알아? 선행을 하면 선덕이 쌓이
고, 악행을 하면 악덕이 쌓이는데, 그게 이와 같은 결과를 가
져다주는 거야. 그러니 평소에 마음을 곱게 쓰고 베풀며 살아
라."

"흥, 웃기는 소리지."

철선공자 여상풍이 즉각 반발했다.

"어떤 놈은 악한 짓을 해도 백 년 가까이 잘 처먹고 잘사는
가 하면, 어떤 놈은 속없이 착하게 살아도 고생만 지겹게 하
다가 곧 뒈져 버린다. 이게 현실인데 선덕이 어떻고 악덕이
어떻다고?"

“저런, 저런 무식한 놈 같으니.”

도척이 눈을 부릅떴다.

“이 기생오라비 같은 놈아, 네가 지금 부처님의 말씀에 딴
죽을 거는 거냐? 내 다시 말해주마.”

“아, 시끄러워!”

그들의 언쟁이 계속될 것 같자 상문경이 빽, 소리쳤다.

“가뜩이나 심란해 죽겠는데 웬 되먹지도 않은 설법이람?
홍? 그 꼴이나 한 번 돌아봤는지 몰라? 그 꼴을 보고 누가 설
법에 귀를 기울이겠어?”

그녀의 말에 그 우락부락하던 도척이 아무 소리 못하고 입
을 다물었다. 슬며시 외면하더니 멋쩍은 헛기침만 한다.

운몽이 그런 도척을 보며 빙긋 웃었다.

도척은 말이 거칠었다. 아무에게나 함부로 말했는데, 나이
가 많은 대악이라고 예외가 아니었다. 무조건 하대하는 것이
다.

소림사에서의 그의 배분을 생각해 보면 그럴 만도 했다. 나
이와 상관없이 그는 현 장문 방장인 도각 선사와 동배인 것이
다.

도척이 소림사 내에서 인정을 받든 그렇지 않든 강호에서
그와 배분을 따질 자가 별로 없다.

그런 도척이 유독 상문경에게만은 기가 죽으니 어쩌면 그
녀가 그의 천적인지도 모른다는 생각이 들었다.

2

곡수린의 걸음은 날아갈 듯했다.

몸에 힘이 넘쳐 나는 데다가 보검까지 지녔으니 손이 근질거린다.

한나절을 바람처럼 걸어온 그는 인적 없는 개울가에 앉아서 자신을 돌아보았다.

귀령동천에 들어갈 때는 죽은 목숨이었는데 다시 세상에 나와서는 전혀 새로운 사람이 되었으니 그에게 귀령동천은 어머니의 자궁 같은 곳이었다.

'화산으로 돌아갈까?'

그런 생각이 불쑥 들었다.

사부와 존장들은 물론 사형제들이 모두 자신의 성취를 보고 놀랄 걸 생각하기만 해도 어깨가 우쭐거려진다.

'하지만 짐을 지고 화산으로 돌아갈 수는 없지.'

그런 생각도 들었다.

귀령소 소양과의 약속을 어길 수 없기 때문이다.

화산파의 제자로서 강호의 협사가 되기 원하면서 제 입으로 한 약속을 저버린다는 건 생각할 수도 없다. 그러므로 혈사기주인 혈영자나 광명존자를 찾아 그들을 죽여야 한다. 그들이 세상에 없다면 그 후인들을 찾아서 대신 죽여야 한다.

자신과 아무 상관이 없는 두 사람을 죽여야 한다는 게 마음
에 걸리기는 하지만 따지고 보면 그들에게 원한이 없는 것도
아니었다.

자신에게 심한 모욕을 가했던 장청이 혈영자와 관계된 소
녀였다는 걸 알았기 때문이고, 운몽이 광명존자의 후인일 게
분명하기 때문이다.

그는 상문경을 연모하는 자신의 마음에 크나큰 상처를 준
자 아니던가.

운몽을 바라보던 상문경의 눈길을 생각하기만 해도 가슴
이 미어지는 듯했다.

그녀는 오직 운몽을 바라보고 그에게만 다정했을 뿐, 자신
에게는 눈길조차 주지 않았다.

곡수린은 운몽이 나타나기 전까지는 그렇지 않았다는 걸
생각했다. 그때는 상문경도 호의적으로 자신을 대했던 것이
다. 그러던 것이 운몽의 등장과 함께 변해서 지금은 그녀를
생각하는 매 순간마다 가슴에 비수를 꽂는 듯한 고통을 느끼
게 되었다.

'운몽 때문이다.'

그의 순박한 얼굴을 떠올리며 곡수린은 내심 이를 악물었
다.

'어디로 가야 할까?'

장청을 생각하고 운몽을 생각하자 답답해졌다.

이 넓은 천하 어디에 가서 그들을 찾을지 막막해진 것이다.

졸졸 흐르는 개울물 소리를 들으며 고개를 숙이고 깊은 상념에 빠져 있는 곡수린은 물가에 나와 앉아 있는 아이처럼 위험해 보였다.

*   *   *

두 사람은 예전의 그들이 아니었다.

보는 것만으로도 확연히 달라진 그들을 느낄 수 있으니 짧은 기간이 믿어지지 않을 만큼 큰 변화를 이룬 것이다.

화운평의 기도는 물이 흐르는 것처럼 잔잔해져 있었다.

여섯 달 전의 그는 바위처럼 단단해 보였고, 거목처럼 듬직해 보였으며, 넘치는 자신감이 느물거리는 여유와 오만함으로 배어났었다.

하지만 장학봉 앞에 두 손을 모으고 서 있는 그는 맑은 선비 같았다.

눈빛이 안으로 갈무리되어 담담했고, 화색이 투명했으며, 붉은 입술에 맑은 향기가 떠돈다.

어디에서도 강호를 호령하는 영웅호한의 모습은 찾아볼 수 없었다.

문사건을 쓰고 섭선을 쥔다면 누구든 진사에 급제한 점잖은 유생으로 볼 것이다.

그게 화운평의 변화라면 소녀 장청의 변화는 또 달랐다.

생글생글 웃고 있는 얼굴에 자신감이 넘쳐 났으며, 깜박이는 두 눈에는 정광이 가득해 마치 두 개의 별이 박혀 있는 것 같았다.

가만히 서 있는데도 그녀의 몸은 아지랑이처럼 몽롱해 보였고, 차갑고 오만한 기운이 넘쳐 나 보는 사람의 가슴을 서늘하게 할 정도였다.

"쯧쯧—"

화운평을 지나쳐 그녀를 물끄러미 바라보던 장학봉이 가볍게 눈살을 찌푸리고 혀를 찼다.

"왜요?"

장청이 제 옷매무새를 돌아보며 묻는다.

아버지가 무언가 마음에 들어하지 않는 게 제 옷차림 때문이라고 여기는 것이다.

'하긴, 거기까지가 너의 한계라면 어쩔 수 없는 일이지. 그것만으로도 대단한 일이니까.'

장학봉은 사랑스런 딸을 바라보며 그렇게 생각했다.

그는 장청이 절정고수의 반열에 올랐다는 걸 여실히 느낄 수 있었다. 그걸 만족하지 못한다면 욕심이 크다고 해야 할 것이다.

장청은 지난 육 개월 동안 석실 안에 틀어박혀 용케 참고 견뎠으며, 과제로 내주었던 철극기공(鐵極氣功)과 철기패검(鐵氣

覇劍)을 십성 연마해 냈던 것이다. 굳이 시험해 보지 않아도 알 수 있었다.

장학봉은 그걸로 충분하다고 생각했다. 진중하지 못한 장청의 성격과 기질상 대성하기는 어려웠던 것이다. 또한 두 신공이 여자의 몸으로 익히기에는 잘 맞지 않는 것이기도 하다.

그만해도 강호에서 장청을 당할 자가 거의 없을 것이다.

그녀에게서 눈을 떼고 다시 화운평을 바라보는 장학봉의 얼굴에 흐뭇해하는 기색이 떠올랐다.

'이제는 때가 되었다.'

비록 사천에서의 일이 엉뚱한 자들의 개입으로 인해 실패로 돌아갔지만 그건 어차피 미끼에 지나지 않는 일이었다.

화운평이 신공을 대성했으니 다른 일들은 소소한 것으로 치부해도 좋은 것이다.

"어떤 마음이냐?"

사부의 물음에 화운평이 빙긋 웃었다. 봄바람이 스치는 것 같은 부드러운 미소다.

"새롭게 태어났으니 새로운 옷을 입고 새로운 신을 신을 겁니다. 이전의 세상은 사라졌고 이후의 세상이 있을 뿐이니 모든 걸 새롭게 해야 하지 않겠습니까?"

"새로운 건 몸에 익숙하지 않아 불편할 수 있고, 새롭게 되는 건 옛것을 벗어버리는 아픔을 감수해야 한다. 자신있느냐?"

“아픔은 한 번 겪은 것으로 충분하다고 생각합니다. 이제는 제가 아픔을 모르는 자들에게 그것을 가르쳐 줘야겠지요.”

그의 말은 부드럽고 온화했지만 그 속에는 넘치는 자신감이 들어 있었다.

장학봉이 비로소 만족한 미소를 띠고 자랑스런 자신의 제자를 바라보았다.

그가 이번에는 장청에게 물었다.

“각오는 단단히 되어 있겠지?”

“뭐가요?”

장청은 여전히 당돌했다. 턱을 세우고 아버지를 두려움없이 바라본다.

그 당돌함에 장학봉이 미소 지었다.

사랑스런 딸 아닌가. 늦은 나이에 어쩌다 보게 된 하나뿐인 혈육이라 처음에는 귀찮기도 했지만 지금은 유일한 즐거움이기도 했다.

“너는 세상에서 가장 고귀한 아가씨가 되어야 하고 가장 강한 아가씨가 되어야 한다.”

“자신있어요.”

“너의 화후라면 그렇게 될 수 있을지 모른다. 하지만 자만해서는 안 되지. 강호에는 가장 강한 아가씨가 되고자 하는 두 명이 더 있으니까.”

“나의 경쟁자가 있다고요?”

“아미산에서 검후가 나왔다고 하더구나.”

“검후!”

“아미검후!”

장청과 화운평이 동시에 놀란 외침을 터뜨렸다. 그들은 막 폐관을 마치고 석실 밖으로 나온 터라 아직 사천에서의 소식을 듣지 못했던 것이다.

“사부님, 방금 아미산에서 검후가 나왔다고 하셨습니까?”

“그렇다. 운지라는 이름의 비구니도 아니고 속인도 아닌 묘한 아가씨라고 하더구나.”

“운지!”

화운평의 얼굴이 더 큰 놀람으로 일그러진다.

그것을 훔쳐본 장청이 금방 실쭉해서 쏘아붙였다.

“사형! 아미산의 비구니라니까 벌써 넋이 혼미해진 거야?”

그녀가 앙칼지게 말했지만 화운평은 듣지 못한 것 같았다. 멍한 얼굴로 허공을 바라보며 무어라고 알아들을 수 없는 말을 중얼거리기만 했다.

그의 기색이 심상치 않음을 눈치 챈 장학봉이 물었다.

“무슨 일이냐? 너는 운지라는 아가씨를 알고 있는 것 같구나?”

“아, 아닙니다.”

화운평이 흠칫 놀라더니 손을 내둘렀다.

"어렸을 적 아버님이나 숙부님을 따라 복호사에 가끔 들렀
는데 그때 낯을 익힌 적이 있을 뿐입니다."

"복호사?"

장학봉의 눈매가 날카로워졌다.

"운지라는 아가씨가 복호사에 있었단 말이지? 그렇다면 소
정의 제자인가?"

"그렇습니다. 소정 사태의 막내 제자였습니다."

"으음―"

장학봉이 눈살을 찌푸렸다.

아미삼소의 가장 어른인 소정 사태의 제자가 아미검후가
되어 산에서 나왔다는 게 마음에 걸린 것이다.

'그들은 이미 나의 존재를 눈치 채고 있었던 게로군.'

그렇게밖에는 생각할 수 없었다.

그렇지 않고서야 소양에 이어 검후를 탄생시켰을 리 없고,
하필 일을 진행하려는 때에 그녀를 산에서 내려 보냈을 리가
없다.

장학봉은 옛날, 귀령소 소양이 그랬던 것처럼 운지가 아미
삼소의 모든 것을 받았으며, 아미산의 비법을 전해 받았다는
걸 짐작했다.

소양 이후 오십여 년 만에 아미산에서 다시 한 번 검후가
탄생한 것이다.

과거의 소양이 그랬듯 지금의 검후 또한 자신이 계획하고

있는 일에 커다란 장애가 되리라는 불길한 생각이 들었다.

"또 한 명은 누구예요?"

장학봉의 상념을 깨고 장청이 짜증을 내며 물었다.

장학봉이 무심결에 대답했다.

"신검장의 화 소저."

"화 소저? 낙산 신검장이라고요?"

장청이 놀랐고, 화운평 또한 놀라 눈을 부릅떴다.

"아! 보옥이라고요? 그 아이가 신검장으로 돌아왔단 말입니까?"

"그렇다."

"아! 보옥이 돌아왔구나! 잘됐다, 잘됐어!"

화운평의 얼굴이 기쁨과 반가움으로 활짝 펴지는 걸 보며 장청이 다시 물었다.

"아니, 낙산 신검장에 소저가 있었어요?"

그녀가 어리둥절해하자 화운평이 설명해 주었다.

"어렸을 때 해남파에 맡겨졌고, 그 이후 한 번도 중원에 들어온 적이 없었다. 그러니 세상에서는 신검장에 그 아이가 있다는 걸 까맣게 잊을 수밖에 없었지. 하지만 이제 돌아왔다니 나는 대체 얼마 만에 그 아이를 보게 되는 건지 모르겠구나."

"그러니까 나와 경쟁할 두 명의 아가씨가 강호에 있는데, 그중 한 명은 아미검후 운지이고 한 명은 신검장의 화보옥이라는 아가씨라는 거죠?"

머리를 끄덕이는 아버지를 보던 장청이 까르르 웃었다.

"호호호, 일도 아니네요 뭐. 운지인지 뭔지는 화 사형이 깨끗하게 처리해 줄 테고, 신검장의 화 소저는 사형의 누이동생이니 나와 경쟁할 리가 없잖겠어요? 아버지의 걱정은 쓸데없는 것이니 나를 염려하실 것 없어요."

장청의 말에 화운평이 어리둥절해서 제 코를 가리켰다.

"내가 운지를 처리한다고?"

"홍, 그래야 하는 것 아니야?"

"무슨 말을 하는 거냐?"

"장차 아내 될 사람을 귀찮게 할 여자라면 당연히 혼내줘야지. 그게 정랑으로서 마땅히 해야 할 일 아니겠어? 아버님의 말씀도 있고 하니까 아예 죽여 버려. 나를 위해서 해줄 수 있지? 아니, 해야만 하는 거야."

"……."

장청의 말에 화운평은 아무 말도 할 수 없었다. 입을 꾹 다물고 외면하는데 낯빛이 어둡다.

3

곡수린이 천하제일의 고수가 되어 있을지도 모른다는 나대헌의 말은 모두에게 충격이었다.

특히 그와 교분을 나누었던 이청풍과 채시화, 상문경의 놀람은 말할 수 없이 컸다.

"아니, 어떻게? 그 짧은 동안에 그럴 수가 있단 말입니까? 나 선배님은 무얼 잘못 알고 있는 게 아닌지요?"

이청풍의 말에 나대헌이 침울한 얼굴을 하고 침묵했다.

그는 귀령동천을 나와 숭의산장으로 돌아왔고, 그곳에서 뜻밖에도 운몽 일행을 만날 수 있었다.

어떻게 찾을지 막막하기만 하던 운몽을 쉽게 만났으니 나대헌으로서는 반가워 미칠 지경이었다.

나대헌을 다시 만난 운몽도 반가운 마음을 다스리지 못하고 서로 부둥켜안았다.

감격적인 해후의 시간을 보내고 나서 서로 그동안의 일들을 듣고 이야기하는 동안에 곡수린에 대한 말이 나왔던 것이다.

나대헌이 곡수린에 대하여 말하기 꺼려하는 건 귀령소 소양 때문이었다. 그에 대한 이야기를 하자면 어쩔 수 없이 귀령소에 대한 것도 말해야 하기 때문이다.

귀령소의 존재는 철저히 감추어져야 했다. 그게 장주였던 최명판관 염숭의 당부였고, 귀령소 소양 본인의 뜻이기도 하다.

머뭇거리던 그가 자신을 뚫어지게 바라보는 사람들의 눈을 의식하고 할 수 없이 입을 열었다.

"그는 기연을 만났는데, 그로 인해 전혀 다른 차원의 무공을 익히고 절세의 신검마저 손에 넣었다오.”

“그걸 나 대협이 어떻게 아시는지 우리는 그게 궁금합니다.”

이청풍의 의문은 모두가 궁금해하는 것이기도 했다.

다시 머뭇거리던 나대헌이 마지못해 입을 열었다.

“그건 내가 한 사람의 부탁을 받고 어쩔 수 없이 보검을 구해다가 그에게 주었기 때문에 잘 알지.”

모두를 대신해서 이청풍이 다시 물었다.

“나 대협이 구했다는 보검이 어떤 거지요? 또 어떻게 그것을 구했단 말입니까?”

“그 검은 현천지검이라고 하는 건데……”

“현천지검!”

나대헌의 말에 운몽이 자지러질 듯 놀라 소리쳤다.

“나 대협! 정말 당신이 현천지검을 가져갔단 말입니까?”

나대헌이 의아한 얼굴로 운몽을 바라보았다.

“그렇다네. 그 일로 소림사에 찾아가 혜원 선사로부터 받았지.”

“아! 이런 일이 있었을 줄이야!”

운몽이 비통한 얼굴이 되어 소리쳤다.

“왜 그러는가?”

나대헌은 그런 운몽의 반응을 이해할 수 없었다.

운몽이 품에서 동경을 꺼내 나대헌의 발아래 던졌다.

"이것이 당신이 가지고 가서 현천지검과 바꾸었다는 그 동경입니까? 이것이 내 사문의 보검과 바꿀 수 있을 만큼 가치 있는 것이란 말입니까?"

"아!"

동경을 본 나대헌과 대악 염창이 동시에 탄성을 터뜨렸다.

"그 검이 운 소협 사문의 검이었단 말이오?"

"그렇습니다. 사부님께서 혜원 선사에게 맡겨두었던 것입니다. 나는 그것을 찾으러 갔다가 검 대신 이 쓸모없는 동경을 대신 받아왔으니 대체 이 일을 어쩌면 좋단 말입니까?"

"이런, 이런 실수가……."

나대헌이 울상이 되어 어쩔 줄 모를 때 대악은 동경을 집어 들고 이리저리 살펴보고 있었다.

"아! 현천지보가 다시 나타났구나!"

그가 감격과 흥분으로 손마저 부들부들 떨며 그렇게 외쳤다.

"현천지보?"

다른 사람들은 그게 무슨 말인가 하여 대악을 바라보는데, 이청풍과 철선공자 여상풍만은 크게 놀라 소리쳤다.

"염 선배, 그게 정말 현천지보란 말입니까?"

"현천지보가 다시 나타났다고? 이런, 이런!"

대악 염창이 아직도 분이 풀리지 않아 거친 숨을 씩씩거리고 있는 운몽에게 동경을 들어 보이며 소리쳤다.

"운 소협! 이것은 현천지검과 바꾸어도 아깝지 않은 보물이오! 소협은 그렇게 억울해할 것 없소이다!"

"다 필요없어요. 내게는 사문의 보검이 더 중요하단 말입니다."

"그 마음을 내가 어찌 모르겠소? 하지만 이 동경 또한 세상에 둘도 없는 보물이면서 마물이기도 하니 이것을 잘 간직하는 것도 보검을 찾는 것 못지않게 중요한 일이라오."

그제야 운몽이 마음을 가라앉히고 대악의 손에 들려 있는 동경을 바라보았다.

"이것에 정말 그만한 가치가 있단 말입니까?"

대악이 무어라고 말해주려 하는데 도척이 다가오며 소리쳐서 그의 말을 막았다.

"시끄럽다! 동경이고 현천지검이고 나야말로 다 필요없어! 나 선배, 당신은 그 현천지검을 곡수린에게 주었다고 했는데, 그럼 그 곡수린은 지금 어디 있소?"

도척은 오직 달마혜검을 다시 찾아가는 데에만 정신이 팔려 있었다. 다른 건 눈에 들어오지도 않는 것이다.

나대헌이 곤란하다는 얼굴을 하고 말했다.

"글쎄… 그는 벌써 동천을 떠났을 테니, 그가 지금 어디에 있는지는 나도 알 수가 없구려."

"뭐라고? 아니, 그런 무책임한 말이 어디 있단 말이오? 보검을 주었으면 그놈이 그것을 가지고 어디로 가는지 끝까지 알아냈어야 할 거 아니겠소? 뒤를 따라가서라도 알아왔어야지!"

도척이 눈을 부라리며 핏대를 세우지만 누가 들어도 그건 말도 되지 않는 억지소리였다.

나대헌이 쓴웃음을 지을 뿐 대꾸하지 않았다.

"가자!"

도척이 운몽의 어깨를 잡아당겼다.

"가서 곡수린이라는 놈을 찾자. 그래서 네 사문의 보검을 되찾아야지. 아, 뭐 해? 어서 가자니까!"

그의 소란에 혀를 찬 대악이 운몽 대신 말했다.

"그런데 너는 곡수린이 어디에 있는지 아는 게냐?"

"응?"

"어디에 있는지 알기에 그렇게 서두르는 게 아니었느냐?"

"그건 좀……."

머리를 긁적이던 도척이 언제 겸연쩍은 얼굴을 했었느냐는 듯 다시 버럭 소리쳤다.

"이 세상 어디엔가 있겠지! 제가 아무리 도망가 봐야 세상 밖으로 나갈 수야 있겠어? 그러니 찾으면 된다!"

"쯧쯧, 말이야 옳은 말이지만 세상이 어디 네 손바닥만 하다더냐?"

"쳇, 아무리 넓은 세상이라도 부처님 손바닥 안에 있는 거다. 손오공을 보면 몰라? 그러니 찾을 수 있어."

도척은 막무가내였다.

운몽이 머리를 설레설레 흔들었다.

"이 땡중아, 기다려라. 아무려면 보검을 찾고 싶은 마음이 내가 너보다 덜하겠어? 어차피 이렇게 된 일이니 차근차근 풀어나가자."

"오라, 너는 거짓으로 화를 냈던 거로구나? 그 현천지검인지 뭔지보다 더 좋은 달마혜검을 허리에 차고 있으니 이제는 급할 게 없다 이거지?"

달마혜검이라는 말에 사람들의 눈길이 일제히 운몽의 검으로 모였다.

그들 또한 소림사에 한 자루의 보검이 있고, 그것이 천하에서 몇 안 되는 보검 중의 하나라는 걸 들어서 알고 있었던 것이다.

한 번도 보지 못한 보검인데 그것이 운몽의 허리에 매달려 있는 저것이라니 절로 군침이 넘어간다.

도척의 트집에 운몽이 낯을 찌푸리고 더 이상 상대하지 않았다.

뜻하지 않게 동경이 다시 등장함으로 해서 사람들은 어느새 곡수린의 일을 잊었다. 나대헌에게는 그게 다행스런 일이라 안도의 한숨이 절로 나온다.

그날 밤. 저녁식사를 마친 사람들이 모두 한 방에 모였다.

대악으로부터 동경에 얽힌 이야기를 듣기 위함이었다.

차를 한 모금 마시고 난 대악이 모두를 돌아보고 미소 지으며 말을 꺼냈다.

"과거 세상을 혼란하게 한 세 가지 신물이 있는데 그게 무엇인지 아시오?"

대악의 말에 운몽이 머리를 가로저었다.

"잘 생각해 보시오. 하나는 이미 세상에 나와 많은 사람의 목숨을 빼앗아갔고, 운 소협 또한 그것의 존재를 알고 있으며, 그것을 보고 싶어하지 않았소?"

"아, 현천도록이로군요?"

운몽이 놀라 소리치자 대악이 빙긋 웃었다.

"바로 그렇소이다. 그것 때문에 나와 동생이 개과천선하고 운 소협을 따르게 되었으니 그 물건은 우리에게 은혜로운 것이기도 하다오. 그럼 나머지 두 개는 무엇인지 짐작할 수 있겠소?"

"그중 하나가 바로 내 사문의 현천지검이었고……."

잠시 생각하던 운몽이 '아!' 하고 탄성을 발했다.

동경 뒷면에 있던 글귀를 떠올렸던 것이다. 그것에는 '현천삼보'라고 뚜렷하게 새겨져 있지 않았던가.

"바로 이 동경이란 말입니까?"

"그렇소이다. 그것이 현천도련(玄天道練)의 세 가지 보물 중 한 개라오."

"하지만 내게는 아무 소용이 없습니다. 나는 처음부터 현천도련의 보물 따위에는 관심도 없었으니까요. 오직 사문의 물건을 되찾기 원할 뿐입니다."

"그럼 운 소협이 현천도록을 찾는 것도 그런 이유 때문이었소?"

"그렇습니다. 그 안에 삼양신공이 들어 있다고 하기 때문이지요. 삼양신공은 내 사문의 절세신공입니다. 그러니 그 신공구결이 다른 사람의 손에 들어가 악용되기 전에 회수해야 하지 않겠습니까?"

"이런, 이런."

염창이 혀를 찼고, 다른 사람들도 안타까운 눈으로 운몽을 바라보았다.

"운 소협, 그 마음은 잘 알겠소이다. 하지만 서두른다고 될 일이 아니니 우선 내 말을 잘 들어보시오. 오십여 년 전 강호가 혈사기로 인해 한바탕 혼란에 잠기고 수많은 사람들이 목숨을 잃은 사건을 알고 있겠지요?"

"잘 알고 있습니다."

"그 원인이 어디에 있는지도 아시오?"

"현천지보 때문이란 말씀인가요?"

"바로 그렇소. 당시 강호에 현천도련에 대한 이야기가 흘러나왔었는데, 현천도련의 막중한 보물이 감추어져 있다는 현천선부(玄天仙府)가 수많은 사람들의 욕심을 이끌어냈었지."

"현천선부?"

운몽으로서는 처음 듣는 말이었다. 그런 것이 있었나 싶다. 사부에게서도 듣지 못했었기 때문이다.

"현천도련이 선천기문(先天氣門)과 옥황현문(玉皇玄門)을 이르는 말이라는 건 처음 운 소협을 만났을 때 설명한 바가 있소."

"기억하고 있습니다."

운몽은 황제묘에서 장청의 독수로부터 그들을 구해주었을 때 대악이 그런 말을 했던 걸 기억하고 있었다.

"내가 듣기로 그 두 도문은 서로 반목하다가 공멸하였는데, 혈사기주인 혈영자가 바로 옥황현문에서 도망쳐 나온 유일한 생존자라고 하오."

"그렇다면?"

운몽이 무언가 짐작 가는 바가 있는지 긴장하여 대악을 바라보았다. 대악 염창이 빙긋 웃는다.

"운 소협의 짐작대로일 것이오. 아마도 운 소협의 사부라는 분 또한 현천도련의 사람일 텐데, 내 생각에는 선천기문의 유일한 생존자가 아닌가 싶소이다. 선천기문에 전해지는 신공이 삼양신공이고, 운 공자가 그것을 알기 때문에 그렇소."

운몽이 말없이 머리를 끄덕였다.

그를 바라보고 대악의 말에 귀를 기울이던 사람들의 얼굴에 숨길 수 없는 경탄의 기색이 떠올랐다.

그들은 운몽이 바로 선천기문의 후계자라는 걸 비로소 확실히 알게 된 것이다. 그의 무공 조예가 그토록 뛰어난 게 이제야 이해된다.

염창의 말이 계속되었다.

"당시 강호에는 몇 사람의 초인적인 무공을 지닌 절대고수가 있었다오. 그중 한 사람이 소림사의 혜원 선사였지. 그는 당대에 천하제일고수로 꼽혔지만 혈영자가 나타나고 운 소협의 사부가 등장한 뒤로 빛을 잃었소."

"흥, 터무니없는 소리! 누가 감히 소림의 무학을 얕볼 수 있단 말이냐? 그거야말로 염치도 없이 부처님 얼굴에 가래침을 뱉는 무례함이지!"

대악의 말에 비위가 상한 도척이 화가 나서 소리치지만 아무도 대꾸하지 않았다.

"그 뒤로 또 한 사람의 초인이 등장했는데 놀랍게도 아리따운 아가씨였다오."

그 말에 나대헌의 얼굴이 어두워졌다. 하지만 모두 대악이 구수하게 풀어놓는 전설 같은 이야기에 빠져 있어서 아무도 그것을 눈치 채지 못했다.

"그 아가씨는 강호에 나서자마자 한바탕 풍파를 일으켰다더군요. 지닌바 무공이 절세적일뿐더러 타고난 용모가 가히 선녀와 같았는데, 한 가지 흠이라면 성격이 불같고 괴팍했다고 하더이다. 그것 때문에 나중에 자신은 물론 여러 사람을 파멸로 이끌었으니… 안타까운 일이 아닐 수 없었지."

"그 아가씨가 바로 아미검후로 불렸던 귀령소 소양이로군요?"

철선공자가 아는 체를 했다.

"맞았네."

빙긋 웃은 대악이 말을 계속했다.

"세상에 두려울 것 없던 그녀는 그만 함정에 빠지고 말았는데 그건 바로 자신의 가슴에 품은 정이라는 것이었다오. 그녀는 광명존자를 만나자마자 그에게 흠뻑 빠져 사랑하게 되었던 거지."

대악 염창이 거기서 말을 멈추고 운몽을 의미 깊은 눈으로 바라보았다.

"그런데 그 광명존자가 바로 운 소협의 사부님 아니시오?"

운몽은 더 이상 감출 수 없다는 걸 알았다. 밝힐 때가 온 것이다.

"그렇습니다. 소생의 사부께서는 도호를 광명존자라고 하시지요."

사람들이 그럴 줄 알았다는 듯 일제히 머리를 끄덕였다.

대악의 얼굴이 엄숙해졌다.

"그분께서는 아직 살아계시오?"

"그렇습니다. 비록 연로하셨지만 여전히 정정함을 지키고 계시지요."
　여전히 심술궂은 데다가 사람 골탕 먹이기 좋아하는 괴팍
한 노인네라는 말까지 곁들이고 싶었지만 꾹 눌러 참았다.

第十章
사랑이라는 것

방 안에 둘러앉은 사람들 중 누구도 대악 염창만큼 그때의 일에 대하여 자세히 아는 사람이 없었다.

운몽 또한 제 사문의 일을 저보다 대악이 더 잘 아는지라 궁금증을 참지 못하고 물었다.

"그래서, 어떻게 되었나요?"

"사람의 정이라는 건 참 묘한 것이어서 자기 자신도 다스릴 수 없다는 게 귀령소에게 딱 맞는 말이었지. 그녀는 광명존자를 만나 그를 사랑하면서 또 한 사람에게도 깊이 정을 주었다오."

"그게 바로 혈영자였군요?"

눈치 빠른 상문경이 대뜸 말했다. 그리고 나서 운몽을 힐끔 거리는데, 아쉽고 괴로워하는 눈빛이었다.

염창이 미소 지으며 머리를 끄덕였다.

"상 아가씨는 매우 총명하군. 바로 그렇다네. 그 당시에 그 는 혈영자로 불리지 않았지. 강호에 아직 이름을 얻기 전이었 으니까 말이야. 하지만 뛰어난 언변과 용모 그리고 해박한 지 식으로 인해 누구나 한 번 보면 반할 만한 그런 풍류공자였다 네."

"그런 사람이 어째서 혈사기주가 되어 그토록 끔찍한 일을 저지른 것일까요?"

"그게 다 사랑이라는 알 수 없는 감정 때문이라고 하면 그 를 너무 동정하는 걸까?"

"사랑……."

대악의 말을 따라 중얼거리는 상문경과 채시화 두 아가씨 의 얼굴에 한결같은 어둠이 드리웠다.

사랑이라는 것.

그것은 미움과 그리움이 함께 있고, 밝음과 어두움이 붙어 있으며, 기쁨과 슬픔이 하나가 되어 떨어지지 않는 말이었다.

조금 전까지 사랑이었던 감정이 순식간에 미움으로 바뀌 곤 하는데, 제 스스로는 그런 감정의 변화를 통제하기 어렵 다.

그 미움이 다시 그리움과 애절함으로 바뀌는 것도 순식간이며, 그러다가 갑자기 절망으로 변하기도 하는 변덕스러운 감정인 것이다.

감정은 그 사람의 마음에 깃드는데, 그것이 사랑이라는 이름을 갖게 되면 이제는 그 감정이 그 사람을 마음대로 조종한다.

때로는 상상할 수 없는 힘과 용기를 그 사람에게 불어넣어주기도 하지만, 좌절과 절망 그리고 안타까움이 지나쳐 원망을 더 많이 가져다주는 것.

기다림이 있기에 헤어짐마저 때로는 행복한 시간으로 만들어주었다가 갑자기 변덕이 들어 만남조차 고통스럽게 해주는 것.

어제는 아무렇지도 않게 들었던 노래를 오늘은 비통함으로 듣게 해주는 것.

어제는 행복이었던 그 음성을 오늘은 가슴이 미어지는 고통으로 바꾸어주는 것.

그러다가도 그 사람의 웃음 한 번, 말 한마디에 그만 모든 걸 잊게 만드는 것.

그게 바로 사랑이라는 말이 가지고 있는 양면성이었다.

그러므로 그것은 모든 아픔을 달래주는 묘약이면서 동시에 모든 걸 아프게 하는 독약이기도 했다.

아미검후 귀령소 소양이 제 스스로 그런 사랑을 품었을 때 각기 다른 두 사람, 광명존자와 혈영자 또한 그와 같은 사랑을 가슴에 품었다.

그건 그들 세 사람에게 불에 달구어진 비수 같은 것이었다.

그들은 그 비수를 제 가슴에 찌르고 고통을 품었지만 왜 그랬는지, 왜 아픈 건지, 왜 질투의 감정에 치를 떨어야 하는지 알지 못했다.

사랑에 빠진 사람이라면 누구나 그럴 것이다. 제 자신을 잊게 되는 것이고 다스릴 수 없게 되기 때문이다.

"소양은 두 사람 사이에서 이럴 수도 없고 저럴 수도 없는 처지가 되고 말았지. 마치 뿔이 울타리에 걸려 나아갈 수도 물러설 수도 없게 된 양과 같았다오."

"어째서 단칼에 적을 베듯이 끊어버리지 못했을까요?"

이청풍의 말에 염창이 크게 웃었다.

"하하하, 자네 말처럼 할 수 있다면 이 세상에 고통이 한 가지 줄어들겠지. 하지만 정이란 건 질기기가 쇠심줄보다 더하고 끈덕지기가 거머리보다 더해서 좀체 잘라낼 수도, 떼어낼 수도 없는 거라네. 자네도 언젠가는 내 말을 기억하고 눈물 흘리며 공감할 때가 올 거야."

이청풍은 그 나이가 되도록 아직 가슴속에 사랑의 감정을 품어보지 못한 순수한 총각이었다.

속으로 '쳇, 어디 그때가 오면 보자. 내가 내 마음 하나 다스리지 못한다면 그걸 어디 사내대장부라고 할 수 있겠어? 정을 맺고 사랑하는 게 한순간의 일이라면 그걸 끊어버리는 것도 한순간에 할 수 있는 일이지' 하고 반박한다.

"아무튼 그래서 현천도련의 두 사람 사이에는 미움이 더해 졌고, 결국 소양에게 한 사람을 선택하라고 다그치게 되었다 네. 그런데 그녀가 누구를 선택했을 것 같소? 어디 아가씨들 이 한 번 대답해 볼까?"

뜻밖에 받게 된 질문에 상문경과 채시화는 당황했다.

그러면서 속으로 가만히 생각해 보았다.

광명존자는 나이가 소양보다 훨씬 많았다고 했다. 하지만 온건하고 부드러우며 능력이 뛰어난 사람이었다. 소양이 그 에게 이끌렸다는 건 광명존자라는 사람의 존재가 그녀를 빨 아들일 만큼 매력적이었다는 것이리라.

혈영자 또한 풍류공자라고 불렸던 만큼 뛰어난 매력을 지 닌 사람이었을 것이다. 젊고 활달했으며 잘생겼고, 아가씨의 마음을 끌어당기는 힘이 있었던 게 틀림없다.

내가 소양이라면 과연 그 두 사람 중 누구를 선택할 것인 가.

잠시 생각하던 두 아가씨가 이구동성으로 말했다.

"저라면 기꺼이 광명존자를 택하겠어요."

"호오? 그건 뜻밖이군. 어째서 그런지 말해주겠소?"

대악이 의외라는 얼굴로 두 아가씨를 번갈아 바라보았다. 당연히 젊고 잘생긴 혈영자를 택할 것이라고 여겼던 것이다.

채시화가 수줍음으로 얼굴을 붉힌 채 말했다.

"많은 여자들의 호감을 사는 사람보다 저 하나로 만족하고 저 하나만 아껴줄 줄 아는 사람이 더 좋아요."

상문경의 대답도 그와 크게 다르지 않았다.

"모험보다는 안정되기를 원하는 게 여자들의 마음이랍니다. 그런 면에서 혈영자보다는 역시 광명존자가 더 듬직하고 믿음이 가는군요. 저라도 광명존자를 택했을 거예요. 나이가 차이나는 것쯤이야 무슨 문제가 되겠어요? 어차피 늙으면 다 똑같아질 텐데."

"아가씨들의 말이 맞소."

대악이 웃으며 머리를 끄덕이자 상문경이 얼른 물었다.

"귀령소도 역시 광명존자를 택했군요?"

"하지만 아가씨들의 말처럼 일은 그렇게 진행되지 않았지. 나도 들은 말이니 확실치는 않아. 세상에 전해지는 말은 그녀가 결국 혈사기주를 택했다는 건데……."

"혈사기주라고요? 세상에, 어째서 그런 선택을 했을까!"

채시화가 안타깝다는 듯 소리쳤다.

상문경은 이해할 수 있다는 얼굴로 묵묵히 침묵하고 있었다. 무언가 그때의 일을 추리해 보고 있는 것 같았다.

"아, 그럴지도 모르겠구나."

상문경이 제 무릎을 치며 말했다.

"어쩌면 그때 귀령소는 혈영자를 택할 수밖에 없는 이유가 있었을 거예요."

대악이 깜짝 놀라 그녀를 보았다.

"응? 상 아가씨는 어째서 그렇게 생각하는 거지?"

"여자들이라면, 그것도 장래를 생각하는 나이의 아가씨라면 누구나 배필로 광명존자를 택할 거예요. 하지만 귀령소는 그렇게 하지 않고 혈영자를 택했으니 혹시 그녀는 그 당시에 이미, 이미… 그와……."

상문경이 얼굴을 붉힌 채 더 이상 말하지 못했지만 그녀의 말을 들은 사람들은 누구나 그다음의 말을 추측할 수 있었다.

허공을 응시하며 무엇을 생각하던 대악이 천천히 머리를 끄덕였다.

"아가씨의 추측에도 일리가 있소. 다만 그 일에는 이루 말할 수 없이 복잡한 정의 그물이 얽혀 있는데 그게 서로 어떻게 작용했는지 궁금하군."

"또 다른 사람들이 그들 사이에 개입했었나요?"

"내가 알기로 광명존자를 사랑한 사람이 또 한 명 있었다고 하오."

"그게 누구죠?"

"그건, 그건……."

대악이 차마 말할 수 없다는 듯 망설였다. 그러자 모두의 시선이 그에게 모였다.

이청풍이 점잖은 음성으로 말했다.

"이미 꺼낸 말인데, 그것도 오십여 년 전의 일인데 이제 와서 말하지 못할 이유가 있겠습니까? 다 털어놓으시지요."

"하지만……."

대악은 여전히 망설였다.

"광명존자는 운 소협의 사부이신데 혹시라도 그때의 일을 들추는 게 운 소협에게 불쾌감을 줄지도 모르지 않겠소?"

운몽의 허락을 바라는 것이다.

운몽이 잠시 생각하더니 머리를 끄덕였다.

"괜찮습니다. 저도 사부님의 과거가 못내 궁금하답니다. 사부님께서는 한 번도 당신의 과거에 대해서 말해준 적이 없거든요. 이렇게라도 들을 수 있게 되면 좋겠지요."

"운 소협이 그렇게 말한다면 할 수 없지."

헛기침을 해서 목소리를 가다듬은 염창이 말을 계속했다.

"아미사소 중의 첫째인 소정이 광명존자를 사모했다오. 광명존자 또한 그랬으니, 한때는 소양에게 마음이 끌렸을지 몰라도 점차 앙칼지고 다혈질인 막내 소양보다는 기품있고 우아한 소정에게 더 마음이 끌리게 되었지. 나이도 서로 비슷하고 말이야. 그래서 소양은 제 사문의 큰언니를 원망하고 광명존자를 원망하면서 혈영자를 택했던 게 아닐까?"

귀를 기울여 듣고 있던 채시화가 탄식했다.

"귀령소의 처지가 가엽군요. 그녀는 광명존자와 큰언니에 대한 오기로 혈영자를 택했던 게 틀림없어요. 어쩌면 광명존자를 택하기 위해 그에게 고백했는데 거절당했을지도 몰라요. 여자에게 그건 잊을 수 없는 상처랍니다."

"맞아!"

상문경이 채시화의 말에 동의했다.

"그래서 귀령소 소양은 반발심이 생겨서 혈영자를 택했을 거야. 마음속으로 광명존자와 큰언니가 저의 선택으로 인해 상처받고 불행해지기를 바라면서 말이야."

지독한 말이었다. 그래서 이청풍은 물론 철선공자마저 낯빛이 변해 상문경을 바라보았다.

그녀가 당차고 씩씩한 아가씨라는 건 이미 알고 있었지만, 이토록 지독한 마음을 감추고 있을 줄이야 미처 몰랐다는 얼굴들이다.

상문경이 다시 말했는데, 이번에는 연민으로 처연해진 기색을 가득 떠올린 채였다.

"하지만 정말 불행해진 사람은 소양 자신일 거예요. 그녀는 결국 혈영자에게도 사랑을 다 주지 못한 채 스스로 비참한 마음에서 벗어나지 못했을 테니까요. 어쩌면 그녀야말로 세상을 원망하고 사문을 원망하고 광명존자를 원망하면서 한을 품은 채 한평생을 살았을지도 몰라요."

그 말을 들은 나대헌의 안색도 침통해졌다. 그는 이곳에 있는 누구보다 지금 처해 있는 소양의 처지를 잘 알기 때문이다.

그가 남모르게 긴 탄식을 뱉어냈다.

운몽은 운몽대로 충격을 받았다.

‘소정 사태가 사부님을 사랑했단 말인가? 두 분이 서로 사랑하는 사이였단 말인가? 그러면서도 지금은 서로 천만 리나 떨어진 거리를 둔 채 안타까워하고 있단 말인가?’

사부가 있는 반정도관과 소정 사태가 있는 복호사와의 거리는 불과 반나절에 지나지 않지만 두 사람 사이에 가로놓여 있는 세월의 거리는 천만 리라고 해도 적을 것이다.

어쩌면 두 사람은 오늘날까지 안타까움과 서로에게 말하지 못할 그리움으로 그 먼 거리를 더듬어가고 있을 것이라고 생각하자 눈시울이 뜨거워진다.

언제나 광명정의 난간에 기대서서 멍하니 저 먼 산봉우리들을 바라보고 서 있던 사부의 모습과 인자하고 자애롭기만 하던 소정 노사태의 모습이 떠올라 마음이 아팠다.

노사태의 제자인 운지와 자기의 처지를 생각하자 과거 사부님과 소정 사태와의 일이 더욱 간절한 아픔으로 다가온다.

2

머리를 갸우뚱거리며 무언가를 곰곰이 생각하던 대악이 혀를 차고 말했다.

"이상하게도 소양이 광명존자를 버리고 혈영자에게 돌아간 뒤로 그자는 풍류공자의 모습을 버리고 혈사기주가 되었으니 알 수 없는 일이지."

"저는 짐작할 수 있을 것 같아요."

이번에는 채시화가 나섰으므로 사람들의 궁금해하는 눈길이 그녀에게 모였다.

채시화가 살짝 얼굴을 붉히고 쑥스럽다는 듯 말했다.

"소양이 비록 혈영자에게 돌아갔다지만 그녀의 마음속에는 여전히 광명존자에 대한 그리움과 안타까움이 남아 있었을 거예요. 그래서 그녀는 혈영자를 건성으로 대했겠지요. 어쩌면 그녀의 팔팔한 성격으로 미루어 짐작해 보았을 때 혈영자를 괴롭히고 함부로 대했을지도 모르겠군요. 혈영자는 진심으로 소양을 사랑했는데, 그녀의 그런 태도에 크게 상심했을 거예요. 그래서 엉뚱한 곳에 눈을 돌리게 된 건지도 몰라요."

채시화의 추리는 남녀 간의 미묘한 감정을 잘 잡아낸 것이어서 모두 머리를 끄덕였다.

대악 염창이 감탄했다는 눈으로 그녀를 바라보며 말했다.

"혈영자는 한편으로는 소양을 사랑하면서 한편으로는 그녀를 증오했겠군. 그래서 그는 세상에 자신의 화를 풀려고 했던 거야."

철선공자 여상풍이 끼어들었다.

"어쩌면 그는 자신이 광명존자보다 뛰어나다는 걸 증명해 보이고 싶었는지도 몰라. 남자들은 자존심 때문에 때로 어처구니없는 짓도 아무렇지 않게 저지르곤 하니까 말이야."

이청풍이 받는다.

"그래서 그는 강호를 제패해 보이려고 했단 말인가요? 그걸로 소양에게 저의 능력을 보여주려고? 그러면 소양이 '어이구, 내가 역시 사람을 잘 봤네' 이러면서 저에게로 완전히 돌아올 것이라고 믿었단 말인가요?"

"그럴지도 모르지."

여상풍이 고개를 끄덕이자 이청풍의 얼굴에 비웃음이 가득해졌다.

"만약 그렇다면 혈영자는 일고의 가치도 없는 개망나니에 철딱서니 없는 인간이라는 욕을 먹어야지요."

"그랬군요."

그들의 말을 듣던 채시화의 얼굴이 어두워졌다.

진심으로 대한 한 여자에게서 자존심이 짓밟히는 상처를 입자 그 억울함을 견디지 못하고 마인의 길에 들어섰다면 그 심정이 얼마나 고통스러웠을까, 하는 동정심이 생긴 것이다.

어쩌면 혈영자는 소양의 냉정함으로 인해 세상 모두를 미워하고 증오하게 되었던 건지도 모른다. 그래서 세상을 파괴하고 자기 자신마저 파괴하려고 했던 건 아닐까? 하는 생각을 하게 된다.

채시화가 그런 연민의 마음으로 우울한 얼굴을 하고 있는데 상문경이 다시 물었다.

"그럼 광명존자와 소정 사태는 가정을 이루고 오순도순 잘 살았나요?”

말을 해놓고 나자 스스로도 어이없던지 얼굴을 붉혔다. 광명존자는 여전히 혼자이고 소정 사태는 아미파의 고승으로 늙었지 않은가.

대악이 눈살을 찌푸렸다.

“쯧쯧, 그랬다면 오늘 우리가 이렇게 모여 혈영자를 이야기하고 그때의 일을 다시 거론하지 않았겠지. 안타깝게도 그들 두 사람은 맺어지지 못했다네.”

고개를 숙이고 있던 채시화가 얼굴을 발딱 들고 큰 목소리로 소리쳤다.

“어째서 그랬을까요? 서로 그렇게 좋아했다면 사문의 짐을 벗어버리고 멀리 달아나서라도 행복한 삶을 가꾸는 게 좋지 않았을까요?”

그녀는 그들 두 사람이 원망스러워졌다. 운몽을 훔쳐보는 눈길에도 원망이 서린다.

대악이 망설이다가 낮은 음성으로 속삭이듯 말했다.

“혈영자 때문이었다네.”

“예?”

좋은 대답이 나올 걸 기대하고 있던 운몽이 깜짝 놀라 물었다.

“혈영자 때문이라니? 자세히 좀 말씀해 주십시오.”

하지만 대악은 좀체 더 이상 말하려고 하지 않았다. 운몽의 눈치를 자꾸 살피는 게 수상하다.

운몽이 채근했다.

"무슨 이유 때문인지 저는 꼭 알아야겠습니다. 그러니 꺼려하지 말고 말해주십시오."

그는 자신과 운지의 관계를 생각하고 있었다. 사부와 소정 사태와의 관계가 지금 제가 처해 있는 것과 크게 다르지 않기 때문에 더욱 궁금해진다.

대악이 망설임 끝에 마지못한 듯 말했다.

"운 소협은 아미산에서 자랐고, 아미파와도 인연을 맺고 있지 않소? 소정 사태는 물론 소령 사태와도 관계가 있는 걸로 아는데?"

"그렇습니다. 소정 사태께서는 소생을 무척 귀여워해 주셨지요."

"그래서 더욱 말하기가 어려운 걸세. 자칫 운 소협이 낙심하거나 분노하여 이성을 잃을지도 모르기 때문이지."

대악은 운몽을 염려해서 해준 말인데 그것이 운몽에게는 더욱 궁금증을 유발시켰다.

"그래도 알 건 알아야 하겠습니다. 여기까지 말이 나왔는데 나머지를 모른다면 궁금해서 미칠 것입니다. 염 선배님은 저를 의식하지 마시고 들은 대로만 전해주시기 바랍니다. 제가 설마 염 선배님에게 화를 내겠습니까?"

"운 소협이 그렇게까지 말한다면 어쩔 수 없지."

운을 떼고도 한참을 더 뜸을 들인 대악 염창이 어쩔 수 없다는 듯 말했는데, 주위를 두리번거려서 다른 사람들이 엿듣고 있지 않나 살피는 것이 여간 조심하는 게 아니었다.

"혈영자가 강호에 혈풍을 일으키기 시작하자 당연히 광명존자는 그것을 막으려고 했지. 아미사소 또한 장문 방장의 명을 받고 그 혈영자의 악행을 막기 위해 나섰소. 하지만 귀령소 소양만은 적극적이지 못하고 방관자적인 입장을 취했지. 그게 아미사소 중 나머지 세 사형의 노여움을 사는 일이 되기도 했다오."

모두는 소양의 심정을 십분 이해했다. 그녀로서는 어쩔 수 없었을 것이기 때문이다.

광명존자와 힘을 합치자니 자존심 때문에 어려웠을 것이고, 혈영자를 죽이자니 자신이 그에게 한 일 때문에 망설여졌을 것이다.

"아미검후 소양을 제외한 아미삼소가 달려들었지만 혈영자를 죽일 수는 없었다더군. 그의 무공이 이미 화신지경에 이르러 아미산의 세 고수를 거뜬히 상대할 만했던 게야. 그러자 마지못해 광명존자가 나섰다오."

드디어 사부의 말이 나오자 운몽이 귀를 쫑긋 세우고 저도 모르게 대악 쪽으로 몸을 기울였다.

"무려 한 달 동안 뒤를 쫓은 끝에 광명존자는 혈영자를 잡을 수 있었다고 하오. 추측해 보건대 처음에 존자는 좋은 말로 혈영자를 타일렀겠지. 본래의 모습으로 돌아가라고 말이오. 그래서 두 사람이 힘을 합쳐 현천도련을 재건하자고 간곡하게 말하지 않았을까?"

"하지만 혈영자는 듣지 않았겠지요."

철선공자 여상풍이 그렇게 단정했고 모두는 그 말에 고개를 끄덕여 동의했다.

"그렇겠지. 그래서 두 사람은 어쩔 수 없이 싸움을 벌일 수밖에 없었는데… 보지는 못했지만 그 싸움이야말로 경천동지할 대격전이었을 게 틀림없어."

두 사람의 절대자가 맞붙었는데, 그들의 무공이 한 뿌리에서 나온 것이니 더욱 서로를 상대하기가 까다로웠을 것이다.

운몽은 지그시 눈을 감고 머릿속으로 그때의 광경을 그려보았다.

사부는 당신이 자랑하는 삼양신공과 분광십이검으로 혈영자를 공격했을 것이고, 혈영자는 옥황현문의 비전절기인 금황기공(金皇氣功)으로 대항했을 것이다.

초인이라고 불러야 할 두 사람의 목숨을 건 혈투를 그려보는 것만으로도 가슴이 뛰었다.

그런 운몽의 귓속으로 대악 염창의 말이 흘러들어 왔다.

"두 사람은 이틀 낮과 밤을 꼬박 싸웠는데 결국 광명존자가 무시무시한 쾌검법으로 혈영자를 이겼다고 하더군."

"아!"

운몽이 마치 제가 본 것처럼 흥분하여 탄성을 터뜨렸다.

'역시 사부님은 분광십이검으로 혈영자를 꺾은 것이다.'

운몽은 제 사부가 천하제일인의 자리를 차지하기에 충분했다는 걸 확인하고 자부심으로 마음이 들떴다.

당시 세상이 알고 있는 천하제일인은 소림사의 혜원 선사였다. 그러나 광명존자야말로 드러나지 않았을 뿐 진정한 천하제일인이었던 것이다.

대악의 말을 듣고 있던 채시화가 제 가슴을 두드리며 채근했다.

"답답해서 견딜 수 없군요. 대체 그 일과 광명존자와 소정 사태가 맺어지지 못한 게 무슨 상관이 있다는 거지요? 어서 그걸 말해주세요."

"지금부터 그걸 말하려는 걸세."

식어버린 차로 입을 적신 대악이 그래도 한동안 머뭇거리더니 마지못해 말을 계속했다.

"하지만 광명존자는 그때 차마 혈영자를 죽일 수 없었지. 그래서 달아나는 그를 뒤쫓지 않았는데……."

이청풍이 탄식하고 말했다.

"아, 정말 애석하구나, 애석해. 광명존자가 그때 그자를 죽여 버렸다면 강호에 그런 혈겁은 없었을 것 아닌가. 또한 오늘날 그로 인해 또다시 혼란이 도래하는 일도 없었을 것이다."

모두가 그와 같이 생각했으므로 그때의 일을 안타까워했
다.

염창이 그런 젊은이들에게 말했다.

"나는 광명존자의 심정을 십분 이해할 수 있네. 광명존자
에게 혈영자는 세상에 하나뿐인 현천도련의 사제 아닌가? 또
한 그가 옥황현문의 유일한 계승자이니 그를 죽이면 옥황현
문의 대가 끊어져 버리게 되지 않겠나? 아마도 광명존자는 그
걸 막으려 했던 것 같네."

"아이, 답답해. 그래서 어찌 되었나요? 그 뒤의 이야기도
속 시원하게 후딱 말해주세요."

조용히 듣고 있던 채시화가 조바심을 내며 채근했다. 그녀
에게는 광명존자와 혈영자 사이의 일보다 광명존자가 어째서
소정 사태와 맺어지지 못했는지가 더 궁금했던 것이다.

염창이 머리를 끄덕이고 다시 말했다.

"달아나던 혈영자는 한 사람과 마주치게 되었지. 그게 누
구였겠나?"

"……?"

모두 대악의 입만 바라볼 뿐 감히 추측하지 못했다. 심각한
일이 발생했다는 걸 직감적으로 느낄 수 있었기 때문이다.

"광명존자가 혈영자와 싸운다는 걸 알고 그를 돕기 위해
아미사소가 달려왔는데, 그중 마음이 가장 급한 사람은 광명
존자를 사랑하는 소정 사태였겠지."

“그렇다면 소정 사태가 한발 앞서 달려왔고, 가장 먼저 혈영자와 부딪쳤겠군요?”

채시화의 말에 대악이 머리를 끄덕였다.

“그랬다네. 하지만 소정 사태 혼자서는 혈영자의 상대가 되지 못했지. 그가 비록 부상을 입고 달아나는 중이었다고 해도 말이야. 그래서……”

다시 염창이 머뭇거린다.

사람들이 이구동성으로 빨리 말하라고 소리쳐 댔다. 가장 중요한 대목이기 때문이다.

염창이 여전히 운몽의 눈치를 살피며 마지못해 입을 열었다.

“광명존자에 대한 원한으로 치를 떨던 혈영자는 거의 이성을 잃을 지경이었지. 그런 상태에서 소정 사태와 마주쳤으니 존자에 대한 원한이 더욱 치솟을 수밖에. 그래서 그는……”

이제는 염창이 말을 멈추었어도 채근하는 사람이 없었다. 마른침을 삼키며 긴장으로 숨을 멈추고 기다린다.

“그 파렴치한 자는 즉시 소정 사태에게 달려들어 그녀를 제압하고는 그 자리에서 겁탈해 버렸다네.”

“아!”

“저런, 저런!”

“그럴 수가!”

충격적인 말을 들은 사람들이 땅을 구르며 소리쳤다. 운몽은 입술을 악문 채 눈을 부릅뜨고 있었는데, 안색이 창백해졌다.

말을 해버리고 나니 홀가분한 심정이 된 듯 염창이 나머지 말들을 줄줄 풀어놓았다.

"그로서는 소정 사태에게 그런 몹쓸 짓을 함으로 해서 광명존자에게 복수하고 자신을 멸시한 소양에게 잊을 수 없는 상처를 주려는 것이었겠지. 그리고 그건 그의 의도대로 되었네. 뒤늦게 도착한 소화와 소령 그리고 소양이 그걸 보았으니까."

"……."

이제는 다들 입을 다물었다.

운몽의 충격이 가장 컸다.

그는 움켜쥔 두 주먹을 부들부들 떨었는데, 비로소 사부님이 왜 자신에게 그를 찾아 죽이라고 했는지 이해할 수 있었다.

아니, 사부님의 그런 명령이 없었다고 해도 이제는 제 스스로 혈영자라는 자를 용서할 수 없었다.

자신을 안아주던 소정 노사태의 자애롭던 모습을 떠올리면 더욱 혈영자에 대해서 원한이 커지고 이가 부득부득 갈린다.

대악의 말이 계속되었다.

"그런 사실을 알게 된 광명존자는 대노하여 석 달 열흘 동안 혈영자를 뒤쫓았다네. 원한이 사무쳐서 이번에야말로 반드시 그의 목을 쳐버리고 말겠다는 결심을 단단히 했겠지. 하지만 존자는 결국 그자를 죽이지 못했네.”

“어째서요? 왜 죽이지 못했다는 거지요?”

채시화가 평소의 온화하고 수줍어하던 모습과는 달리 매서운 얼굴을 하고 날카롭게 소리쳤다.

“아미사소가 달려들어 존자를 막았기 때문이라네.”

“그녀들이 왜 막는단 말이에요? 열 번, 백 번 찔러 죽여도 시원치 않을 텐데!”

“소정 사태는 비록 갈가리 찢어 죽이고 싶도록 혈영자가 미웠지만 차마 그렇게 하지 못했네. 그때 혈영자는 광분한 광명존자에 의해 심각한 부상을 입어 무공이 전폐된 것은 물론 목숨이 경각지경에 달려 있었다네. 그걸 본 소정 사태는 그자의 인생이 불쌍하다고 여겼겠지. 그리고 막내 소양이 불쌍하게 여겨지지 않았겠나?”

‘죽여 버려! 죽여 버려야 해!’

운몽은 마치 그 순간, 그 장소에 자신이 있어서 사부를 채근하기라도 하는 것처럼 마음속으로 소리쳤다.

나 같으면 아미삼소를 밀쳐 버리고 한 점의 망설임도 없이 바로 그 순간에 혈영자를 찔러 죽였을 것이라고 생각하며 분해한다.

대악이 그런 운몽의 마음을 알지 못한 채 말을 계속했다.

"죽음을 눈앞에 두고 있는 혈영자를 본 바로 그 순간에 소정 사태의 마음속 깊은 곳에서 대불심이 싹텄다고 할 수 있겠지. 그래서 셋째 소령이 망설이는 소정 사태를 밀치고 나서서 그자를 죽이려고 하자 소정 사태가 그녀를 붙잡았고, 그때까지 눈물만 뚝뚝 떨어뜨리고 있던 막내 소양도 나서서 제 몸으로 소령 사태의 검을 막아 혈영자를 구해주었다고 하네."

"그녀는 제 잘못을 깨달은 거로군요?"

상문경이 얼른 말을 받자 대악 염창이 심각한 얼굴로 고개를 끄덕였다.

"그랬다고 볼 수도 있겠지. 소양으로서는 제가 혈영자를 진심으로 대해줬더라면 이와 같은 비극이 일어나지 않았을 거라고 뉘우쳤을 수도 있어. 아니면 그녀의 마음속에 어느 정도는 혈영자에 대한 진실한 애정이 담겨 있었던 건지도 모르고. 그래서 목숨이 경각지경에 이르자 그를 보호해야 한다는 생각에 돌변한 것일 수도 있다."

이청풍이 한숨을 쉬며 탄식했다.

"여자의 마음이란 정말 복잡하군요."

"소양의 그런 처지를 이해하는 소정 사태는 막내가 한사코 혈영자를 가로막자 더욱 그를 죽일 마음이 사라졌겠지. 용서만이 모든 악업을 씻을 뿐이라는 대자대비의 마음으로 돌아온 게야."

'어리석은 소정 할머니, 어리석은 소정 할머니……'

운몽은 눈물을 글썽이며 속으로 소정 사태의 어리석음을 원망했다. 불심이 깊은 비구니라기보다는 자신의 불행마저 외면하려는 심약한 여인으로만 생각되었던 것이다.

그런 운몽의 머릿속에 대악 염창의 말이 무심하게 울렸다.

"그래서 소정 사태는 광명존자와 소령 사태를 억지로 붙들었을 것이고, 그 틈에 소양이 혈영자를 업고 달아났을 것이네. 비록 내 눈으로 본 건 아니지만 틀림없을 거야."

철선공자 여상풍이 비로소 알겠다는 얼굴로 크게 머리를 끄덕이며 말을 받았다.

"소령 사태가 강호에서 악의 무리를 응징하는 데 추호의 연민도 베풀지 않는 지독한 비구니로 이름을 떨치게 되었던 건 그녀에게 그런 사연이 있었기 때문이로군. 그때의 일에 대한 충격이 그녀를 그렇게 악독한 비구니로 만들었다고 할 수 있겠어."

아미 소령이라는 말만 들어도 패악한 무리들은 두려움으로 벌벌 떨며 숨기에 바쁘다.

이청풍이나 채시화, 상문경 등은 그런 소령 사태의 지독함을 무서워하면서 꺼림칙하게 여겼었는데 이제 대악의 말을 듣고 보니 소령 사태의 그런 변화를 충분히 이해할 수 있게 되었다.

그러니 어떻게 보면 그녀 또한 그 사건의 피해자였다고 할 수 있었던 것이다.

운몽도 소령 사태가 유독 저와 제 사부를 미워하고, 그래서 괴롭혔던 이유를 알게 되어 속이 시원했다. 소령 사태에게 한 가닥 미안한 마음이 들기도 한다.

"그 뒤로 혈영자는 물론 소양도 강호에서 모습을 감추었군요?"

상문경의 말에 대악이 머리를 끄덕였다.

"그런 셈이지. 그때 혈영자는 비록 목숨을 건졌지만 무공을 모두 잃었으니 다시 강호에 나오고 싶어도 나올 수가 없었겠지. 어디엔가 숨어서 폐인으로 평생을 마쳤을지도 몰라. 하지만 최근에 장청이라는 요녀가 나타났고, 그녀의 아비가 섬서도호부의 추관을 했던 장학봉이며, 그가 항산 기슭의 금룡협에 은거한 지 며칠 만에 장원이 불타 없어졌는데, 그 후에 이곳에 혈사기주를 자청하는 자가 나타난 걸 종합해 보면 무언가 새로운 걸 추측해 낼 수 있지 않을까?"

대악은 운몽이 마음속으로만 담아둔 채 아무에게도 말하지 않았던 것들을 정확하게 집어내고 있었다.

그가 여전히 운몽의 눈치를 살피며 계속해서 말했다.

"그래서 내 생각에는 그 장 대인, 장학봉이 바로 혈영자 본인이었다고 믿네. 그는 무공을 전폐당한 후 강호의 어디에 숨어도 안전하지 않다 여기고 관(官)에 들어가 정직하고 바른 관리로 생활하며 자신을 철저히 숨겨왔던 거야."

강호의 무리들은 언제나 관을 꺼려했다. 비록 대협객이라고 해도 살인이라는 중죄로부터 자유로울 수 없기 때문이다.
국법을 따르며 살기에는 강호의 생리가 너무나 자유분방하고
위험이 가득한 탓이기도 하다.

하지만 관에서는 국법을 내세우고 그것을 집행하니 마도
는 물론 정도의 무리들이라고 해도 관을 꺼려하여 멀리할 수
밖에 없다.

때문에 혈영자는 감쪽같이 강호의 이목을 속이고 수십 년
이나 숨어 있을 수 있었던 것이다.

철선공자 여상풍이 심각한 어투로 말했다.

"그런데 다시 혈사기가 나타났고, 강호에 현천도록이 출현
했으며, 혈사기주를 자칭하는 자가 출몰했으니… 이것은 혹
시 혈영자가 그때 입었던 자신의 부상에서 회복하여 다시 야
욕을 드러냈다는 증거가 아닐까요?"

"그럴지도 모르지."

대답하는 대악 염창의 얼굴에 짙은 먹구름이 드리웠다.

운몽은 그래서 사부가 아미산을 떠나지 못하고, 소정 노사
태나 소령 사태가 한사코 광명존자를 멀리하려 했다는 걸 더
욱 확실히 알았다.

아미파의 비극에 있어서 광명존자가 어느 정도는 원인이
되었기 때문이다.

사부가 도관의 이름을 정이 반밖에 없는 도관이라는 뜻의
'반정도관' 이라 지은 것도 이해가 갔다.

아니, '아직도 정이 반이나 남아 있는 도관' 이라는 뜻으로
해석해야 옳을 것이다.
　'불쌍한 사부… 가엾은 소정 할머니…….'
그런 생각에 눈시울이 뜨거워졌다.
한때 소정 사태는 많은 갈등을 한 끝에 비구니계를 버리고
속인이 되어 광명존자와 평생을 보내려고 마음먹기도 했을
것이다. 그랬던 결심을 자신에게 닥친 예기치 못한 불행으로
인해 버려야만 했다.
그건 사랑을 버리는 것이고, 자신의 정을 버리는 것이니 그
고통은 혈영자에게 겁탈당하던 것보다 몇 배나 더 크고 심했
을 게 틀림없다.
다시 아미산으로 돌아가 비구니의 신분으로서 산문을 닫
아걸고 칩거해야 했을 때 소정 사태의 마음이 얼마나 아팠을
것인가.
　'이게 모두 혈영자 그놈 때문이다.'
그 모든 일의 원흉이라고 해야 마땅할 혈영자에 대한 분노
가 새롭게 치솟았다.

3

운몽 등이 숭의산장에 틀어박혀 움직이지 않고 있을 때 강
호에는 소문 하나가 빠르게 퍼져 나가고 있었다.

듣는 이마다 경악으로 입을 다물지 못하게 하는 엄청난 소
문이었다.

ㅡ현천선부가 다시 나타났다.

그 한마디는 청천벽력처럼 강호에 울려 퍼졌다.
지난 오십여 년 동안 아무도 그것을 입에 올리는 자가 없었
기에 지금은 까맣게 잊힌 이름이었는데 그것이 어느 날 갑자
기 강호에 튀어나와 모든 사람들의 마음을 뒤흔들어 놓고 있
는 것이다.

ㅡ현천선부 안에는 현천도련이 이 세상에 남겨놓은 모든
것이 고스란히 간직되어 있다.
ㅡ그것을 얻는 자 신선이 되려면 신선이 될 것이고, 천하제
일의 고수가 되려면 그렇게 될 것이다.
ㅡ세상에서는 결코 구경조차 할 수 없는 진귀한 보물들이
널려 있다.

현천선부.
그것에 대한 소문은 사천무림에 혈사기주의 인명록이 나
타났다는 것보다 백배는 더 자극적이고 충격적인 소문이었
다.

그 네 글자 앞에서 사람들은 어느새 사천무림에서 있었던 일을 까맣게 잊어버리고 말았다.

과연 어디에 현천선부가 있느냐?

과연 누가 그것의 비밀을 밝힐 열쇠를 가지고 있느냐?

오직 그것만이 강호인 모두의 관심사였다.

어디에서 어떤 분쟁이 있었고, 어떤 문파 방회가 어떤 경악할 짓을 저질렀는지 따위의 일에는 이제 아무도 신경을 쓰지 않게 된 것이다.

"나하고는 상관없는 일이에요."

그 소문을 들었을 때 운지는 한마디로 그렇게 잘라 버렸다.

말을 전한 철담개 양우순이 무안해져서 얼굴을 붉혔을 정도로 냉정했다.

몰치광도 왕가기가 버럭 소리쳤다.

"아가씨는 관심이 없는지 몰라도 나는 그렇지 않아! 이 제기랄 놈의 짓을 당장 때려치고 현천선부를 찾아 나서겠어!"

정말로 그렇게 하겠다는 듯 곁에 세워두었던 커다란 칼을 움켜쥐고 벌떡 일어선다.

양우순이 인상을 와락 썼다.

"이놈아, 이 신의라고는 쥐불알만큼도 없는 산적 놈아, 네 주둥아리로 한 약속을 헌신짝처럼 내던져 버릴 거냐?"

"약속?"

"보름 기한에서 아직 열흘이나 남았다!"

"끄응―"

그 말에 왕가기가 된 숨을 내쉬었다. 분해 죽겠다는 얼굴로 무섭게 양우순을 노려본다.

양우순이 달래듯 말했다.

"정주가 코앞이다. 조금만 더 가면 되잖아. 숭의산장에 운지 아가씨를 무사히 데려다 주기만 하면 그때는 약속한 날이 며칠 남았다고 해도 너를 풀어주겠다. 설마 그 며칠 새에 누가 현천선부를 찾아내기야 하겠어? 안 그래?"

"정말이지? 숭의산장까지만이다?"

왕가기가 재차 다짐을 받고 마지못한 듯 도로 주저앉았다.

그들은 운지를 호위하면서 걸음을 서둘러 정주로 향하고 있는 중에 현천선부의 소문을 들었던 것이다.

하지만 운지에게는 오직 운몽을 찾겠다는 일념만 있을 뿐, 현천선부에 대해서는 조금의 관심도 없었다.

그녀는 숭의산장에서 운몽을 만날 수 있기를 바라지는 않았다. 벌써 몇 달 전에 그가 숭의산장을 떠났을 테니 그렇다.

하지만 그곳에서 운몽의 행로에 대한 조그만 단서라도 찾기를 간절히 바라고 걸음을 재촉하고 있는 것인데, 운지는 제발 그렇게 해달라고 한시도 부처님께 빌지 않은 적이 없었다.

그리고 그녀의 그런 간절한 바람은 벌써 이루어지고 있었다.

운몽 또한 언제가 되었든 운지의 새로운 소식을 들을 때까지 숭의산장에서 그녀를 기다리겠다고 굳게 마음먹고 있기 때문이다.

『풍운검협전』 5권에서…

섀델 크로이츠

화사무쌍 편 전 2권
이경영 판타지 장편 소설

『가즈나이트』의 명성과 신화를 넘어설
이경영의 판타지의 새로운 상상력!

자신만의 독특한 세계관을 창조한 작가
이경영의 새로운 도전과 신선한 충격.

바란투로스의 특수부대 섀델 크로이츠의 리더 파렌 콘스탄.
야만족을 돕는 안개술사를 물리치기 위해 아시엔 대륙에서 온
불을 뿜는 요괴 소녀 카샤.
너무나 다른 두 사람이 운명의 길에서 만나다.
친구란 이름으로 시작된 모험, 그 앞에 놓인 난관과 운명의 끈은
어떻게 될 것인지……

"질투가 날 만도 하지.
요괴가 산신령을 엄마로 두는 건 흔한 일이 아니거든.
괜찮다, 파렌. 본좌가 아는 요괴들 전부 본좌를 질투하고 부러워하니까."
소녀는 손에 잔뜩 받은 빗물을 훌짝 마셨다.
파렌은 그 순수함에 웃음을 흘렸다.
그는 지금까지 자신이 봤던 그녀의 기이한 행동들을 어렴풋이나마 이해할 수 있을 것 같았다.
그렇게 친구가 된 둘은 그 길로 긴 여행을 떠나게 된다.

본문 중에-

세상을 보는 또 하나의 창 - inthebook.net
유행이 아닌 자유추구 - chungeoram.net

Book Publishing CHUNGEORAM

학교에서는 가르쳐주지 않는

10대들을 위한 인생수업

작가 : 이빙 | 역자 : 김락준

10대들을 위한 나침반 같은 인생 교과서!
사회 초입에 들어서게 될 청소년들에게 들려주는
100가지 인생 이야기

내 인생의 방향잡기!
여행길에 오르기 전에 접해보자!

100가지 이야기, 100가지 명언

사람은 태어나면서부터 각기 다른 모습으로, 각기 다른 사고로 "인생" 이라는
여행길에 오르게 된다. 내가 지금 서 있는 이 위치에서 그리고 사회라는 공간에서
한 사람의 몫을 당당하게 해낼 수 있는 역량을 키워나가기 위해서는 어떠한 생각을
가지고 있어야 하는 걸까.

늦지 않게 준비하자! 스스로의 마음가짐이 자신의 미래를 결정한다!

설레는 마음으로 떠난 길일지라도 기존에 생각하고 있던 것과는 다르게 흘러가는
사회의 모습에 당혹스럽기도 할 것이다.

그러한 곳에 발을 들여놓기 위해 첫 발걸음을 막 뗀 청소년이라면 학교에서는
미처 배우지 못한 상황에 더욱이 큰 혼란스러움을 느낄 수밖에 없다.
시간이 흐를수록 사회가 한 인간에게 요구하는 것은 다양하고 세밀해지고 있다.
그러한 사회 속에서 자신만이 앞으로 나아가지 못해 제자리걸음을 하게 된다면 어떠할까.
미리 대비를 하지 않는다면 당신 역시 그러한 현상에 빠지는 또 한 명의 사람이 되고 말 것이다.

책장을 넘기는 순간, 책과 당신의 공감대가 형성된다!

적응을 위해 도움이 될 만한
인생의 지혜와 경험, 깨달음이 한가득 담겨있다.
그 속에 담긴 100가지 이야기 그리고 그와 관련된 100가지의 명언은
가슴 깊이 새겨 놓고 되뇌여 보기에 충분하다.

Book Publishing CHUNGEORAM

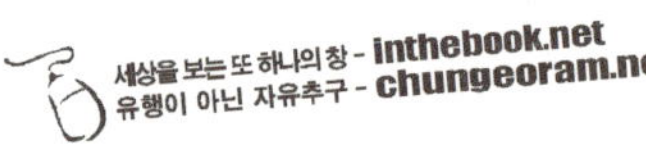

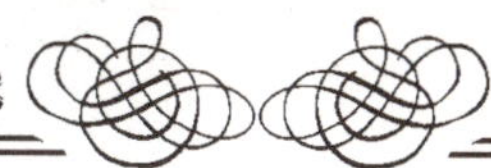

공부하는 감각의 차이가 자녀의 미래를 결정한다.
이 시대가 필요로 하는 명품 인재 만들기!

Luxury Study habit

올바른 습관이 명품 자녀를 만든다

명품 공부습관 87가지

저자 : 친위
역자 : 오혜령

똑소리 나는 부모의 똑소리 나는 자녀 교육법!

어린 시절의 습관은 평생을 결정한다.
제대로 바로잡지 못한 나쁜 습관은 자녀의 미래에 검은 그림자를 드리울 수도 있다.
대부분의 부모들은 아이의 잘못된 습관을 발견하면 언성을 높이는 경향이 있다.
하지만 그것이 문제 해결의 방법이 아님을 당신은 이미 알고 있을 것이다.
지금 당신은 적절한 대안을 찾지 못해 힘겨워 하고 있지는 않은가.
내 아이가 명품 인생으로 살아가길 희망하는 부모라면 이 책에 귀를 기울여 보자.

내 아이가 세상의 중심에 우뚝 설 수 있게 하는 방법!

이 책은 잘못된 공부습관과 대인관계 형성 등의 문제 등을
87가지 이야기를 통해 알아보고 그에 걸맞는 올바른 해결책을 제시해주고 있다.
이 한 권의 책을 통해 똑소리 나는 부모가 되어보자.
그리고 내 아이가 최고의 명품으로 거듭날 수 있도록 노력해보자.
이 책은 분명 당신에게 꼭 맞는 효과적인 자녀교육서가 될 것이다.

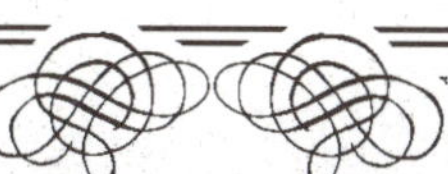

Book Publishing CHUNGEORAM

Rhapsody Of Cardinal

카디날 랩소디

송현우 판타지 장편 소설

놀라운 경험(the enormous experience)!

He created a completely new world.
It is a place who have never known and where never been able to imagine.
This splendid world will introduce the enormous experience for the
person only who reads.

그 누구에게도 알려진 것이 없으며 상상조차 할 수 없었던 새로운 세계를
작가는 완벽하게 창조해내었다.
이 멋진 세계는 독자들만이 체험할 수 있는 놀라운 경험으로 인도할 것이다.

판타지는 허구다? 아니다. 판타지는 일상이다.
우리의 삶은 연속된 판타지의 연장선상에 놓여 있고,
상상은 우리의 일상을 더욱 살찌운다.
『카디날 랩소디(Rhapsody of Cardinal)』를 경험하는 독자들은
더욱 풍부한 일상 속에서 새로운 삶을 경험할 것이다.
멋진 만남! 흥미로운 경험! 이것이 『카디날 랩소디』가 가진 장점이며,
작가 송현우가 독자들에게 바라는 꿈이다.

세상을 보는 또 하나의 창 - inthebook.net
유행이 아닌 자유추구 - chungeoram.net

Book Publishing CHUNGEORAM